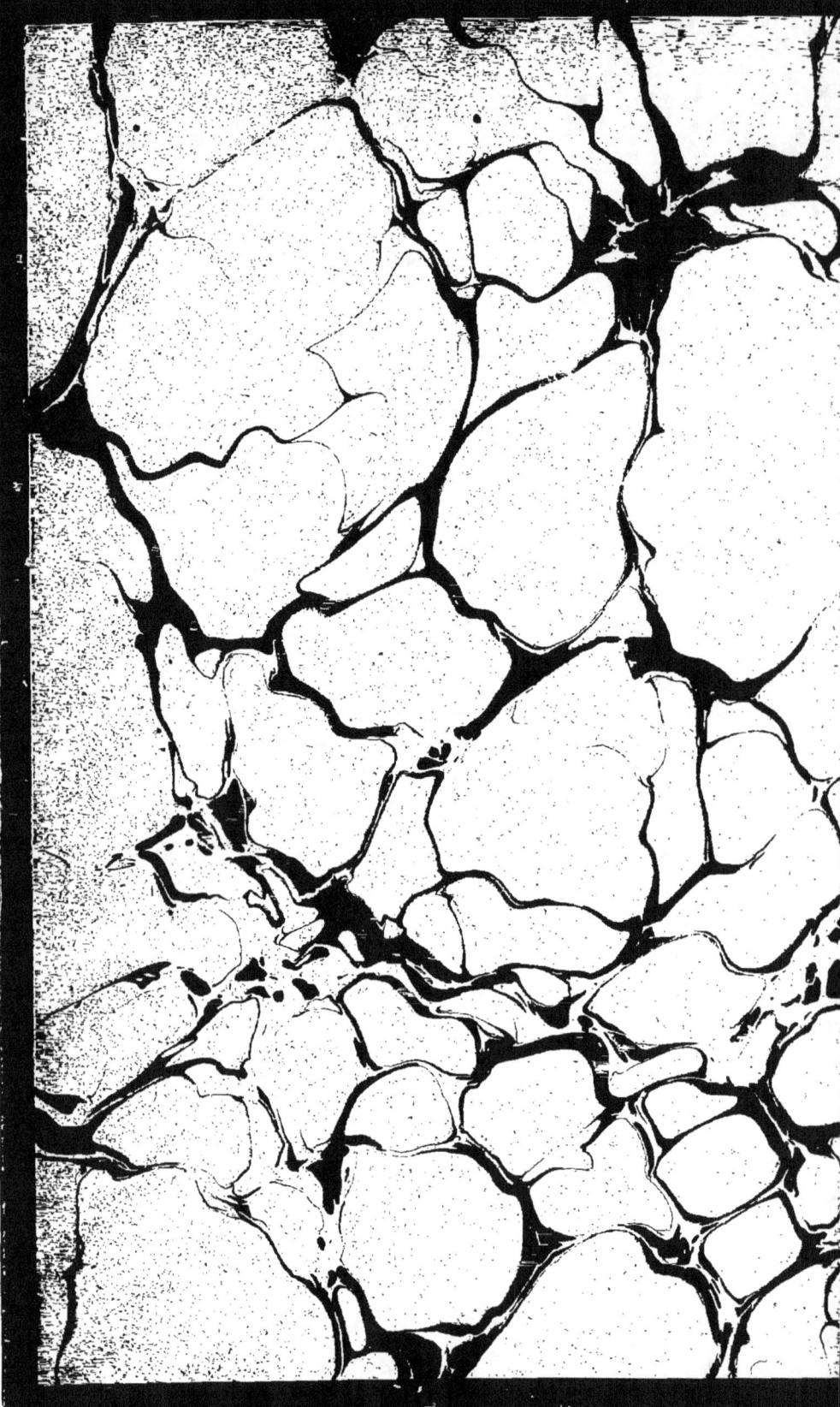

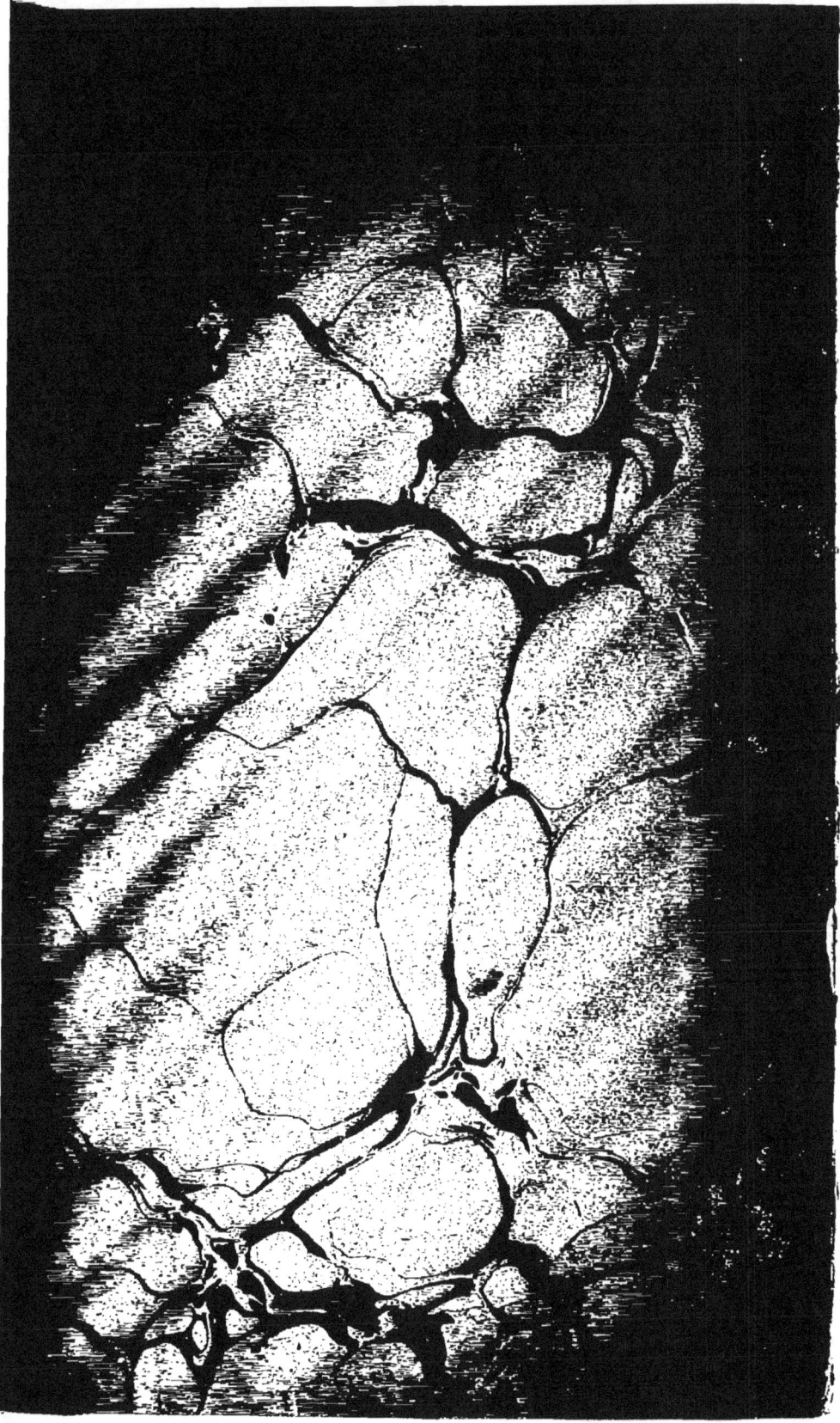

LES

LIBRES PROPOS

PAR

CASTAGNARY

———— ✦ ————

PARIS
LIBRAIRIE INTERNATIONALE
13, RUE DE GRAMMONT, 13
A. LACROIX, VERBOECKHOVEN & Cᵉ, ÉDITEURS
A Bruxelles, à Leipzig et à Livourne
—
1864

LES

LIBRES PROPOS

PARIS. — IMPRIMERIE POUPART-DAVYL ET C^c, 30, RUE DU BAC.

LES

LIBRES PROPOS

PAR

CASTAGNARY

PARIS

LIBRAIRIE INTERNATIONALE

13, RUE DE GRAMMONT, 13

A. LACROIX, VERBOECKHOVEN & C*, ÉDITEURS

A Bruxelles, à Leipzig et à Livourne

—

1864

Droits de traduction et de reproduction réservés

Un volume composé d'articles est un fait devenu assez ordinaire, pour que l'auteur soit dispensé d'explications à cet égard.

Mais, dans les temps d'épreuve que nous traversons, il est bon que chacun dise où et de quel côté il a combattu.

Cela est nécessaire, pour l'honorabilité de l'écrivain autant que pour l'édification du public.

Les articles qui composent ce volume ont paru dans le *Courrier du Dimanche*.

CASTAGNARY.

Paris, le 11 avril 1864.

I

LES COURANTS PLASTIQUES

Puisque tout est morne et stérile ; que nos efforts ne sont de rien ; que nos paroles retentissent dans un désert ; que nos plus sûres espérances deviennent à la longue un lait qui se décompose ; que, sans la liberté, nous ne saurions vivre, et que, sans elle, ce ne sera jamais sur notre chemin que désolation et ténèbres, — tournons nos regards vers l'avenir, et demandons-lui ce qu'il recèle de consolations, de revanches ou d'espoirs.

Vous êtes-vous jamais arrêté devant un de ces groupes d'écoliers, qu'aux jours de promenade, les lycées et les colléges envoient par centaines de mille sur toutes les routes de France ? Les avez-vous suivis dans les caprices de leurs mouvements et de leurs jeux ? Vous êtes-vous dit, en les regardant courir insoucieux et libres : — Voici nos successeurs. Quand nous serons vieux et inutiles, que le temps nous aura

mis à la réforme, comme des chevaux hors de service, ce sont eux qui viendront prendre notre place.
Ils s'appelleront alors le gouvernement, l'administration, l'armée, le clergé, la bourgeoisie et le prolé-
tariat. Ils seront tout dans la nation, et l'exécutif et
le législatif, et les gouvernants et les gouvernés.
Comment agiront-ils ? Auront-ils nos mœurs, nos
goûts, nos aptitudes, nos aspirations, notre conception de l'histoire et de la destinée ? Accepteront-ils
ou répudieront-ils l'héritage de nos efforts ? Cette
œuvre d'affranchissement, à l'édification de laquelle
nous avons dévoué nos cœurs et nos cerveaux, qui
porte sur toutes ses faces l'empreinte de nos tortures
ou de notre sang, la continueront-ils, ou la jetteront-
ils bas ? Enfants bénis de nos entrailles, reprendront-
ils, au point où nous l'aurons laissé, le grand combat
de la liberté humaine ? ou bien, déserteurs de la tradition, calomniateurs de notre mémoire, iront-ils
prosterner aux pieds de la tyrannie leur obséquio-
sité d'esclave et leur émasculation définitivement
consommée ?

Si ce point d'interrogation s'est posé en votre
esprit, vous avez dû vous approcher avec terreur,
comme on s'approche d'un mystère, mais discrète-
ment, de peur d'effaroucher les ébats commencés,
et de mettre en déroute la troupe alerte et volage.

Vous vous êtes assis non loin, votre livre à la main, je suppose, soigneux de ne point éveiller l'attention. Et, de là, vous avez cherché à surprendre, à la dérobée, la construction cérébrale de ces jeunes têtes mal peignées, à approfondir le sens de ces physionomies ruisselantes de sueur, à questionner tous ces visages éveillés et bizarres, si amusants quand on ne considère que leur espièglerie, si inquiétants quand on y veut déchiffrer, comme je le fais ici, l'énigme de l'avenir.

Quel charme dans cet examen ! Les traits fermes de l'âge adulte se mêlent aux lignes encore inconsistantes de l'enfance. Mais celles-ci s'en vont et les autres deviennent. La bouche rose et les yeux purs sont du premier âge, les pommettes et les maxillaires bien attachés sont du second. Dans toute la circonférence crânienne, l'intelligence se dégage des instincts ; la séparation des facultés se fait visible ; le front est formé, et le globe de la tête, cherchant sa pondération propre, atteint la conformation qui ne l'abandonnera plus : son volume grossira, son équilibre plastique ne sera pas dérangé. Quelle âme habite ce globe ? Quelle pensée, quelle raison, quelle volonté, se développant en elle, la dirigeront quand elle sera aux prises avec les faits ? Qu'avons-nous à en augurer de bon ou de mauvais pour l'œuvre sociale ? Faut-il craindre ? Faut-il espérer ?

Nous autres, jeunes hommes, venus trop tard et une fois que la grande mêlée était finie, nous qui, supportant le poids d'événements que nous n'avons pas préparés, emplissons notre carquois dans le silence, et espérons bien ne pas mourir avant de l'avoir vidé, nous sommes peu faits pour ces conjectures. Ce serait aux vieillards, plus tôt menacés par cette formidable crue de l'adolescence qui bat les pieds de l'échelle de vie, et masque ses projets futurs en jouant sournoisement aux barres, de s'enquérir des forces menaçantes qu'amasse entre les murs de ses colléges cette ténébreuse armée de pensionnaires imberbes. Mais, puisque aussi bien les travailleurs font faute à cet ouvrage, et que, pour l'heure, l'humeur m'y pousse, je ne suis pas fâché de me faire vieillard un moment.

Posons d'abord des jalons.

Sans entrer dans les hypothèses contestées de Gall, de Spurzheim et de Lavater, on peut dire, en termes généraux et avec le consentement universel, que l'âme s'approprie le masque et le modèle à son image. Le degré de conscience chez l'être fait l'énergie et la propriété de la physionomie. Cela est si vrai, que les plantes, chez qui l'âme est latente, ne se distinguent que par le genre et les espèces. L'individualité apparaît chez les animaux, mais elle ne s'épanouit véritablement que dans l'humanité. Avec l'homme seulement le portrait devient possible. Et encore ne l'est-il guère dans les races et les castes inférieures. Pour ma part, j'ai longtemps cru que tous les nègres se ressemblent, et c'était un émerveillement pour moi de songer qu'ils pussent se reconnaître entre eux. François Millet, le naïf et farouche interprète de la vie des champs, a beau se promener à travers ses idylles austères et ses impitoyables églogues, il n'a jamais rencontré de portraits. Tous ses paysans sont le même ; toutes ses paysannes, la même. Il peint la généralité, non la particularité ; la classe, non l'individu.

Mais, dans l'humanité, chaque société s'affirme par un type spécial, fortement caractérisé, qui se retrouve constamment, malgré ses déviations et ses dépressions successives, et qui donne la raison des aptitudes d'une race en même temps que sa destinée. Le type grec, le type romain, le type chrétien, — l'un avec son galbe harmonieux et sa prédominance des facultés spéculatives ; l'autre, avec son gonflement prodigieux des énergies actives qui sont à la base du crâne, l'amour charnel, la politique et la guerre ; le troisième, avec son exhaussement subit du vertex, siége de l'adoration et de l'amour mystique, — ont été suffisamment décrits. Je ne m'y arrêterai pas

autrement que pour mentionner ce fait, que ces trois
types, altérés, fondus, amalgamés, et profondément
modifiés par l'influx des divers types barbares, forment la base de la société européenne, et expliquent
la conformation physique et morale de la plupart
des cerveaux modernes.

Tout ceci est connu ou à peu près. Ce qui l'est
moins, c'est ce qui va suivre.

Quand une société s'est assise, qu'elle a pris conscience d'elle-même, qu'elle fonctionne en cherchant
le jeu naturel de ses forces, il s'établit dans son sein
des courants d'idées, qui, à de certaines époques,
traversent tous les esprits, et, sur les points les plus
opposés, les font travailler à la même œuvre. Pour
ne point sortir de notre pays, la renaissance des lettres et des arts sous les Valois, le mouvement philosophique du dix-huitième siècle, l'explosion littéraire
de la restauration, sont dus à cette unité de direction qui, à un moment donné, a rallié toutes les
intelligences françaises.

Mais l'âme, en vertu de son action incessante sur
les organes, s'empare du corps et le façonne à son
usage. De même qu'il y a des courants d'idées, il y
a des courants de formes, si je puis dire, qui s'imposent à l'organisme plastique des individus arrivés
dans le même temps, nés sous l'empire des mêmes

circonstances, fabriqués en quelque sorte avec l'essence des mêmes événements, et qui déterminent entre eux une conformité de structure et de tempérament qui va quelquefois jusqu'à la plus étonnante ressemblance physique, résultat certain de la transmission dans la société combinée avec l'hérédité dans la famille! Ces individus, dans leur génération, appartiennent au même groupe moral. Ils se recherchent, se trouvent, se disciplinent inconsciemment au même but. Celui d'entre eux qui résume en lui, avec le plus de rigueur et d'autorité les nuances infiniment variées de leur type, celui-là les commande à leur insu; ils sont ses féaux et ses sujets; et, le jour venu, quand ils sont la majorité, ils le font roi.

Voyez les portraits historiques, faites abstraction des cheveux, des moustaches, du costume, de tous les accessoires, n'envisagez que la construction osseuse et la physionomie du masque : la tête d'Henri IV ne résume-t-elle pas le type positif, ferme et industrieux de toute la race huguenote ? Mais le vertex est sensiblement élevé : Henri IV vendra pour une messe le parti qui l'a pris pour chef. Le type Richelieu abonde sous Louis XIII ; on le trouve à profusion dans les gravures du temps ; mais l'exemplaire le plus fin, le plus serré et le plus puissant appartient au cardinal : à lui de primer et d'agir

1.

pour tous les autres. Ne décoiffons pas la noble per-
ruque du grand siècle. Est-ce que madame Dubarry,
avec ses pommettes saillantes, son nez hardi, son
menton à fossettes, son profil libertin, ne figure pas,
dans leur plus haut relief et leur plus fine saveur,
la généralité des types de femme répandus sous
Louis XV ? En elle, toutes vivaient ; toutes, plus ou
moins, ont pu jouir, par représentation, des caresses
de leur monarque bien-aimé. Silence à l'orgie ! j'entends le roulement des tambours. Voici venir les
volontaires de la république et les conquérants du
monde. Il ne s'agit plus de chiffonner dans les boudoirs, il faut porter le shako par tous les soleils, et ne
laisser entamer son front par aucun sabre. La grande
oreille romaine reparaît. La tête se déprime par le
sommet et s'élargit par la base. Le respect s'en va,
la vénération s'efface ; tous les appétits de la destruction se développent des temporaux au cervelet ;
et, à l'entour d'eux, la science raisonnée de la
guerre, de la politique et de l'administration. Napoléon Ier est l'homme de cette époque : son profil de
marbre pur accumule et concentre toutes les virtua-
lités natives de son héroïque génération.

Mais là fumée des batailles se dissipe ; le nuage
qui couvrait l'Europe se lève, et laisse apparaître à
la clarté du jour un type nouveau, qui s'était formé

dans l'ombre pendant que la France était occupée
hors de chez elle. La tête s'est allongée par le res-
serrement des tempes ; le front s'évade par en haut
pour esquiver la philosophie et se perdre dans l'adoration parfaite. C'est l'époque du vague-à-l'âme. Les
harpes de Solyme se font entendre. De Toulon à
Dunkerque, de Brest à Strasbourg, la France pleure
et ne veut pas être consolée. Les femmes jettent
vers l'infini un regard de désespérance ; les hommes
poussent au ciel des sanglots inépuisés. Pour tous
ces cœurs affamés d'idéal, la terre n'a plus de douceur ni de joie. Fuyons le réel grossier, montons
dans l'éther. En vain le vautour du doute étend
ses vastes ailes d'un horizon à l'autre, montons,
montons encore. Là-haut est le bleu, l'azur, l'im-
maculé, l'absolu, Dieu, dernier refuge des âmes
blessées. — La tête intelligente et hautaine de
M. de Lamartine domine ce groupe. C'est là le héros
de toute l'épopée langoureuse. Et, en 1848, il eût
été porté à la présidence par tout le grand parti des
sentimentalistes, si le vertex de la nation n'avait,
depuis longtemps déjà, baissé de quelques milli-
mètres.

Comme l'histoire s'éclaire tout d'un coup !

Exhaussement du vertex : restauration.

Abaissement du vertex : 1830.

Il ne me serait pas difficile, en décrivant les types de physionomie les plus répandus aujourd'hui en France, de les classer par groupes, et de désigner les représentants de ces groupes parmi ceux qui nous gouvernent. Chaque homme du pouvoir est chef d'escouade. Et le rapport entre l'escouade et le capitaine est tel, que le jour où l'assemblée législative voudra arriver à une sérieuse vérification des pouvoirs, elle devra, au lieu d'additionner les votes, se faire remettre la carte photographique des votants. L'élu sera confronté avec les portraits de tous ses électeurs. Si, par la conformation générale de sa tête, il résume rigoureusement les nuances diverses de leur type, il est leur représentant naturel, son élection est valable ; s'il fait disparate avec eux, son élection est nulle.

Ne faut-il pour l'adoption de cette idée que mon renoncement à la paternité : je le signe.

Mais je m'aperçois que j'ai fait un détour ; il est temps que j'arrive à la jeunesse. Les symptômes de l'avenir se lisent visiblement dans ses traits en formation. Heureuse génération ! Son sort est tout tracé. Sa destinée s'écrit en caractères ineffaçables dans la belle architecture de ses sourcils, qui rappelle la lucidité de la Grèce, et dans la proéminence des facultés d'observation qui promettent une saine vision de la nature et de la vie. Le mont de la tête s'arrondit harmonieusement et tient l'équilibre exact entre la spéculation et l'activité, ces deux modes essentiels des sociétés en progrès.

Si vous n'avez pas assez de cathédrales, dépêchez-vous d'en faire bâtir par vos maçons. Si vos âmes ont encore soif de lyrisme et d'idées, hâtez-vous d'en commander à vos derniers poëtes. Ceux qui se préparent dans l'ombre sont des esprits exacts ; ils seront purgés de mysticisme et de religiosité. Ils auront le goût du beau, mais à la façon savante, mathématique et un peu froide de la Grèce. Comme leur mission principale sera d'appliquer, ils auront le génie de la pratique et de la réalisation. La nature leur donne, comme aux anciens Romains, le courage et la puissance destructive, non pour conquérir et opprimer les peuples, mais pour opérer les réformes avec plus de décision et de sûreté. Si 1830 a été le rêve, si nous-mêmes nous devons être la formule, ils seront, eux, l'exécution.

Merveilleux effets de cette loi, qui veut que l'évolution sociale, comme l'éducation individuelle, s'accomplisse à travers le temps, suivant une série de trois périodes incessamment reproduites : le sentiment, la pensée, l'action !

II

UN DIX-HUIT BRUMAIRE AU VILLAGE

La chose a commencé, comme dans Paul-Louis,
par un coup de chapeau qui était attendu et qui n'a
point été donné. Seulement, au lieu du curé en surplis passant avec son mort dans un étroit chemin,
c'était M. le maire, en veste de toile grise, qui allait
et venait sur la grand'place. Quelles pensées occu-
paient l'esprit de ce dignitaire en promenade? Quels
soucis jetaient une ombre sur son front municipal?
Magistrat de la commune, songeait-il au moyen de
renouveler le pavé, d'améliorer l'éclairage, d'agrandir l'école, sans accroître les charges de plus en plus
lourdes des contribuables? Agent du préfet, s'offus-
quait-il du réveil général de l'opinion, de l'insolence
inusitée des libéraux? Qui pourrait sonder la profondeur d'âme d'un maire respirant l'air matinal en dés-
habillé léger? Donc il allait et venait, de ci, de là,
la tête fléchie, pensif en apparence, mais point assez

cependant pour oublier le soin de sa personne et
perdre le sentiment des égards dus à sa fonction. Un
coup d'œil furtif l'avertissait de l'approche de chaque
passant. Alors il s'arrêtait, et, drapé dans toute
l'ampleur de son importance administrative, il recevait un salut qui, disons-le, ne se faisait jamais attendre. Puis il se conjouissait en lui-même : coups
de chapeaux respectueux sont nourriture exquise
pour les vanités de maire.

D'aventure déboucha de la rue voisine le receveur
de l'enregistrement.

Il s'en venait de la bonne et lente allure provinciale, le nez en l'air, mâchonnant sa cigarette, mu-
sant un peu çà et là, car il est jeune ; ne regardant
rien du reste, ni personne, car il est myope, —
myope à saluer un âne et à tourner le dos à un
maire.

Un pied chassant l'autre, le receveur arriva à
portée. Le maire le guettait de l'œil, s'arrêtant déjà
pour percevoir et savourer la redevance douce à son
cœur. Le receveur ne le vit point et passa. Il passa,
la main dans la poche, le chapeau sur la tête, sif-
flottant même entre les dents un air connu.

Malheureux receveur ! malheureuse ville ! Depuis
ce jour, Soubise est en révolution ; car j'oubliais
de vous dire que nous sommes à Soubise, petit

chef-lieu de canton sur la rive gauche de la Charente, à une lieue de Rochefort, à deux lieues de l'Océan.

Petite cause engendre de grands effets. Tel un mince rameau supporte un fruit énorme. Vous avez vu le commencement. Les faits qui vont suivre sont graves, si graves, que, pour les raconter sans encombre, je dois me guider sur les relations qui en ont été publiées par les journaux du département.

L'Indépendant de la Charente-Inférieure a mis au jour les pièces de l'affaire. Aucune réclamation, aucune protestation n'ayant eu lieu, ni de la part du maire, ni de la part du préfet, force m'est de tenir les détails fournis pour l'expression exacte de la vérité. C'est d'après eux que je déduirai mon récit.

M. le maire de Soubise, comme bien vous pensez, n'accepta point qu'une personnalité aussi éclatante que la sienne pût passer, sans y reproduire aucune image, devant la rétine d'un méchant receveur. Il lui parut que le rayonnement de sa dignité devait forcer l'œil le plus réfractaire : il est de certaines splendeurs qui n'admettent point la myopie. Aussi résolut-il de tirer vengeance de ce qu'il considérait comme un outrage au premier chef. Mais le moyen ? M. Boyer, comme receveur de l'enregistrement, n'était point le subordonné du maire; il dépendait d'un autre personnage, de son directeur. Comment l'atteindre? comment le frapper?

Achille était vulnérable, bien qu'il ne fût pas fonctionnaire public. Tout homme qui a un supérieur est par quelque côté accessible à son ennemi. M. le maire le savait bien, et, sans hésiter sur la route qu'il avait à prendre, il se mit aussitôt à surveiller les pas et démarches de celui qu'il avait juré de perdre. Quel est l'homme impeccable? M. le maire tenait journal de la conduite du receveur. Celui-ci ouvrait-il son bureau cinq minutes après l'heure réglementaire, note en était prise; fermait-il cinq minutes avant, autre note; s'absentait-il dans la journée, procès-verbal. Du tout, le préfet était religieusement informé. Mais, arrivées tardives, prompts départs, courtes absences, tout cela est vétille. Un jour, ô bonheur! le bureau reste fermé. Le receveur était parti dès le matin pour affaire urgente; il avait compté, pour le suppléer, sur la complaisance d'un surnuméraire du voisinage; celui-ci, empêché, n'avait pu venir. Vingt-quatre heures se passent, vingt-quatre heures le bureau reste fermé.

Le maire ne se tenait pas de joie. Vite, vite, un avis à la préfecture. L'homme a disparu, disait-il, l'administration est compromise, tous les

intérêts sont en souffrance, Soubise périclite. « Le
préfet, raconte l'*Indépendant*, car, je le répète, je
suis pas à pas un récit qui n'a donné lieu à aucune
dénégation, le préfet alla droit chez le directeur,
demander le changement de son employé. Heureu-
sement, il y a encore des chefs de service qui com-
prennent leur dignité et savent résister à la pression administrative. Le receveur fut maintenu à son
poste. »

Mais voici bien une autre affaire. Les habitants
de Soubise, indignés de semblables tracasseries,
prennent parti pour le receveur contre le maire. Le
feu est à la commune. Les élections au conseil municipal se présentent : Boyer, le suspect, le surveillé, le myope au chapeau immobile, est nommé
à une majorité immense.

Abomination de la désolation ! Que va devenir le
respect à l'autorité ?

Boyer entre au conseil, simple, calme, en vrai
conseiller. Se souvient-il des persécutions du maire?
Va-t-il se venger par une critique haineuse des persécutions qu'il a subies ? Nullement. Il est assidu aux
réunions municipales et prend une part active à toutes
les délibérations ; il contrôle avec soin la gestion de
M. le maire, blâmant à l'occasion ce qui lui paraissait blâmable, approuvant quand il y avait lieu,

sans ostentation ni parti pris de dénigrement. Pour
admettre une semblable disposition de la part du
receveur, il faut l'admettre aussi chez ses collègues :
toutes les décisions du conseil ont été jusqu'à ce
jour prises à l'unanimité.

L'ennemi personnel du maire accomplissant son
devoir sans rancune, des décisions prises à l'unanimité, tous les membres du conseil d'accord avec un
homme qui ne salue point les autorités quand elles
passent, cela ne présageait rien de bon. Evidemment
on marchait à une crise. Un souffle de révolution
était dans l'air. Chacun le sentait. Le jour fatal n'arriva que trop vite.

C'était le 18 août dernier. Le conseil municipal
allait se réunir sur la convocation du maire.

Aux termes de la loi, la session légale d'août aurait dû avoir lieu dans les premiers jours du mois.
Mais le maire avait voyagé ; il n'était revenu qu'a-
près l'expiration des délais. Ses affaires personnelles
terminées, il convoquait le conseil. Qu'avait-on à
dire ?

A peine entrée en séance, l'assemblée se plaint
du procédé, qu'elle considère comme « un manque
complet d'égards et un abus d'autorité vis-à-vis du
conseil municipal, dont on suspecte évidemment le
mérite et la dignité. » Elle déclare qu'à son avis,

l'époque de la session légale étant passée, toute délibération serait nulle; qu'en conséquence, et par la
seule faute du maire, elle se trouve dans l'impossi-
bilité de s'occuper des intérêts qu'elle a mission de
représenter.

Cette déclaration faite et adoptée, le conseil est
d'avis qu'elle soit transcrite sur le registre des délibérations pour être communiquée à qui de droit. Le
secrétaire élu prend la plume. Le maire s'emporte.
Les interpellations se pressent. Le maire arrache le
registre des mains du secrétaire, et, ceignant son
écharpe tricolore, il s'écrie de sa plus haute voix :
« La séance est levée ; garde, faites sortir!... »

A cet appel énergique, le garde champêtre, composant à lui tout seul la force armée de la commune,
s'avance comme un seul homme.

La salle est évacuée. Le coup d'État est con-
sommé.

Restait à en poursuivre les conséquences.

Mis à la porte par leur propre président, les membres du conseil s'étaient retirés; mais avant de se
séparer, ils avaient rédigé une protestation qui fut
envoyée immédiatement à la préfecture. Parmi les
signatures placées au bas de cette protestation,
figurait naturellement celle de Boyer, le receveur
inexact, le conseiller inquisiteur, l'homme aux yeux

de lynx pour le contrôle, aux yeux de taupe pour le salut. C'en était trop pour le maire. Il ne fait qu'une traite de Soubise à La Rochelle ; et le voilà quittant le préfet pour aller voir le directeur, le directeur pour retourner au préfet.

Vous croyez peut-être que le préfet lava la tête au maire, lui enjoignit d'opter entre la remise de son écharpe et des excuses au conseil ?

Point du tout.

Huit jours après le voyage du maire à La Rochelle, le receveur recevait avis de son changement : « Monsieur, votre éloignement de Soubise est devenu nécessaire par suite des torts que vous vous êtes donnés à l'égard du maire de votre résidence, etc. » Ce receveur était envoyé à Saint-Cyprien, dans la Dordogne.

Huit autres jours après, le sous-préfet de Marennes faisait savoir aux membres du conseil municipal qu'il ne serait point donné suite à leur plainte, et que leur protestation était comme non avenue.

En présence de cette réponse, il ne restait plus au conseil qu'une chose à faire, donner sa démission. Il la donna en ces termes remarquables :

« Considérant que l'administration supérieure non-seulement n'a point donné satisfaction aux man-

dataires de la commune de Soubise de l'injure faite
par le maire, dans la séance du 18 août, à un corps
constitué dont il ne fait même pas partie, et a renvoyé par une fin de non-recevoir la plainte que le
conseil lui avait adressée, mais encore a fait frapper
par une disgrâce imméritée et motivée par sa seule
conduite envers M. le maire (conduite en tous points
conforme à celle des autres) un de ses membres employé dans l'administration des domaines, le seul qui
fût accessible à sa vindicte ;

« Considérant que cette disgrâce, en frappant un
de ses membres, frappe le corps entier et constitue
à leurs yeux une nouvelle injure ajoutée à la première;

« Considérant que la position que leur fait l'administration supérieure vis-à-vis de M. le maire ne
peut pas leur permettre de remplir fidèlement le
mandat qu'ils doivent à la confiance de leurs concitoyens ;

« Par ces motifs, les soussignés déposent entre
les mains de M. le préfet leur démission de conseil-
lers municipaux. »

Qu'est-il besoin d'ajouter? Un conseil municipal
expulsé violemment, pour avoir rappelé le maire à
la stricte observation des convenances et de la loi ;

un receveur de l'enregistrement frappé dans sa position, éloigné du centre de ses intérêts, envoyé dans une ville inconnue, à quatre-vingts lieues de sa famille, pour avoir, en qualité de conseiller et d'accord avec tous ses collègues, discuté, surveillé et contrôlé la gestion du maire ; comme conséquence, la démission en masse du conseil, et sans doute son remplacement par une commission impériale à l'instar de Paris et de Lyon ; une ville décapitée, une population destituée de sa représentation légitime ; le trouble dans les affaires, le mécontentement dans les esprits : tous ces faits ne parlent-ils pas assez haut ?

Le préfet de la Charente-Inférieure a donné raison au maire de Soubise. C'était son droit. Il a cru, en agissant ainsi, faire les affaires de son gouvernement. Je n'ai aucun intérêt à le détromper. Mais je ne puis m'empêcher de faire remarquer que les actes d'arbitraire de la part des maires se multiplient d'une façon inquiétante. Il n'est pas de jour qui n'en amène de nouveaux. D'où vient ce mal ? De la loi. Tant que les maires seront nommés par le pouvoir, ils se considéreront, non comme les représentants des communes, mais comme les agents du pouvoir, et agiront en conséquence. On nous parle bien haut de décentralisation : le premier acte d'un gouvernement vraiment décentralisateur sera de remettre aux conseils municipaux la nomination des maires. C'était le régime de 89, dont on invoque si souvent les grands principes. Ajoutons : c'était le bon régime.

III

I

Muse de l'Allégorie, Muse des parlers sérieux sous les apparences légères, Muse de l'éternel vrai ; toi qui vins en aide à l'esprit encore impuissant de l'homme, et sus la première donner une forme à l'invisible, un corps à l'intangible, une formule à l'inexprimable ; qui pris autrefois part à la création des vieux mythes et des vieux symboles, et, d'un coup de ta baguette magique, animas les Olympes de la terre et des cieux ; toi, que l'analyse moderne croyait avoir tuée sous son impitoyable scalpel, mais que le romantisme a retrouvée debout devant lui ; que le réalisme de notre temps pourchasse encore, mais qui, toujours, au moment où l'on te croit vaincue et en fuite, reparais glorieuse et souveraine ; toi, dont les arts ingénieux initient l'enfant, et dont l'aimable sagesse réjouit le vieillard ; toi, enfin, qui enseignes la vérité de tous, des peuples comme des rois, viens,

2

chaste; viens, immortelle; chante et dis-moi, sur le mode sensible et parlant, la fontaine, la fontaine de l'architecte Davioud!

Ainsi je priais en moi-même, et j'invoquais avec ardeur une révélation d'en haut, — errant depuis le matin sur la place Saint-Michel, allant et venant au milieu de la foule, me torturant l'esprit pour deviner le sens de l'énigme-fontaine. *Auprès de la fontaine, que mon cœur, que mon cœur a de peine!...*

Quelle peut être, me disais-je, cette architecture inconnue, qui groupe les éléments les plus disparates? Assurément, c'est une tentative nouvelle; mais qu'a voulu dire l'inventeur? Que peut avoir de commun avec de l'eau qui coule, ce saint Michel terrassant le démon, et toute l'ornementation qui l'accompagne? Comment accorder avec ces chimères du rez-de-chaussée les petits anges ailés de la frise? Quel légitime rapport peut être établi entre le chiffre de saint Michel et celui de Napoléon III? Que viennent faire ici la Prudence, la Force, la Justice, la Tempérance, la Puissance et la Modération? Pourquoi le navire de la ville de Paris à côté du collier de l'ordre créé par Louis XI? Quel lien mystérieux peut relier toutes ces choses entre elles et leur donner un sens approprié à la destination du monument qui les supporte?

Et, perplexe entre les plus perplexes, je marchais, et au bout de quelques pas je me retrouvais à mon point de départ, le cerveau dans la nuit comme devant... *Auprès de la fontaine, que mon cœur, que mon cœur a de peine !*

Et j'en revenais à mon invocation première :

Muse de l'allégorie, puisque tu as présidé à la superposition de ces pierres, puisque tu connais le sens caché sous ces apparences, toi seule peux m'éclairer. Descends donc, et dis-moi, sur le mode sensible et parlant, la fontaine, la fontaine de l'archange saint Michel.

Et, comme je pensais ainsi, un rayon de lumière traversa l'étendue et vint me frapper au visage. Et je vis venir à moi, enveloppée de l'atmosphère des rêves, une grande femme vêtue de draperies flottantes. Elle paraissait un peu vieillie et fatiguée. Elle portait au cou un collier formé de deux serpents enroulés. Le miroir qu'elle tenait à la main me parut, dans ma misère, être plein de ténèbres ; mais, dès qu'elle le faisait mouvoir, il en rejaillissait sur elle et sur moi d'abondantes clartés.

Je tombai la face contre terre, et j'allais adorer, quand une voix :

« Je suis l'Allégorie, et j'arrive à ton appel. C'est, en effet, moi qui ai inspiré ce monument ; et, je le

dis avec orgueil, il sera l'un de mes plus beaux titres
de gloire. Je me suis révélée à l'architecte Davioud,
je l'ai échauffé de mon enthousiasme ; je l'ai per-
suadé, entraîné, dominé ; mes plans sont devenus ses plans, mes dessins ses dessins. Mais je
doute qu'après lui et moi il se trouve, soit dans le
public, soit même dans les artistes qui ont coopéré à
l'œuvre, quelqu'un qui en comprenne la portée et en
saisisse la signification véritable. Je ne suis donc pas
fâchée de te confier cet important secret, parce que
je te sais écrivain, et, comme tel, empressé à redire tout ce qu'on te prie de ne pas publier. Ainsi
lève-toi et regarde. Ce que tu ne voyais pas tout à
l'heure, tu vas le voir maintenant ; ce que tu ne com-
prenais pas, tu vas le comprendre : je t'ai mis de ma
clarté dans les yeux. »

Je me relevai. L'Allégorie étendit le bras dans
l'attitude d'une personne qui commence une dé-
monstration :

II

« D'abord, dit-elle, il n'y a dans cette fontaine
ni anachronisme ni incohérence. Le style général est
celui que vous avez l'habitude de nommer *renaissance*. L'ornementation est conduite à l'effet de
mettre en relief l'un des plus grands faits moraux de

notre époque : le Socialisme vaincu ou plutôt converti par l'Empire. Les diverses parties qui composent le monument se disciplinent, se coordonnent dans une unité rigoureuse, d'où résulte une harmonie véritablement parfaite. C'est, en fin de compte, une des plus belles pages décoratives qu'il m'ait été donné depuis longtemps de remplir. »

Et comme je faisais un signe de dénégation :

— « Ne m'interromps point, dit-elle; tu seras convaincu tout à l'heure.

Pour procéder par ordre, énumérons à nous deux les diverses parties de la fontaine; cette simple énumération devra nous conduire à l'interprétation de l'ensemble. Que vois-tu devant toi?

Au rez-de-chaussée,

Un haut soubassement, dans lequel sont pratiquées à diverses élévations, quatre vasques de grandeur différente, le tout en pierre de Saint-Yllies, jaune nuancé de rouge;

A droite et à gauche de la dernière vasque, un peu en avant du monument, deux chimères en bronze, accompagnées chacune d'un petit génie dans l'attitude du triomphe (1).

---

(1) Les génies ont été supprimés depuis la publication de cet article paru le jour même de l'inauguration, 15 août 1860.

2.

Au premier étage,

Une large niche dans laquelle, sur un rocher en pierre bleue de Soignies d'où jaillit la source d'eau, se dresse le groupe principal en bronze : *Saint Michel terrassant le démon*. Le dragon légendaire dans les deux tympans de la niche ;

De chaque côté de la niche, deux colonnes en marbre rouge du Languedoc, avec base et chapiteaux en marbre blanc veiné ;

Dans le panneau d'intervalle qui sépare chaque paire de colonnes, un bouclier rond en bronze, portant, sur un champ d'abeilles, avec sceptre et palmes de chêne et de laurier, un N sommé de la couronne impériale ;

Au-dessous de chaque bouclier, un cartouche orné d'une tête d'ange et d'une plaque de lapis-lazuli.

Au-dessus,

Un entablement, dont la frise est décorée de petits anges ailés portant des guirlandes de fleurs, et coupée au droit de chaque colonne par un écusson à tête de lion.

Au-dessus encore,

Un attique occupé par quatre statues en bronze, debout, posant sur les quatre colonnes : la *Prudence*, la *Force*, la *Justice*, la *Tempérance* ;

Dans les deux parties latérales, un cartouche por-

tant le chiffre de saint Michel entouré du collier de
l'ordre militaire de ce nom.

Enfin, pour couronnement,

Un fronton, rattaché au monument par deux
grandes volutes ornées de cornes d'abondance, et
renfermant, entre deux pilastres sculptés, une table
en marbre vert de mer sur laquelle se lit l'inscription
dédicatoire.

Le tout est surmonté d'un vaste écusson aux armes de l'Empire, accompagné de deux figures : la
Puissance et la *Modération*.

Aux angles de la toiture, deux aigles noirs en
plomb repoussé regardent l'un l'Orient, l'autre l'Oc-
cident.

Vois-tu clair maintenant ?

— Je distingue quelque chose.

— Quelque chose, ce n'est pas assez. Tu te rap-
pelles qu'après la Fronde, après ces troubles impies
dans lesquels, sous l'effort conjuré de l'aristocratie,
de la bourgeoisie et du peuple, avait failli s'abîmer
sa jeune royauté, Louis XIV, vainqueur des factions,
prit le *Saint Michel terrassant le démon* de Raphaël; l'encadra de deux volets doublés de velours
vert, peints par-dessus d'ornements rehaussés d'or,
et le plaça au-dessus de son trône,—voulant donner
à entendre à tous que l'Anarchie vaincue était désor-

mais en impuissance d'agir, et que, sur tous ceux qui ne se plieraient pas à la volonté souveraine, l'Autorité triomphante tenait, comme le divin archange sur Satan renversé, la lance invincible forgée des mains de Dieu même.

La légende de saint Michel devint, à partir de cette époque, le symbole de la Monarchie écrasant les factions, de l'Ordre comprimant l'Anarchie.

Ce sens reçut une première et terrible confirmation lors des dragonnades dans les Cévennes, après la révocation de l'édit de Nantes : horrible histoire que je n'ai pas à te refaire ici !

Mais, comme le divin maître semble avoir lui-même pressenti, en faisant son œuvre, l'interprétation que les événements politiques y forceraient d'attacher plus tard ! Son saint Michel debout, soutenu par le simple frémissement de ses ailes, pose du pied droit sur l'échine du démon renversé ; et, de ses deux bras élevés, dirige la pointe de sa lance contre la tête infâme du monstre, prêt à le clouer au rocher, s'il bouge. Le mouvement du corps ne trahit aucun effort ; à son aisance admirable et à sa radieuse élégance, on connaît un génie céleste contre qui rien ne prévaut. L'esprit du mal est terrassé, dompté, vaincu ; et à voir la posture humiliée de l'un, l'attitude souveraine de l'autre, on sent que c'est pour l'éternité.

Mais, depuis que le fondateur de l'unité nationale a emporté dans la tombe le secret de sa prodigieuse grandeur, bien des événements ont changé la face des choses en France. Le monstre — c'est aujourd'hui le Socialisme — s'est dégagé peu à peu de l'étreinte victorieuse; et de nos jours, on l'a vu, au bruit des tambours et au chant de *la Marseillaise*, saisir d'une main la lance inexpugnable, se jeter sur l'envoyé de Dieu et le terrasser à son tour.

Combat farouche! Lutte émouvante!

L'ange est la force divine même : on peut le surprendre, le vaincre est impossible. Et c'est pourquoi saint Michel revient toujours de sa surprise, ressaisit le monstre et le jette à ses pieds.

Les choses en sont encore là aujourd'hui.

Or, la fontaine que tu as sous les yeux — symbole unique — ne veut pas que cette lutte se prolonge, et pour y mettre fin, elle fait appel à la conciliation universelle.

Que les haines soient étouffées, les esprits ramenés ; que la concorde descende au milieu de nous, et nous fasse oublier nos guerres et nos misères : voilà ce qu'elle chante et chacun des détails qu'elle renferme n'est qu'un chant isolé de ce beau poëme.

Puissance et modération! lis-tu au sommet, dans

les deux grandes figures du couronnement. Ceci te
donne la clef de l'œuvre entière.

Il n'est pas bon qu'il y ait dans une société des
vainqueurs et des vaincus; il n'est pas bon que le
pied droit de la force écrase pour toujours l'épine
dorsale du Socialisme tombé; ni que la lance venge-
resse menace éternellement sa tête. Le Socialisme
doit être converti, non exterminé. Aussi, regarde le
groupe en bronze du *Saint Michel terrassant le
démon.* Comme la composition de ce groupe diffère
de celle donnée dans le tableau de Raphaël! La
jambe droite de l'archange a descendu de l'épaule du
monstre et pose maintenant à nu sur le rocher. Le
monstre est libre aux pieds du vainqueur. Au lieu
de la lance qui ne pardonne pas, l'archange tient un
glaive qu'il ramène horizontalement en signe de ré-
mission. Du bras gauche il montre à son adversaire,
qui a les yeux sur lui, le ciel du pouvoir, où trô-
nent les vertus civiques : la Prudence, la Force, la
Justice, la Tempérance; et, par ce geste, il l'invite
à faire sa soumission. Faire sa soumission c'est accepter la croix d'honneur, ou une préfecture. Je
pourrais te refaire le discours qu'il lui tient; c'est
quelque chose d'approchant au discours que le Chien
tient au Loup des bois dans la fable du Bonhomme.
Le monstre regarde l'archange d'un œil encore

irrité; mais au mouvement général de son corps, à ses deux bras qu'il croise, à sa queue qu'il ne tortille plus, et surtout à la faiblesse du coup de pied qu'il envoie dans l'aile droite de l'ange, on sent qu'il hésite et qu'il ne tardera pas à se rallier. Ainsi l'a voulu l'artiste, pour la plus grande gloire du second Empire.

Dans le bas, les énormes Chimères, c'est-à-dire les faux systèmes, les mauvaises doctrines, les erreurs détestables nées sous la République de 1848, sont assises sur leurs croupes, impuissantes désormais. Pacifiques et amicales, elles bornent leur opposition à lancer un jet d'eau dont la direction horizontale contrarie le sens de la cascade qui descend du rocher. Mais les petits génies qui s'appuient familièrement contre elles pourraient, comme un enfant fait à un gros chien, leur monter sur le dos, sans les mettre en colère.

Ceci t'explique pourquoi le chiffre de Napoléon III, — par qui cette période morale a été inaugurée, — se joint au chiffre de saint Michel, et pourquoi le vaisseau de la ville de Paris, — qui a vu s'accomplir toutes ces choses, — accompagne l'aigle impérial.

Les petits anges ailés représentent les anciens partis monarchiques et religieux. Ils sont relégués dans les hauteurs de la frise, comme dans l'histoire ils le sont aux profondeurs du passé. Mais parce

qu'ils ont assisté au grand duel, il doivent avoir par
à la réconciliation ; et ce sont eux qui apportent les
guirlandes de fleurs.

Telle est, succincte et véridique, la formule de la
fontaine Saint - Michel. Comprends - tu à cette
heure?

— Très-bien, ô Allégorie, je comprends.

III

— Mais, ô mère Allégorie, puisque tel est le sens
de cette fontaine ; puisque toutes les belles choses
que tu viens de me dire sont vraiment contenues
dans ces pierres; puisqu'au lieu d'une œuvre d'art,
c'est une thèse politique et administrative que j'ai
sous les yeux, permets-moi à mon tour quelques
mots et comprends bien ceci :

Je ne discute pas la réalité de ton interprétation ;
je l'accepte comme tu me la donnes, et même je con-
fesse que seule elle peut rendre raison du monument. Je ne saurais discuter non plus la légitimité du
symbole dont M. Davioud a cru devoir se faire le
grand prêtre ; je ne veux pas, à propos de quelques
moellons entassés, soulever une question qui met en
querelle les passions les plus opposées. N'ayant pas en
cette matière la franchise de mon idée, j'ai la liberté

de mon silence et j'en use. Je laisse donc le monstre écouter, aussi longtemps qu'il lui plaira, les propositions de l'archange, et répondre comme il jugera bon aux avances qui lui sont faites. Je ne te suis pas sur le terrain où tu voudrais m'entraîner. Reste dans ton camp, je resterai dans le mien.

Mais si la symbolique développée par l'architecte échappe à ma discussion, il est une chose qui m'appartient, c'est la valeur artistique du monument; et, à ce sujet, j'ai de graves objections à te faire.

Je ne m'arrêterai pas à discuter l'emplacement choisi, l'apposition de la fontaine à une maison particulière dont les façades latérales, débordant à droite et à gauche, gênent nécessairement l'œil, et devaient avoir pour résultat infaillible de nuire à la grandeur de l'effet.

Je ne relèverai pas les vides qui trouent la façade en divers endroits : vide à droite et à gauche entre les deux colonnes latérales, vide au-dessus de la niche dans l'attique, vide dans le fronton entre les deux pilastres.

Je n'insisterai pas sur l'extrême développement du fronton et sur l'importance exagérée donnée à l'inscription dédicatoire.

Tous ces défauts résultent plus ou moins des conditions mêmes du programme imposé par la Ville de

Paris, de l'étendue de la page à remplir, et de l'élévation de la maison qui sert de point d'appui.

Je passe par-dessus ces considérations, qui n'affecteraient guère la responsabilité des artistes, et j'arrive à ma thèse.

Crois-tu donc, ô Allégorie que tu es, qu'il suffise, pour qu'un monument soit une fontaine, qu'on ait placé à la base une source rejaillissant en nappe ? A ce compte, je n'aurais qu'à poser demain un robinet à la porte Saint-Denis, et tu serais obligée de me dire : Quelle monumentale fontaine que la porte Saint-Denis ! J'amènerais un tuyau dans la colonne Vendôme, je ferais l'eau monter en panache entre les jambes de Napoléon Ier et pleurer en arrosoir par le bec des quatre aigles, et tu me dirais encore : Quelle prodigieuse fontaine que la colonne Vendôme !

Non, Allégorie ma mie, une fontaine n'est pas fontaine parce qu'elle donne de l'eau, qu'elle jouit d'une cascade ou se gêne d'un robinet ; elle est fontaine par elle-même des pieds à la tête ; l'eau est un détail insignifiant ; la charpente du monument et le vêtement qu'il porte doivent seuls dire à tous quelle en est la destination. Son architecture et son ornementation doivent être combinées de telle sorte qu'il n'y ait aucune méprise possible. Il faut que l'étranger

arrivant dans la ville et apercevant un édifice au loin,
dans le haut de la rue ou au milieu de la place publique, puisse dire, rien qu'en en saisissant la conformation générale : Ceci est une fontaine. Il faut aussi,
quand la ville est écroulée, que la population est
morte, que les monuments s'effondrent et que les
ruines pendent, il faut, dis-je, que le voyageur, marchant au milieu des pierres et foulant les herbes,
s'arrête devant un débris sculpté, le reconnaisse et
dise : Autrefois, dans ce lieu, il y avait une fontaine.

Crois-tu qu'on en puisse dire autant de la fontaine
Saint-Michel?

Quand Paris ne sera plus, que la Seine évaporée
dans le ciel aura fait place à un marais, que les ponts
et les quais auront roulé dans les roseaux, que de
toutes parts, sur une étendue immense, giront les
grands restes de la grande capitale, crois-tu que
l'archéologue Tartare, fouillant dans ces décombres
et se trouvant tout à coup en présence du monument
épargné, mais dont le boulet du dernier assaut aura
fait sauter d'un coup le Saint-Michel, le dragon, le
rocher, la cascade et la niche, reconnaîtra, dans les
restes debout, la fontaine bienveillante qui donnait
à boire aux contemporains de Napoléon III?

— Évidemment non.

Eh bien ! cette observation condamne ton œuvre :

tu as voulu faire une fontaine, tu as fais tout autre chose : *Urceus exit.*

Entrerai-je, après cela, dans les détails d'exécution? Quoi d'utile? Chaque artiste, dominé par le plan général et circonscrit dans ses moyens, a donné ce qu'il pouvait donner, et volontiers je lui accorderais éloge.

M. Duret, l'auteur du groupe de Saint Michel, s'est montré merveilleux dans les parties de son œuvre où il s'est borné à copier la composition de Raphaël; mais, dans celles où il a dû s'en écarter et qui lui sont propres, il est tombé au-dessous du médiocre. Ainsi les deux bras élevés s'accordent difficilement avec le mouvement du corps et donnent à l'archange une lourdeur qui est loin de se trouver dans le peintre italien.

M. Jacquemart, qui a exécuté les deux dragons placés dans les tympans de la frise et les deux chimères du rez-de-chaussée, a fait preuve d'imagination en même temps que d'habileté et de savoir. Quoiqu'on ne puisse aisément juger de l'anatomie d'une chimère, les siennes paraissent savamment construites; elles sont traitées dans un grand caractère et sont d'un bel effet. Peut-être l'architecte aurait-il dû leur donner plus d'importance (1).

---

(1) L'architecte a exhaussé leur piédestal par la suite.

Les petits anges de M. Hubert Lavigne sont un peu plaqués contre la frise; on pouvait leur donner plus de mouvement, plus de relief; et même il n'eût peut-être pas été mauvais de les intéresser à l'action, en les penchant un peu vers le groupe principal.

Les quatre statues de MM. Barre, Guillaume, Élias Robert et Gumery font bien à la hauteur où elles sont placées; la Force de M. Guillaume surtout, dont le mouvement heureux séduit tout de suite. Mais l'élévation ne permet guère d'en apprécier les diverses parties.

Quant aux deux figures du fronton, de M. Auguste Debay, elles sont perdues dans l'éloignement, et je les estime de confiance.

Mais qu'importent ces détails? Un monument existe tout entier dans sa masse. Le détail n'a de valeur que celle qu'il donne à l'ensemble; il est mauvais s'il lui en retire. C'est donc l'ensemble qu'il faut juger. Or, à ce point de vue, je te l'ai déjà dit, tu t'es trompée, trompée du tout au tout.

Car une fontaine, vois-tu, n'est pas un premier-Paris ni un discours du Trône; c'est un coin de nature saisi dans son ensemble avec ses plantes, ses fleurs, ses poissons, ses oiseaux, ses arbres, son ciel, son paysage tout entier, et transporté vivant et frissonnant encore au sein de la Cité; avec cette différence toutefois que la Nature dissémine ses forces et distribue ses productions selon les lieux, les climats, les saisons, tandis que l'Art, résumé de la Nature, réunit, rapproche, groupe ce que celle-ci ne présente qu'à l'état épars.

Avoue que tu as cru nous surprendre. Tu nous as vus tailler nos arbres en façade, ratisser nos petits squares, aligner notre bois de Boulogne et notre bois de Vincennes, chercher des cascades entre deux cailloux, substituer partout le décor à la réalité, et tu t'es dit : « Ces gens-là n'aiment pas la Nature. Ils l'aiment dans les livres, au théâtre, non en elle-même. Ils en ont la sentimentalité étroite et banale, non le sentiment durable et profond. A quoi bon en faire passer sous leurs yeux les multiples images ? A quoi bon, dans des bas-reliefs rivalisant de profondeur avec la peinture, promener leur pensée à travers les choses des sources, des rivières, des fleuves, des mers ? A quoi bon les merveilles de la végétation aquatique; les roseaux aux tiges droites et à l'épi rigide; le nénuphar aux plaques vernissées qui rentre ses fleurs au coucher du soleil; la valisnérie aux rubans étroits qui ondule au fil de l'eau; la salicaire qui monte en quenouille, la persicaire qui retombe en épis; et la scolopendre aux touffes vertes et la menthe parfumée, et ces mille plantes dont les feuilles, affectant mille formes, sont en flèche, en langue, en cœur, en fer de lance ? A quoi bon les arbres familiers de la rive, et les aunes et les saules, et les peupliers clairs et les osiers flexibles ? A quoi bon les animaux bizarres et fantastiques, et les crabes et les scorpions, et les poissons voyageant ? A quoi bon les oiseaux dans le ciel ? à quoi bon les bœufs dans l'abreuvoir ? A quoi bon la navigation calme et paisible des fleuves, celle orageuse des mers, et les arrivages et les trafics, et les épreuves des durs matelots ? Pourquoi remuer toute cette poésie ? Ils n'aiment pas la Nature. » Tu n'as même pas épargné ces Neptunes, ces Amphitrites, ces Tritons, ces Néréides, antiques formules d'un spiritualisme supérieur au nôtre ; tu les a éliminés comme divinités surannées et vermoulues, sans te douter qu'elles sont éternellement jeunes et vivantes, et plus que jamais adorées de nous, étant les différents noms que nous donnons à la Nature même.

Tu t'es trompée. Si notre monde est vieux, imbécile et corrompu, de son tronc demi-pourri sort un rameau verdoyant : l'amour de la Nature. C'est peut-être la seule chose bonne que nous ayons, celle qui sauvera notre douteuse mémoire devant l'inflexible postérité. Nous aimons tant la Nature, que

nous la voulons partout, et que nous nous effor-
çons d'en approcher chaque jour davantage nos conceptions artistiques et nos œuvres d'art; nous allons
jusque-là que le plus ou moins de nature qu'elles
contiennent nous sert à déterminer le plus ou moins
qu'elles valent. Or le bon sens veut que, de tous
les monuments, la fontaine, véritable bout de nature
apporté dans la cité, soit celui qui en contienne le
plus.

Reprends donc ton attirail symbolique. Quel que
soit la signification que tu lui donnes, il ne convient
pas à une fontaine, et ne saurait nous satisfaire.
Porte-le sur un arc de triomphe, sur la façade d'un
palais, à la porte d'une caserne, où tu voudras :
sa place est partout, excepté où tu l'as mis. Que si
tu persistes à le laisser là, au nom de la loi souveraine qui régit les arts, je t'arrête et te mène
au poste de la Critique.

IV

CROCKETT ET LES LIONS

En France, on aime les lions. Peuple de braves estime qui lui ressemble. Le philosophe Joubert a eu beau montrer du doigt le pas oblique de la terrible bête, l'imagination des masses, qui ne subtilise point avec la Création, a continué de voir dans le lion le type de la force, de la puissance, de la générosité; et Joubert est resté avec son observation malveillante.

Tout contribue à la popularité du lion. L'irrésistible vigueur qu'il tient enfermée sous le petit volume de son corps, la surprenante souplesse de ses membres, la noble et harmonieuse beauté de sa forme, sa démarche lente et ses bonds prodigieux, les âpres solitudes qu'il habite, les nuits sereines qui le voient tout à coup apparaitre, les grands espaces qu'il parcourt, les rugissements qu'il pousse dans l'étendue profonde, la terreur que son approche com-

3.

munique aux autres animaux, ses brigandages
acharnés et ses clémences subites, l'entourent d'une
poésie mystérieuse, faite d'étrangeté, d'admiration
et d'horreur. Le lion a sa légende comme le peuple.
On le trouve dans l'histoire de tous les Hercules.
Samson en sépara un en deux, en pesant en sens contraire sur les mâchoires. L'hercule grec se fit un paletot de la peau d'un autre ; et c'est dans les crins
de cette héroïque vêture que joua plus tard la main
blanche d'Omphale, la petite reine lydienne. Le lion
a du cœur comme un homme : à Rome, il fait pleurer sur Androclès ; à Florence, il rend, comme
M. d'Ennery, des enfants à leur mère. Rien ne manque à la gloire du lion ; il a inspiré nos grands poëtes,
et posé pour nos meilleurs artistes. Pierre Puget l'a
taillé en marbre ; Barye l'a coulé en bronze immor-
tel ; la Fontaine en a fait le Louis XIV des bêtes ;
Buffon lui a consacré une de ses pompeuses pages,
et c'est en parlant de lui que Victor Hugo a écrit les
cinquante plus beaux vers qu'ait jamais tracés sa
main souveraine.

Mais si nous aimons les lions, nous n'aimons pas
moins ceux qui les tuent. Cela tient à notre impres-
sionnable caractère. Un homme s'en va seul, la nuit,
au repli d'un ravin. Il dispose des appâts et se place
en embuscade. La carabine au poing, l'œil et l'oreille

au guet, épiant chaque forme qui s'agite ou chaque souffle qui passe, il attend. Le lion se présente-t-il sous le clair rayonnement du ciel, il ajuste et fait feu. Un rugissement horrible part, et la bête tombe, convulsive ; car l'homme est un fin tireur, et les balles coniques n'ont jamais trompé. Prodige du drame et de la mise en scène ! nous ne nous souvenons plus que c'est du lion qu'il s'agit, nous oublions le guet-apens, et nous admirons l'homme.

Pourquoi tuer ces nobles animaux, si on peut les dompter ? J'aime mieux les dompteurs que les meurtriers. Ceux-là, du moins, ont le respect des formes et des êtres. Étant impuissants à créer, ils ne se croient pas qualité pour détruire. Et c'est bien. Curieux métier que celui des dompteurs ! En opérant ainsi sur l'esprit des bêtes, en s'emparant de leur imagination, en dominant leurs rêveries, s'ils allaient arriver un jour à forcer le secret de la sombre matière, et, magiciens sublimes, à briser le charme qui retient des âmes captives dans les infranchissables cadres du règne inférieur ! Qui sait ? Les anciens étaient arrivés loin dans cet art. Leurs histoires sont pleines, à cet égard, de récits merveilleux. Le jeune Bacchus se promenait dans un char traîné par des lynx, des onces, des tigres et des panthères. Pour la beauté de la robe et la rapidité de la course, quel

préférable attelage? Où est la femme à la mode
qui n'en désirât un semblable? Et quel charmant
aspect bigarré et imprévu prendront les Champs-
Élysées, le jour où chacun pourra atteler à son
véhicule les léopards de velours et les lions de nan-
kin, se faire voiturer par le désert à travers la civilisation!

Ne seraient-ce pas de charmants petits coursiers,
par exemple, que les lions de Crockett, le plus
récent des hommes célèbres, le plus célèbre des
hommes récents? Ils sont doux comme des agneaux
et intelligents comme des chiens. Au moindre signe,
au moindre commandement de leur maître, les voilà
qui se couchent ou se dressent, rampent ou courent,
montent sur des étagères, sautent à travers des cer-
ceaux. Ils sont six, de cinq à dix ans, qui arrivent
d'Afrique. Ils ne mangent qu'une fois tous les deux
jours, cent livres de viande entre eux tous. Ce régime sobre les maintient en excellente humeur. Ils
sont vifs, amusants, spirituels et si bons, que leur
grande docilité leur a nui dans la presse. On les a
traités de lions en pain d'épices, de chiens fauves,
de descentes de lit, que sais-je encore? Même la
belle lionne, qui, réfugiée dans un angle de la cage,
la patte en l'air, grondant et fronçant le sourcil,
prend des attitudes de blason, ou encore de député

de l'opposition discutant le budget, a paru répéter un
rôle appris. Quelles déceptions pour tous ces féroces
Parisiens, qui auraient voulu se repaître les yeux de
petit sang clairet! Quoi! pas le moindre danger
d'être dévorés? Non, messieurs, pas le moindre. Les
lions ne nous mangent plus. Ils demandent à signer
avec l'homme un pacte d'alliance.

Il faut de la volonté, de l'audace, du sang-froid
surtout, pour obtenir de tels résultats. Crockett, au
milieu de ses lions, est aussi calme qu'au café quand
il fait sa partie de domino, car ce dompteur affec-
tionne le domino. Il met la main dans la gueule de
ses bêtes du geste dont il poserait le double-six.

Crockett a vingt-huit ans. On lui en donnerait davantage, à cause du caractère ferme et accentué de
ses traits. C'est, au physique, un homme grand,
brun, solide comme un montagnard écossais. Il ne
va jamais sans ses bottes à l'écuyère et sa cravache
à pomme d'argent. Sa barbe, rasée au droit des
oreilles, pousse drue aux joues et au menton. Il y
a de l'oiseau de proie dans son nez mince et long,
et dans les découpures de l'arcade sourcilière. Mais
l'œil est petit et atone. L'expression du visage est
triste, et si la décision y est peinte, la mélancolie la
recouvre de sa teinte brune.

Au moral... ici tout est nuit pour moi. Crockett

n'entend ni ne parle le français. Mais, à défaut
de causer avec lui, j'ai causé de lui avec John
Bond, *the Elastic Clow* du Cirque, celui qui se
disloque d'une si comique façon. M. Bond est Anglais et parle cinq langues, ce qui est rare sans
doute parmi les clowns.

Or, voici comment Crockett entra dans l'exercice
de sa dangereuse profession :

Il y a six ans, — Crockett en avait alors vingt-
deux, — il voit tirer du fond d'un navire qui arrivait
d'Afrique cinq grandes boîtes grillées, que la foule
considérait avec curiosité. Il s'approche, comme
tout le monde, et aperçoit cinq lions, vieux et
terribles, qui tournaient avec véhémence sur eux-
mêmes, et, ouvrant leur gueule, mâchaient l'air avec
leurs crocs. Une fantaisie le prend : il les achète. Puis
il fait faire une grande cage et met les cinq bêtes ensemble. Tumulte effroyable, bataille. Bientôt la communauté d'esclavage amène des concessions réciproques : la paix s'établit. Crockett n'avait pas encore
osé pénétrer au milieu d'eux. Il avait vingt-deux ans,
trouvait la vie bonne, et voulait la continuer par habitude. Pourtant, cette idée le tourmentait. Un matin,
résolûment, il ouvre la porte de la cage et entre...
Les dents grinçaient, les yeux flamboyaient, la cage
grondait et tressautait sous les bonds.

Que se passa-t-il dans cette entrevue ? Dans quelle langue l'homme parla-t-il aux lions? Dans quelle langue les lions lui répondirent-ils ? Je n'en sais rien. Toujours est-il que la glace était brisée : Crockett et ses lions étaient amis pour toujours.

Mais voilà bien une autre affaire. Un matin, à sept heures environ, Crockett dormait paisiblement dans une hôtellerie de Londres, quand des cris déchirants éclatent de toutes parts. Ce sont des lions qui, par l'imprudence d'un garçon, sont sortis de leur cage, se promènent dans l'écurie, se répandent dans la maison. Tout le monde fuit. Un vieux lion saisit par le milieu du corps le garçon imprudent, et se met à le ronger dans un coin. Crockett est éveillé ; il descend et va au plus pressé, au garçon qui agonisait sous les griffes. Il frappe le lion, l'injurie, l'intimide, lui fait lâcher sa proie, rappelle les autres fuyards, pousse toute la bande dans la cage et referme la porte. Malheureusement il est arrivé trop tard : le garçon était mort.

Une ceinture d'honneur, où, sur une série de plaques en argent, sont représentées les diverses phases de cet horrible épisode, fut décernée par la reconnaissance publique au courageux dompteur, qui s'en fait gloire et la montre comme un trophée.

Les lions que le Cirque expose chaque soir ne sont

pas les cinq dont je viens de parler. Ce sont de nouveaux lions que Crockett a achetés en Angleterre il
y a dix-huit mois environ. Ils viennent d'Afrique
comme les premiers; mais ils sont plus pacifiques,
et n'ont encore sur la conscience que le pouce d'un
garçon d'écurie qu'ils ont avalé il y a quelque temps
à travers les barreaux, histoire sans doute de goûter
de la chair caucasique.

Crockett est vierge d'accidents. Mais l'épisode
sanglant de Londres doit lui revenir quelquefois en
mémoire, au moment où il va mettre sa tête entre les
deux mâchoires de son gros lion favori. A ce moment-
là, sans doute, il assujettit plus puissamment sous son
pied la patte de l'animal...

La première fois que je vis un lion, ce fut un jour
de foire, dans une petite ville de province. La population se pressait pour admirer le fameux *lion de Numidie*, arrivé la veille et annoncé sur tous les murs.
Le patron de la baraque était un homme de quarante
ans environ, la barbe pleine et noire, le visage implacable et méchant. Il n'entrait pas dans la cage,
lui. Mais il était accompagné d'une petite fille de
huit ans, blonde et rose; sa fille? on ne savait : c'était
elle qui entrait dans la cage, dressant sa petite taille,
s'avançant à pas mesurés, habillée de paillettes et
pomponnée de rubans. Elle ne tremblait pas, ayant

pris l'habitude, ou n'ayant jamais eu la conscience du danger... Elle marchait vers la redoutable bête en lui envoyant des baisers enfantins ; puis, s'asseyant près d'elle, la caressait, lui passait les bras autour du cou. Un peu après, une petite cravache à la main, elle faisait mine de gronder et de punir. Enfin, au commandement de l'homme resté en dehors, elle ouvrait doucement de ses mains la gueule du lion, qui se laissait faire, et enfonçait sa tête... Puis elle la retirait, et s'éloignait à reculons, en saluant le lion avec des gestes et des révérences comiques.

Un jour, la gueule du lion se referma brusquement ; la tête de l'enfant fut broyée.

Depuis ce temps, je rencontre souvent dans Paris un vieillard à barbe blanche, qui va seul, glissant d'une démarche incertaine le long des boulevards et dans les grands passages. Il est toujours rigoureusement vêtu, minutieusement propre. Son costume et son attitude sont d'un rentier aisé. C'est l'homme de la baraque. A-t-il continué longtemps encore à montrer le fameux *lion de Numidie?* Je ne sais ; mais je ne puis le voir, sans songer aussitôt à la petite fille blonde et rose, habillée de paillettes et pomponnée de rubans, morte dans la gueule du grand lion. Quelquefois le vieillard mâchonne né-

gligemment un cure-dents : il me semble alors que
je vois sortir de sa bouche le tibia de la pauvre
petite fille.

V

LE MUSÉE CAMPANA

J'ai pour ami un original qui n'admet pas facilement les divagations communes en matière d'art.
Toute la rhétorique de sentiment ou d'images accu-
mulée depuis un demi-siècle par les critiques et les
archéologues lui fait lever les épaules, quand elle ne
le met pas en colère. Pour lui, le passé de l'humanité, sans distinction de civilisations et de peuples,
est son enfance; le présent est sa jeunesse, anar-
chique et tumultueuse, comme cela doit être, les
passions y primant la raison incertaine encore. Aussi
les jugements qu'il porte, à ce point de vue, sur les
choses de l'art sont arrêtés et violents. Dans l'œuvre
de la Grèce, il n'accepte que trois ou quatre morceaux, délicats dans leurs lignes ou puissants dans
leur caractère, qui lui paraissent avoir tout juste la
valeur d'indications exactes pour l'avenir. Tout le
travail des Romains, il le voue au marteau, n'en dé-

sirant sauver que deux ou trois bustes d'empereurs,
où la science de la réalité semble avoir dispensé
l'artiste de connaissances psychologiques. Les musées
égyptien, assyrien, étrusque le font rire; et pour
nettoyer Paris de ces grotesques, il offrirait volontiers
de les faire transporter à ses frais sur nos grandes
routes, où les cantonniers en feraient leur affaire.
La petite collection américaine surtout, avec ses vi-
trines proprettes et son air de boutique marchande,
lui tire des haut-le-corps incroyables : souvent il
fait au gardien la plaisanterie de lui demander s'il
tient tel ou tel article, ou combien il vend tel objet.
Je vous l'ai dit, c'est un original. Il ne conduit jamais sa femme dans la grande galerie du Louvre,
parce qu'avant d'arriver aux belles et paisibles peintures de la Renaissance, il lui faudrait traverser les
grimaces contournées et agaçantes de l'époque
primitive et qu'il redouterait l'action de ce spectacle sur l'être sensible et nerveux de sa com-
pagne.

Il faut l'entendre tonner contre les chercheurs de
vieilleries et d'antiquailles. Ces inoffensifs amateurs
du brimborion et du bibelot ne sont rien moins que
des rats éhontés qui tirent de l'égout artistique et
ramènent à la lumière les plus sordides haillons de
l'esprit humain; des vidangeurs, qui descendent au

dépotoir abject de l'histoire, pour y ramasser les restes honteux de notre ignorance, de notre infirmité ou de nos superstitions passées. Ce blasphémateur ne se tint pas d'aise, le jour où je lui eus fait lire la phrase de Proudhon : — « Je voudrais, pour notre plus prompte régénération, que musées, cathédrales, palais, salons, boudoirs, avec tout leur mobilier ancien et moderne, fussent jetés aux flammes, avec défense aux artistes de s'occuper de leur art. Le passé oublié, nous ferions quelque chose. » — Voilà qui est frappé juste, cria-t-il, et bien pensé, et bien dit! Que font donc dans leurs feuilletons par la ville Thoré, Gautier, Saint-Victor et vos autres critiques d'art? Quoi ! avoir reçu de la nature tous les dons : — Thoré, le juger infaillible ; Gautier, la diction impeccable ; Paul de Saint-Victor, le ruissellement magique de la phrase, — et passer le temps, accroupis sur des œuvres mortes, à leur insuffler le fluide d'un style incomparable, uniquement pour voir si, comme la grenouille de Volta, elles ne finiront point par tressaillir et sauter : *O miseras hominum mentes ! ô pectora cœca!*

Et il s'en allait déclamant contre l'art ancien et les critiques modernes.

— Que pensez-vous du musée Campana? lui dis-je, l'autre hier, en l'abordant.

— Excellente affaire ! exclama-t-il avec enthousiasme.

— Comment l'entendez-vous ?

— Mais comme il faut l'entendre.

— Au point de vue de l'art ?

— Peuh !

— Des artistes ?

— Ouais !

— Comment donc ?

— Eh ! comme affaire. Les affaires sont les affaires. Trois millions à gagner, demain, si l'on veut,
par la revente au détail. Que dis-je, trois millions ?
six peut-être !

— Y songez-vous ? Une collection unique dans
l'histoire, un musée tout entier, revendu en détail !
Mais les artistes s'ameuteraient ; mais l'art se voile-
rait la face...

— Ta, ta, ta, ta!.. Pas de phrases, s'il vous plaît :
raisonnons.

Ne savez-vous pas, comme moi, qu'en fait d'art
l'érudition n'est rien, le sentiment tout. L'érudition
étonne et laisse froid ; le sentiment touche et sub-
jugue. Si l'art n'a d'autre objet que de donner à
chaque moment de la durée la formule plastique de
l'humanité, que sert à l'artiste de connaître les for-

mules ébauchées avant lui? Il lui suffit d'être maître
des moyens de son art et de les appliquer à la traduction directe de son époque. Plus il sera ignorant
des interprétations antérieures, plus il sera naïf et
saura impressionner. Moins il y aura de raisonnement entre la nature, son modèle éternel, et l'impression qu'il en aura reçue, plus il sera vrai, partant fort.

Pourquoi alors agrandir sans fin ces immenses
réservoirs de bric-à-brac, dans lesquels nous entas-
sons à grands frais les défroques historiques de tous
les siècles? Les artistes qu'auraient-ils à y puiser?
Ne sait-on pas bien que l'étude minutieuse et approfondie des époques écoulées n'est point leur fait? Le
costumier de la rue Bonaparte en sait plus qu'eux
tous réunis; il est là pour les renseigner à l'occasion; et, à son défaut, le moindre employé de la Bibliothèque. Car, que faut-il à l'artiste? Être bien
renseigné. Ne dit-on pas que toute l'érudition de
M. Ingres gît dans la tête de M. Hitorff, et celle de
M. Gérôme dans ses dictionnaires et ses collections
de gravures?

Le public, il est vrai, trouve à parcourir ces ga-
leries quelque satisfaction de curiosité; mais n'est-
ce pas, dans un ordre renversé, la curiosité vague
des bœufs qui, du bord de la prairie, regardent

passer un convoi de chemin de fer, — sans y rien
comprendre ?

Je parierais les cent mille écus qui me manquent
pour être heureux que le musée Campana va retar-
der de vingt ans encore l'apparition si longtemps
et si vainement attendue du génie français en peinture.

Déjà les classiques, les mystiques, les peintres de
style, d'histoire, de religion, sont accourus pour renouveler leur provision de silhouettes, d'expressions
ou de couleur locale. Je les entends qui se font forts,
avec leur nouveau bagage, d'approvisionner le grand
art pour tout le restant de leur vie ; après quoi, ils
le remettront à sa destinée.

Et puis n'avez-vous pas ouï la grande rumeur qui
s'est faite au camp des néo-Grecs ? Ils avaient épuisé
tout Pompéi, tout Herculanum, tout le musée secret.
Leur cerveau était à vide. Plus de sujets ; pas un
seul petit morceau de mouche ou de vermisseau. Ils
étaient tous criant famine ; et voilà que, par une fortune inespérée, le grenier de la fourmi Campana
leur arrive par mer, à grand bruit de roues dans les
flots et de vent dans les voiles. Quelle aubaine ! Ga-
geons que si, cette nuit, vous vous faufiliez dans le
cercueil du guerrier étrusque, vous verriez, demain,
à l'aube, quelques-uns de ces malheureux sortir des

pots, des marmites, des amphores, où ils vivent cachés depuis trois mois, copier en hâte, qui une figure, qui un mouvement, qui une draperie; puis, à l'heure où les portes du musée s'ouvrent à la foule, regagner subitement leur retraite en replaçant sur eux les couvercles qui les cachent aux regards. Gérôme, lui-même, le grand Gérôme doit gémir dans son Orient à l'idée des richesses qu'il laisse échapper. S'il ne double ses relais de chameaux pour hâter son retour, il court risque, Crillon posthume et peintre dépassé, de s'entendre dire un jour par ses suivants et fidèles : « Pends-toi, brave Gérôme : nous avons copié à Campana, et tu n'y étais pas ! »

Comment voulez-vous que l'esprit de la France se retrouve au fort de cette recrudescence archaïque ?

Vendons donc, vendons, avant que ce mal ne gagne. Profitons du moment : jamais l'occasion n'aura été plus favorable. Depuis quarante ans il s'est formé pour le bibelot une littérature spéciale qui le prône, une armée choisie d'amateurs qui se le disputent à prix d'or. Dans Paris, chaque maison a une pièce, chaque pièce une étagère, qui demandent à se garnir. Les ventes multipliées des collections françaises, l'importation des cabinets étrangers, les dépouilles du Palais d'été, ont été impuissantes à satisfaire tous les appétits. Dans chaque habitation, il reste des vides à remplir. Qui sait combien de temps durera cette fureur factice ? Que valait le bibelot, il y a cinquante ans ? que vaudra-t-il dans un demi-siècle ?

— Je commence à me rallier à votre idée.

— Elle est excellente, vous dis-je. Le prix d'acquisition étant minime eu égard au cours du jour, le bénéfice est certain. Une série de ventes partielles intelligemment espacées produira des résultats étonnants. Ce qu'on a acheté cinq millions, on peut le revendre aisément quinze. Je rembourse à l'État les cinq millions de son achat, je jette un million dans la caisse de la Société des Amis des arts, qui tombent à mes pieds et me votent une statue. Je refuse la statue. J'emploie cinq millions à fonder pour nos jeunes lauréats les cinq nouvelles écoles depuis si longtemps sollicitées, à Anvers, à Amsterdam, à Madrid, à Venise, à Florence. Et, avec les quatre millions qui me restent, je fais des commandes de toute nature à nos peintres, sous la seule obligation par eux de s'enfermer dans ce programme : — peindre en français, c'est-à-dire nous donner une peinture qui ne soit plus ni grecque, ni romaine, ni florentine, ni vénitienne, ni flamande, ni antique, ni moyen âge, ni renaissance, mais uniquement et simplement française, comme nos lettres, comme notre philosophie, comme notre génie et nos mœurs sont français.

— Ne parlez pas ainsi; vous biffez d'un seul coup les plus célèbres noms de ce temps : Ingres, Delacroix, Ary Scheffer, Decamps, Meissonier.

— C'est notre ignorance qui a fait leur célébrité. Mais la question n'est pas là. Si vous ne faites pas ce que je vous dis, l'art désormais demeure sans boussole. Plus de salut pour lui, à moins que nous n'appliquions le remède héroïque de Proudhon, qui consiste à jeter aux flammes...

— Arrêtez, sacrilége ! Vous me compromettez.

VI

MIRECOURT ET LES MISÉRABLES

Je suis du nombre, — toujours grandissant, hélas !
— de ceux chez qui la contemplation des choses
humaines tourne lentement, mais sûrement, l'indignation en mépris. Dans nos temps d'effronterie,
d'impudeur et de cynisme, où chacun court à la
jouissance la plus immédiate, les « haines vigou-
reuses » auraient trop à faire. Celui-là doit les re-
fouler qui ne veut point dépenser sa vie, — la vie si
incertaine et si courte, — en éclats et en querelles.
Je ne n'ai point le tempérament des combats quoti-
diens. Quand la démoralisation est au comble ; quand
la calomnie, le mensonge, la trahison, la vénalité,
rués l'un sur l'autre, courent sans obstacle sur toute
la surface de la mer sociale, que pourrait l'honnête
homme ? Débordé par le déchaînement du mal, il re-
cule, s'accoude à l'écart et regarde passer. Taisez-
vous, passions généreuses ! Amour du juste et du

vrai, renfonce tes colères! Le silence est du mépris, non pas de la complicité.

Pourtant, une grande indignation m'est venue cette semaine. Un journal a publié, à propos des *Misérables*, un pamphlet qui touche à des choses sacrées pour tous.

Le journal, c'est *le Figaro*;

L'auteur du pamphlet, M. E. de Mirecourt.

Du journal, je n'ai rien à dire, sinon que, sceptique et gouailleur, sans principes et sans but, il sème le bien et le mal avec une trop insouciante prodigalité. La postérité jugera ce rôle. En recherchant les agents de dissolution qui ont travaillé notre époque, et, pour employer l'expression de Royer-Collard, mis notre société en poussière, elle lui fera sa part dans l'œuvre de la corruption générale. Peut-être reconnaîtra-t-elle, comme je suis enclin à l'admettre ici moi-même, que, si on a toujours pu lui souhaiter un parti pris de moralité plus haute, on doit lui accorder qu'il a eu souvent le style qui charme, la finesse qui séduit, et par-dessus tout, le rire qui désarme.

Du pamphlet, c'est autre chose : j'avais beaucoup à dire ; mais voilà qu'en le relisant, en songeant qui en est l'auteur, mon indignation tombe pour faire place... Ah! mes amis, rions.

Il est revenu parmi nous, il a reparu, l'homme au grand cœur et au bras fort, le champion émérite du droit divin, qui, jadis, sonnait du cor dans la forêt humaine, défiant au combat toutes les bêtes malfaisantes du scepticisme et de l'incrédulité. Saint Michel de la biographie, son armure avait été forgée du plus pur acier catholique. Il était beau sous les armes, animant d'une main nos courages tremblants, de l'autre poussant des coups terribles au plus fort du fourré socialiste. Jamais vaillance n'avait égalé la sienne. En un instant, Lamennais, George Sand, Alfred de Musset, Eugène Sue, Émile de Girardin, tous ces sophistes, tous ces corrupteurs, tous ces prédicants de la paresse, de la luxure ou de l'orgueil, sont étendus par terre, rendant leur venin avec leur vie. La vertu, depuis si longtemps opprimée, releva la tête ; le vice rentra sous terre. Un lion horrible, Proudhon, tracassait dans la jungle du philosophisme, poussant des blasphèmes effroyables, et répandant au loin l'épouvante. Il vint à lui, le frappa de sa lance bénite, dit-on, par la main pieuse d'un archevêque, et le tua.

Partout les bons étaient rassurés et les méchants tremblaient. Le bruit de tant et de si beaux exploits vint aux oreilles des juges de son pays. La police correctionnelle s'étonna qu'un tel homme n'eût point encore reçu la récompense due à son mérite. Elle supplia le saint Michel de se rendre à sa barre; les avocats saisirent cette occasion pour faire l'éloge du comparant. Quand ils lui eurent tressé une couronne de fleurs de rhétorique, la Cour, après un rapide délibéré, déclara que saint Michel de Mirecourt, par tous ces travaux accomplis, avait, en bonne conscience, conquis le droit au repos.

Elle lui fit des loisirs.

Mais l'inaction est pénible à ses généreuses natures. Il dit adieu à la France, et partit pour aller délivrer les autres pays.

Quels furent les hauts faits du paladin dans les contrées qu'il visita? Ici, la légende est muette.

Un jour une sinistre nouvelle courut Paris : Eugène de Mirecourt est mort ! — Tous ceux qui avaient gardé dans le cœur l'amour de la littérature honnête et sévère; tous ceux qui regardaient la biographie comme l'expression la plus élevée d'une époque; tous ceux qui considéraient à quelle hauteur E. de Mirecourt avait monté ce genre; tous ceux, enfin, qui connaissaient les qualités qu'il y avait apportées : le respect inviolable de la vie privée, la puissance philosophique dans la synthèse, le discernement critique dans l'analyse, — tous ceux-là savent avec quelle unanimité de regrets et quelle sincérité de

douleur Paris se répétait à lui-même : E. de Mirecourt est mort !

Comment était-il mort ? Avait-il été, comme Milon
de Crotone devenu vieux, trahi par ses forces en
renouvelant un des jeux de sa jeunesse ? Quelque
monstre de la libre pensée, — la terre d'Allemagne
en produit de si étranges ! — l'avait-il surpris à
l'improviste et dévoré ? On ne savait. Mais, à coup
sûr, il avait succombé les armes à la main dans
quelque entreprise grandiose et sinistre. Il était
mort pour la bonne cause, au champ d'honneur, en
héros !

Fausse nouvelle ! il vivait. Les dieux protecteurs
des empires n'avaient pas voulu qu'un hasard vulgaire tranchât obscurément le fil de ses précieux
jours : ils l'avaient conservé pour la France.

Pauvre France ! dans quel état t'avait mise son
absence ! Voilà que, sur la foi de sa mort, les fauves
que son bras avait tenus terrifiés sortaient de leurs
retraites. « Par le fait des écrivains coupables et de
mauvaise foi, une influence démocratique et sociale,
crée artificiellement les ténèbres en pleine civilisation ; la littérature continue son œuvre de démoralisation sur l'homme, la femme et l'enfant ; le reptile
démagogique souille les sociétés modernes de sa
bave... » — Il revient pour dissiper les ténèbres,

briser les plumes venimeuses, écraser la tête de
l'hydre. C'est bien lui. Je reconnais la devise brodée
sur sa bannière : « Hors de l'Église et de la foi,
hors de l'autorité et du gouvernement absolu, il n'y
a ni honneur, ni vertu, ni probité, ni désintéressement, ni style ; il y a corruption, mensonge, trom-
perie, orgueil, égoïsme, sacrilége, sottise et imbé-
cillité. La révolution (car il est temps enfin de la
définir !), c'est l'ambition de tous les orgueilleux
mécontents, déguisée sous le voile d'une théorie hu-
manitaire pleine de fiel et d'hypocrisie. » Il s'avance ;
dédaigneux des honneurs que les populations em-
pressées veulent lui rendre, il esquive les arcs de
triomphe dressés sur ses pas, et, par le plus droit,
pousse au monstre. Il ne porte qu'un coup, mais
terrible ; et, de ce coup, la lance fait brochette de
Victor Hugo, des *Misérables*, de tous les constituants, de tous les conventionnels, de la révolution
française, de Marat, de George Sand et de Proudhon.
Tudieu ! quelle enfilade !

Ah ! cher livre des *Misérables*, livre surabondant
et incomplet à la fois, toi qui nous vaux de si grotesques attaques, laisse-moi te dire, si déjà, par le
fait du *biographe contemporain*, tu n'es point passé
de vie à trépas, que je t'ai aimé et que je t'aime
quand même.

Je n'ai point été un de tes admirateurs frénétiques. J'ai laissé passer sans y prendre part le concert d'éloges qui a accueilli ton apparition. Tout en t'admirant, je faisais, à part moi, mes réserves sur l'invention, la composition, le style. Tes personnages, issus d'une donnée de l'esprit, n'ont point à mon gré ce caractère de réalité suffisante qui nous attache à eux, en nous jetant tout de suite et de plain-pied dans leur intimité. Les masses principales de ta fabulation coupée de digressions trop étendues se relient mal entre elles et laissent le profil du monument incertain ou informe. Ta langue, trop uniformément descriptive ou lyrique, manque souvent de ce naturel et de cette souplesse qui sont le propre du genre. Il semble que ton auteur, condamné au vers pendant trente ans de sa vie, soit resté étranger au grand travail qui a été accompli pendant cette période sur la prose française par Balzac, George Sand, Sainte-Beuve, Proudhon et d'autres ouvriers moins glorieux, mais non moins habiles, dont je n'ai pas le temps de retrouver ici les noms. Sa phrase, en beaucoup d'endroits, est figée dans l'immobilité d'un moule trop uniforme. Lui, si grand, si fécond, si flexible dans le vers, depuis les *Orientales* jusqu'à la *Légende de siècles*, il est roide et dur dans la prose. Il ignore la simplicité, la vérité du style,

parce que, étranger à la logique et affamé de pittoresque, poëte toujours et rien que poëte, il s'arrête
au phénomène, charge sa grammaire de sensations,
prend des vocables pour des idées, des images pour
des raisonnements, sans se douter que la beauté
d'une langue, comme la santé d'un cerveau, consiste
dans l'équilibre de l'abstrait et du concret, non dans
le sacrifice de l'un à l'autre.

Mais qu'importe? cela peut-il m'empêcher de reconnaître la puissance déployée par Victor Hugo et
de goûter les beautés qui abondent dans son étrange
poëme de la misère?

Oui, je t'aime, bon et beau livre, et je te relirai.
Je t'aime pour ta valeur littéraire et surtout pour ton
importance morale. Il faut avoir un triste cœur pour
ne pas sentir combien tu es saint et consolant. Le
Mirecourt accuse ton auteur « d'avoir scandalisé la
France par la publication d'une œuvre malsaine ; »
il ne veut voir en toi « qu'une diatribe en dix vo-
lumes contre la société; » à son aise. Moi, j'y vois
la glorification de l'homme moderne, marchant, à
travers tous les obstacles et au prix de toutes les
douleurs, à son idéalisation par le travail, à son apothéose par la justice. Un livre ne saurait contenir
une plus haute leçon.

— M. E. de Mirecourt, demandai-je à quelqu'un,

aurait-il, contre l'attente générale, qualité pour
juger de la moralité d'un livre, pour se prononcer
sur une question de conscience et d'éducation universelle ?

— Lui! me fut-il répondu, vous voulez rire.
C'est tout simplement un homme que la lumière
gêne. Il passe sa vie à ajuster le soleil, et s'étonne,
chaque fois qu'il tire, de ne l'avoir pas encore
décroché.

VII

LE JOUR DES MORTS

La brume au ciel, la brume à terre, à l'horizon la brume. Le Panthéon, Sainte-Clotilde, le mont Valérien, Montmartre, tous les points culminants de l'enceinte parisienne, engloutis par les vagues silen‑cieuses de l'aérienne marée, ont disparu. A une portée du regard, tout est gris; nulle silhouette d'é‑difice ne s'estompe dans la pâle vapeur, linceul flot‑tant qui enserre la grande ville aux premiers jours de novembre. Au centre du tableau, le soleil dessine à peine son disque rougi, et sa lumière tamisée descend par bandes transversales, comme ces clartés mystiques qui illuminent les compositions de Rem‑brandt. L'atmosphère mouillée a perdu sa sonorité; le bruit des voitures qui roulent, des promeneurs qui circulent, ne l'ébranle que faiblement; on dirait que les rues se sont tout à coup ouatées de silence, et, comme tout est tristesse pour l'œil, tout devient tristesse pour l'oreille.

C'est le jour des morts.

Heureux les morts qui dorment dans la paix du tombeau! C'est l'heure consacrée où le ressouvenir revient au cœur des vivants. La population se presse vers les cimetières par la longue ligne des boulevards extérieurs, semés, pour la circonstance, de boutiques en plein vent, où l'immortelle, tressée en couronnes, s'entremêle de pieuses légendes, expressions naïves de regret ou d'amour. Hommes, femmes, enfants, vieillards, tous ceux qui ont été atteints et qui pleurent un vide au cœur ou au foyer, passent, vêtus de deuil : c'est la longue et confuse théorie des familles ébranchées par le vent de la mort.

On les compte par centaines de mille, ceux qui, chaque année, accomplissent ce pèlerinage de la tombe.

Quels sentiments les animent les uns et les autres? Obéissent-ils à un mouvement spontané de leur douleur, ou sont-ils asservis à la pratique d'un ancien usage? Je crains bien que la seule habitude ne guide la plupart. Il ne faudrait pas une analyse sévère pour démêler, chez le plus grand nombre, le mensonge et l'hypocrisie, ces deux vices secrets de notre société dégradée à l'excès. Ici, un moraliste s'indi-

gnerait. Il accuserait l'abstention du riche, qui se
renferme chez lui; la dépravation du pauvre, pour
qui la porte du cimetière est également la porte du
cabaret. A quoi bon? S'il y a quelque part, dans un
cœur solitaire, un sentiment noble et délicat, pur de
tout alliage grossier, cela ne balance-t-il pas la tur-
pitude de tous les autres? Découvrons-nous donc au
hasard devant cette procession mortuaire, qui rappelle, du moins par ses dehors, un respect autrefois
puissant, aujourd'hui presque évanoui, et allons nous-
mêmes où sont nos morts.

Où sont-ils, nos morts, j'entends nos poëtes, nos
philosophes, nos savants, nos artistes, ceux qui nous
ont engendrés et faits ce que nous sommes, qui ont
donné leur âme en pâture à l'humanité et continuent
à la nourrir de leur plus intime substance? Derniers
rejetons de la grande famille intellectuelle française
qui a inondé le monde de lumière, nous ne voulons
pas laisser passer ce jour sans visiter les tombeaux
de nos aïeux, communiquer avec eux à travers le
temps et l'espace, nous inspirer de leur grand cœur,
élever notre faiblesse à la hauteur de leur puissante
virilité. A quelle porte faut-il que nous allions
frapper?

L'Angleterre a Westminster, la gothique abbaye,
où sont réunis, à côté des souverains, partageant

avec eux les honneurs et l'empire de la célébrité,
les simples citoyens qui, par leur vie et leurs travaux, ont illustré la patrie : guerriers, marins,
hommes d'État, littérateurs, savants. Là dorment,
dans le silence de la mort et dans le respect des
vivants, lord Chatham, Pitt, Fox, Georges Canning;
— l'antiquaire Campden, l'ingénieur Telfort, le
chimiste Humphrey-Davy, le mécanicien Watt, l'as-
tronome Newton, dont le monde se félicite qu'il ait
été tel et si grand, *tale tantumque exstitisse;* —
Garrick, l'acteur; — Kneller, le peintre; — enfin
la légion des poëtes, Chaucer, Spencer, Thomas
Gray, Mason, Dryden, Pope, Addison, Goldsmith,
Thompson, Sheridan, Milton, le rude pamphlétaire;
Shakespeare, le grand dramaturge.

L'Italie a *Santa-Croce*, la grande église florentine, austère et sombre, qui, dans les tombeaux de
marbre, sous le doux rayonnement des vitraux go-
thiques, au milieu des chefs-d'œuvre artistiques
entassés comme à l'envi par les siècles, conserve le
souvenir des grands morts italiens : de Dante Ali-
ghieri, *l'altissimo poeta;* de Michel-Ange, *piu que
mortal divino;* de Machiavel, qui est au-dessus de
tout éloge, *tanto nomini nullum par elogium;* de
Galilée, de Filicaja, de Leonardo Bruni, de l'Arétin,
d'Alfieri, de Niccolini, l'auteur de *Polyxène,* l'*ul-*

timo dei Grandi Florentini, qui, de son temps déjà, ne trouvait point d'imprimeur dans sa patrie pour mettre au jour ses productions libérales.

La France avait le Panthéon. L'assemblée constituante, dans une séance solennelle et à l'occasion d'une mort mémorable, celle de Mirabeau, avait décrété que l'église de Soufflot, ce produit tout païen de l'art classique, serait consacrée à la sépulture des hommes illustres. Sur la frise de face, on avait inscrit ces mots : « *Aux grands hommes, la patrie reconnaissante.* » Plus tard, David d'Angers était venu et avait sculpté dans le fronton en traits ineffaçables l'épopée de l'immortalité. Mais les monuments aussi ont leur destinée. Lié à la fortune de l'idée révolutionnaire en France, le Panthéon est, pour la deuxième fois en ce siècle, déchu de sa signification et destitué de son objet. L'inscription nationale existe, le fronton de David existe : le Panthéon n'est plus ; et ce monument, que l'âme de la France devrait habiter, qui pouvait devenir, en grands noms et en souvenirs immortels, plus riche que les plus riches nécropoles, est demeuré, grâce à la république, à qui le temps a manqué, à l'empire, qui n'y a mis que des dignitaires, à la monarchie de Louis-Philippe, qui n'y a mis personne, — vide de nos meilleures gloires.

Frappons cependant à ces portes, nous qui, détachés des soucis d'un deuil vulgaire, n'aspirons qu'à communier en pensée avec les esprits immortels.

Le Panthéon a pour hôtes Voltaire et Rousseau, mais seuls, mais perdus dans une foule de morts inutiles et depuis longtemps oubliés. Cet isolement dans la nuit des caveaux funèbres ajoute, sans doute, à la terreur qu'ils inspirent, et met à leur gloire comme un rayon étrange. Mais que ne gagneraient-ils pas à être entourés de toutes les illustrations qu'ils ont connues avant eux et de toutes celles qu'ils ont suscitées depuis? Où sont cependant leurs pairs en dignité et en grandeur, ceux que nous aimons et dont les noms sont dans toutes les bouches? — Où sont nos poëtes : Ronsard, Régnier, Malherbe, Corneille, Boileau, la Fontaine, Molière, Racine, J.-B. Rousseau, Béranger, Marie-Joseph Chénier, Hégésippe Moreau, Alfred de Musset? — Où sont nos romanciers : Prevost, Lesage, Bernardin de Saint-Pierre, Eugène Sue, Frédéric Soulié, Balzac? — Où sont nos peintres : Jean Cousin, Lesueur, Poussin, Claude Gelée, Lenain, Chardin, Watteau, Greuze, Louis David, Prudhon, Gros, Géricault, Paul Delaroche, Decamps? — Où sont nos sculpteurs : Germain Pilon, Jean Goujon, Bernard Palissy, Jean Bologne, Sarrazin, Puget, Coysevox, Bouchardon,

Houdon, Clodion, Pradier, Rude, David d'Angers?
— Où sont nos musiciens : Lulli, Rameau, Méhul,
Grétry, Bellini, Hérold, Boïeldieu, Weber, Cheru-
bini, Chopin? — Où sont nos savants : Laplace,
Monge, Chaptal, Lavoisier, Fourcroy, Cuvier, Gall,
Geoffroy Saint-Hilaire, Ampère, Arago? — Où est
surtout cette pléiade de grands et universels esprits,
qui, pendant trois siècles, a rayonné sur la France,
se transmettant l'un à l'autre le flambeau de la libre
pensée, souvent même brillant tous à la fois : Ra-
belais, Montaigne, Bayle, Pascal, Montesquieu,
Buffon, Diderot, d'Alembert, Condillac, Condorcet,
Volney, Beaumarchais, Mirabeau, Chateaubriand,
Royer-Collard, Benjamin Constant, Foy, Carrel,
Godefroy Cavaignac, Armand Marrast, Lamennais?
— et encore tous ceux qui, se faisant soldats de
l'idée dans nos tristes guerres, ont été menés par
charretées à l'échafaud, sont morts en exil, ou sont
tombés sur le pavé des rues, victimes de leur grand
cœur et de leur dévouement à l'humanité?

Hélas! les plus anciens, nous ne savons ni où ils
sont nés, ni où ils sont morts; les plus récents, nous
les avons bannis de notre mémoire, et nous foulons
aux pieds leurs cendres. On a dansé et on danse
peut-être encore sur les restes de Danton et de
Robespierre. Girondins et montagnards ont passé

sans que nulle part une pierre ait marqué la place
où dorment leurs grands ossements. Mirabeau, qui
le premier fut porté au Panthéon, sur les bras de
quatre cent mille hommes enthousiastes, aux applaudissements de toute une ville ivre de joie, gît
dans l'herbe de Clamart, côte à côte avec les assassins hideux.

Pascal mort a été traité comme saint Jean vivant :
on l'a fait cuire dans une marmite. L'épisode est
curieux et vaut d'être noté : « Le duc d'Orléans,
raconte M. Michelet, faisait de l'or comme on en
fait toujours, avec de l'or. Cependant il fallait aussi,
entre autres ingrédients, un squelette humain qui
fût enterré depuis tant d'années, tant de jours. On
chercha dans les morts connus, et il se trouva que
Pascal remplissait exactement la condition exigée.
On gagna les gardiens de Saint-Étienne-du-Mont,
et le pauvre Pascal fut livré au creuset du Palais-
Royal. »

Les tombeaux de Molière et de la Fontaine ne
recouvrent que des os douteux. Tandis que le Breton
Chateaubriand écoute orgueilleusement le bris de la
vague contre la falaise de Saint-Malo, le Breton
Lamennais se dissout dans la chaux de la fosse
commune. Ceux qui n'ont pas disparu sont épars
en tous lieux, dans les églises, dans les cimetières,

à Paris, en province, jusque chez l'étranger, oubliés ici dans le pêle-mêle des tombes, là dans le fouillis des herbes et des ronces.

Il est question de reporter nos cimetières au delà du mur d'enceinte. Ne serait-ce pas l'occasion de rendre au Panthéon son véritable caractère, caractère depuis longtemps consacré par l'opinion publique et sur lequel elle ne semble pas vouloir revenir?

Pour cela il faudrait reprendre la pensée de la Constituante, battre au près et au loin le rappel de nos gloires, donner satisfaction à cette inscription célèbre qui crie et appelle les siens de toutes parts, jeter un gage durable à la pacification des esprits en faisant entrer tout d'abord le cortége révolutionnaire, Mirabeau en tête...

Quand oserons-nous le tenter?

VIII .

I

Des vingt et quelques édifices qui se pressaient et s'entassaient dans l'espace étroit de la Cité, faisant office de mâture au *grand navire enfoncé dans la vase et échoué au fil de l'eau*, dont a parlé Sauval, trois seulement sont debout aujourd'hui :

L'*Église Notre-Dame* ;

Le *Palais de Justice*, dont la Sainte-Chapelle est devenue une enclave ;

L'*Hôtel-Dieu*.

Or, une particularité remarquable, c'est que le Temps, ce destructeur si souvent aveugle et stupide, a fait, en épargnant ces trois monuments, preuve de clairvoyance : il a frappé sans pitié ce qui était marqué pour être abattu, respecté sans presque y

toucher ce qui était désigné pour rester debout.
En effet, parmi tous ces édifices, les trois survi-
vants ne sont-ils pas les seuls qui eussent une raison
d'être absolue et une existence légitime? Chacun
d'eux n'est-il pas par lui-même un monument
typique, par conséquent nécessaire? Chacun d'eux
n'a-t-il pas sa signification distincte et précise? Et
à eux trois, groupés comme ils le sont, et reliés
l'un à l'autre par l'idée que chacun représente,
ne dispensent-ils pas de toutes les autres construc-
tions disparues? Ne forment-ils pas cet ensemble
complet qui est le propre des êtres nécessaires?
Pour tout dire, en un mot, n'expriment-ils pas dans
leur trinité fatidique les forces essentielles à toute
société qui se développe : la *Religion*, la *Justice*,
la *Charité?*

Bien plus, il se trouve que, par l'effet d'une de
ces combinaisons que les esprits vulgaires appellent
hasards, mais qui sont les résultats longtemps préparés de puissances inconnues, la position respective
de Notre-Dame, du Palais de Justice et de l'Hôtel-
Dieu, sur le plan géométrique de l'île, est en
harmonie rigoureuse avec le déplacement de la civilisation à la surface du globe, et adéquate à la
position géographique et chronologique que chacune des trois grandes forces sociales dont je

viens de parler occupe dans l'histoire du monde.

Notre-Dame est à l'est de la Cité, comme la **Religion**, dont elle est la formule actuelle, se trouve à la naissance de l'Histoire; — rappelant ainsi que l'Humanité s'est levée à l'extrême Orient, dans la **Théocratie** pure.

Le *Palais de Justice* est au couchant, comme le principe d'*Égalité*, dont il est l'expression momentanée, est au couchant de l'Histoire; — exprimant ainsi que l'Humanité mûrie sort de la **Théocratie** et entre dans la **Justice** avec les nations occidentales.

Enfin, l'*Hôtel-Dieu* est entre Notre-Dame et le Palais, comme la **Charité collective**, dont il est l'organe, est, dans l'Humanité, la transition entre la **Théocratie** et la **Justice**, entre l'inégalité originelle et l'égalité finale.

Ainsi le cycle est entier. La Cité, berceau de Paris, n'apparaît plus seulement comme l'embryon d'une ville ou d'un peuple; c'est l'image réduite de l'humanité tout entière. La formule du progrès, par une sorte de prédestination unique dans l'histoire, est mystiquement enfermée dans ses édifices, comme le symbole de la civilisation est figuré dans la forme de son vaisseau : étrange effet de cette loi mystérieuse qui gouverne l'homme et qui lui fait déposer à son insu, dans quelques pierres, le secret de sa destinée!

II

Sur le quai méridional de la Cité, à la hauteur du Parvis, à gauche et un peu en avant de Notre-Dame, comme un enfant se serre contre le sein de sa mère, l'Hôtel-Dieu se presse contre la vieille cathédrale dont il est issu.

Cette position d'un hôpital près d'une église n'a rien qui nous doive surprendre; c'était la coutume ordinaire dans les premières communautés chrétiennes. L'évêque étant détenteur de toutes les fortunes, c'est à lui qu'incombait le soin des malades, et c'est lui qui institua les premiers hôpitaux chrétiens. Naturellement, il les plaça à côté de l'église, à portée de sa surveillance.

Ce n'est point à dire par là que le Christianisme ait le droit de revendiquer comme œuvre sienne la fondation des lieux de refuge et des institutions de bienfaisance. Protestons contre cette illégitime prétention que trop d'écrivains ont cherché à légitimer. Le Christianisme a reçu ces institutions, comme tant d'autres choses, et sans en rien dire, de l'antiquité païenne, qui elle-même les avait reçues d'une anti-

quité antérieure. L'honneur de l'invention appartient
à l'Humanité, à l'Humanité seule. L'Humanité, de
même qu'elle fait sa politique, et par suite ses gou-
vernements; sa théosophie, et par suite ses religions ; son esthétique, et par suite ses littératures et
ses arts, fait son socialisme, et par suite ses institu-
tutions charitables. Car c'est le propre de la civilisation de développer parallèlement chez l'homme
l'*égoïsme* et l'*altruïsme*, éléments inséparables de
sa personnalité. Ces deux éléments, les sociétés antiques, comme les sociétés modernes, les refléchissent
dans leurs institutions ; et, bien avant le Christ, de
même qu'il y avait des institutions qui sauvegardaient
la personne et les biens, de même il y en avait
qui assuraient aux pauvres, aux infirmes, aux
malades, un asile et des soins. Hérodote, Diodore
et les autres ne laissent point de doute à cet
égard.

Revenons à la topographie de l'Hôtel-Dieu.

Indépendamment du bâtiment principal situé dans
la Cité, cet hôpital possède sur la rive gauche le
bâtiment *Saint-Charles* et l'enclos *Saint-Julien* :
ce qui lui donne un pourtour considérable.

Je ne veux point vous imposer la fatigue de ce
long périple ; mais il est essentiel que nous nous ar-
rêtions sur trois points : à la porte d'entrée, au Pe-

tit-Pont et dans la rue Saint-Julien-le-Pauvre.

I. La porte d'entrée, qui débouche sur la place du Parvis, date de 1804. Elle a été élevée sur les dessins de l'architecte Clavareau. C'est une construction d'un style grave et d'une belle simplicité, au dire des classiques; d'un style lourd et d'une insigne platitude, au dire des romantiques. Choisissez entre ces deux épithètes, au gré de votre tempérament. Moi, qui suis sans parti pris, je déclare que la chose ne vaut pas la peine d'une opinion.

Cette porte donne accès à un vestibule. De chaque côté on a placé une statue : — la première est en marbre : c'est celle de M. Auguet de Montyon, conseiller d'État, mort en 1819, après avoir légué aux hôpitaux une fortune de 5,312,000 fr. ; — la seconde est en plâtre : c'est celle du nommé Vincent de Paul (saint), décédé également à Paris, mais insolvable, le 27 septembre 1660. Un marbre qui date de l'an X de la République perpétue la mémoire de Desault et de Bichat, et le souvenir de leurs travaux. Les portraits des anciens médecins et chirurgiens les plus éminents de l'Hôtel-Dieu sont appendus aux murailles.

Dans un autre vestibule se coudoient, sur un pied d'égalité parfaite : saint Landry, évêque de Paris ; — Louis IX, roi de France et saint ; — Henri IV ,

qui fut roi de France seulement; — et **M.** Benjamin
Delessert, — quatre grands hommes étonnés sans
doute de se rencontrer au même endroit.

II. La vue prise du Petit-Pont est la plus pittoresque que fournisse l'Hôtel-Dieu. A cet endroit la
Seine, grâce à la récente canalisation du bras gauche, apaise ses chuchotements, et étend d'un quai
à l'autre sa nappe silencieuse et alourdie. Une terrasse étroite et longue, étayée sur des arches for-
midables qui plongent dans l'eau dormante, forme
le rez-de-chaussée de la monumentale construction.
Le long de cette terrasse court un parapet de pierre,
surmonté çà et là de vases à fleurs. Des croisées à
treillis de fer, des portes grillées s'ouvrant à fleur de
Seine, sont percées dans le soubassement. Des pi-
geonniers, des volières ; des capucines, des liserons
et d'autres plantes grimpantes ; un petit bateau de
pêche endormi sous une arche, adoucissent l'aspect
féodal de cette fondation bizarre, et semblent le sourire de la sinistre muraille.

Quand le soleil horizontal fait flamboyer la rose de
Notre-Dame et illumine les quatre cents fenêtres de
l'hôpital, quelques convalescents, vêtus de la houp-
pelande grise et coiffés du bonnet de coton blanc,
viennent sur cette terrasse se réchauffer aux rayons
obliques, et amuser leur pâle regard à la surface de

l'eau malade qui passe, se plissant à peine aux arches des ponts. Spectacle rassurant! Les passants fourmillent sur les quais ; les omnibus et les voitures sillonnent la foule en tous sens. Du nord, du midi, du couchant, du levant, le bruit de la vie qui continue à marcher, enveloppe, comme un vaste bourdonnement, le grand hôpital. Parfois un cri strident déchire l'air et domine tous les bruits : c'est la *Ville de Corbeil* qui passe, ou tout autre remorqueur de la *Compagnie de touage de la Haute-Seine*. L'horrible coup de sifflet meurtrit l'oreille ; un nuage de fumée grasse et sale aveugle les yeux ; puis tout s'efface comme une fantasmagorie : le remorqueur a franchi le pont.

III. Dans la rue Saint-Julien-le-Pauvre, à droite en revenant de la rue Galande, vous rencontrez une porte cochère, peinte en vert-bouteille et fermée intérieurement au moyen d'une barre de bois. Quand cette porte s'ouvre, vous apercevez, au fond d'une cour, un fronton haut et nu qui détache sur le ciel l'angle de son sommet. C'est l'église Saint-Julien-le-Pauvre, qui depuis 1823 sert de chapelle à l'Hôtel-Dieu. Cette église, sur les piliers romans de laquelle le xIIᵉ siècle a jeté son ogive, est bien celle qui convient à l'antichambre de la mort : elle est petite, nue, glaciale.

Ainsi, le malade arrive par la grande porte lumineuse et aérée du Parvis. En traversant la place sur
son brancard, il respire, à travers le rideau de coutil
qui le cache, le vent de la Seine plus frais autour de
la vieille église; il aperçoit, à travers les fentes, le
gai soleil qui inonde le pavé; il entend le murmure
de la foule; et ce qu'il entend, ce qu'il voit, ce qu'il
respire, tout est joyeux, vivant, et proteste contre la
mort. Il entre. Il trouve sous le vestibule M. de Montyon et saint Vincent de Paul, qui l'accueillent avec
leur bienveillant sourire. Puis on le conduit à la cou-
chette blanche, autour de laquelle commencera dès
demain le grand duel de la science et de la maladie.
Si, la science vaincue et la maladie l'emportant, il
succombe à la fin, il sort, mais non par la porte qui
l'a vu entrer. Il sort par la petite rue, humide et sombre, de Saint-Julien-le-Pauvre. Il a traversé l'hôpital de part en part, passant par le bâtiment principal,
le pont jeté sur la Seine, le chemin souterrain creusé
sous le quai, le bâtiment Saint-Charles, la passerelle
de la rue de la Bûcherie, l'enclos, la chapelle, tantôt
sur l'eau, tantôt sous terre, tantôt en l'air, zigza-
guant dans tous les sens. Il sort mutilé par la dissec-
tion, cousu dans une toile d'emballage, étendu sur
un lit de sciure de bois dans une bière mal clouée. Il
sort seul, recouvert d'un drap noir, porté dans un

corbillard noir, que traîne un cheval noir, que conduit un homme noir...

III

L'histoire de l'Hôtel-Dieu, qui fut, pendant près de dix siècles, le seul hôpital de Paris, est liée de façon à n'en pouvoir être séparée aux plus sombres annales de la misère en France. A la fois *medicus et hospes*, comme l'annonçait sa devise, cet hôpital était ouvert à tous les malades, de quelque affection qu'ils fussent atteints, et non-seulement aux malades de Paris, mais à ceux de France et à ceux de l'étranger, de quelque patrie et de quelque religion qu'ils fussent; et non-seulement aux malades, mais même aux valides, aux mendiants, aux vagabonds, aux voyageurs arrivés le soir et cherchant un gîte. Aussi ce qu'il a vu passer de douleurs, reçu d'infirmités, englouti de générations de misérables, surtout durant les calamiteuses périodes dont notre histoire est pleine, serait impossible à raconter. Pour remuer les pitiés sans nombre de cette cité dolente, pour écrire ce long martyrologe de la plèbe déshéritée, il faudrait un volume. Je dois me borner à quelques indications sommaires.

Une tradition populaire rapporte la fondation de

l'Hôtel-Dieu à saint Landry, huitième évêque de Paris, l'an 660, sous le règne de Clovis II.

Plusieurs de nos rois, notamment Philippe-Auguste et saint Louis, le prirent successivement sous leur protection. Si on veut bien se souvenir que, du xe au xiiie siècle, la France n'eut pas moins de trente-huit famines principales à subir ; que, dans le même temps, sévissaient, à intervalles rapprochés, les diverses contagions connues sous les noms de *feu sacré, mal des ardents, feu Saint-Antoine, lèpre,* etc.; que les guerres, les inondations, les froids excessifs, les fléaux de toute nature, déchaînés contre la pauvre espèce humaine, apparaissaient à tour de rôle, et, le plus souvent, se conjuraient pour agir de concert, on restera convaincu que jamais patronage royal ne fut plus nécessaire.

Durant ces épouvantables années, chaque désastre qui survenait jetait dans l'Hôtel-Dieu une partie de la population de Paris. On peut juger de la condition des malades qui s'y entassaient par la donation que leur fit Philippe-Auguste de toute la paille de sa chambre et de sa maison, chaque fois qu'il quitterait Paris pour aller coucher ailleurs. Saint Louis fut plus libéral, et ses largesses permirent de donner annuellement des soins à plus de 6,000 malades.

Mais la bonne volonté des rois était impuissante.

Les maux étant illimités, on ne pouvait pas limiter le nombre des hôtes. Dans les années d'épidémie, et même dans les années ordinaires, on entassait les lits dans les salles et les malades dans les lits. Aussi la mortalité était-elle effroyable. En 1348, l'épidémie presque universelle qui enleva Laure de Noves à Pétrarque, et que Boccace a décrite en son Décameron, causa à l'Hôtel-Dieu de tels ravages, que pendant longtemps, dit Mézerai, « on portait tous les jours au cimetière des Saints-Innocents plus de cinq cents corps dans des charrettes. » En 1562, on constata 67,000 décès; en 1580, 20,000; en 1596, 12,000. En vain Henri IV, un autre bienfaiteur de l'Hôtel-Dieu, essaie de décentraliser les services et d'isoler les foyers de contagion : la création des deux succursales de Saint-Louis et de Sainte-Anne n'arrête point le mal, qui va croissant jusqu'à la fin du xviiie siècle.

Au 1er janvier 1786, l'Hôtel-Dieu renfermait 1,219 lits et avait journellement de 2,500 à 6,000 malades. Aussi en entassait-on quatre et souvent six dans le même lit; en certains cas, on les plaçait même les uns au-dessus des autres, au moyen de matelas jetés sur le ciel des lits, où l'on n'arrivait que par une échelle. La mortalité était de 1 sur

4 1/2, et sur 1,100,000 malades reçus en cinquante ans, plus de 240,000 étaient morts.

Le rapport de Bailly à l'Académie des sciences, les mémoires de Tenon, les écrits de l'abbé de Recalde et de plusieurs autres, éveillèrent enfin l'attention publique sur ce lieu d'horreur, sur cet endroit « redouté du dernier des hommes par le trop grand nombre de pauvres que le malheur y rassemble. » Une réforme radicale et prompte fut demandée de toutes parts. Elle ne fut définitivement accomplie qu'en 1802, lors de l'entrée en fonctions du Conseil général des hospices.

A partir de cette époque, l'Hôtel-Dieu, uniquement affecté au traitement des maladies aiguës, rentre dans la loi générale. Il perd la sombre couleur et le renom terrible qui faisaient son émouvante originalité; il devient semblable à tous les autres hôpitaux de Paris, et, comme les peuples heureux, il n'a plus d'histoire.

IV

Le poëte, l'artiste, le philosophe, — les cigales qui chantent pendant que la fourmi amasse, — sont de toute éternité voués à la misère; et la misère, chacun le sait, est la grande route de l'hôpital.

Est-ce une loi? Je l'ignore; mais il me suffit de vous
l'avoir entendu dire, et je me garderai, pour ma
part, de protester jamais contre les décrets de l'infaillible Providence. Que puis-je faire de mieux que
de me ranger à votre avis, moi, pauvre cigale, igno-
rante du destin qui m'attend? Disons-le donc ensemble : il est bon, il est sain, il est juste que celui qui
passe sa vie à faire et défaire l'interminable trame
de l'inutile idée; qui s'amuse le long du chemin,
pendant que le laboureur sème ou moissonne, à
chanter comme la linote dans une haie, à mieller
comme l'abeille dans un creux d'arbre, à rêver
comme le lézard sur une pierre grise; il est bon,
dis-je, il est sain, il est juste que celui-là n'ait,
à la fin de sa carrière, d'autre asile que l'hôpital,
d'autre demeure que le palais de l'inutilité, d'autre
halte qu'une paillasse de seigle sous un rideau de
calicot, d'autre villa qu'une longue salle parquetée
et cirée, où les peupliers sont figurés par les colonnes
d'une double rangée de lits en fer.

Combien de ces grands insouciants, — coupables,
n'est-ce pas? — ont été, dans leur course déréglée,
touchés du doigt qui, au dire de Bossuet, gouverne
le monde, et sont venus s'éteindre ici ou là, dans un
hôpital ou dans un bouge, comme une étoile dans
un marais!

L'Hôtel-Dieu, pour sa part, a vu, selon la tradition, mourir le dernier des Estienne, le paysagiste Lantara, Jacques de Saint-Remy de Valois, dernier descendant de Henri II, le poëte Gilbert, et enfin, plus récemment, le journaliste Jeanty-Sarre.

La tradition se trompe. Lantara n'est pas mort à l'Hôtel-Dieu, mais bien à la Charité. Gilbert, lui-même, n'est pas mort à l'Hôtel-Dieu. A la suite d'une chute de cheval qui lui avait ouvert le crâne, il y fut transporté en octobre 1780, et opéré sans succès par le grand chirurgien Desault. Ramené ensuite à son domicile, rue de la Jussienne, il y mourut le 11 novembre 1780, à l'âge de 29 ans.

Quelques mots sur ce faux jeune homme pauvre ne seront pas hors de circonstance.

Fils de paysan, poëte de hasard, nature à la fois orgueilleuse et servile, dévoré de l'ambition de parvenir, mais peu scrupuleux sur le choix des moyens, il vint à Paris de bonne heure, — non pour s'y faire, au prix du travail, du temps et même de la misère, un nom illustre et respecté, — mais pour y vendre, à qui voudrait l'acheter, une plume belliqueuse et déjà aguerrie. La philosophie le méprisa; le clergé lui ouvrit les bras. Monseigneur de Beaumont, archevêque de Paris, le prit à sa solde et l'enrôla dan les troupes qu'il dirigeait contre l'Encyclopédie :

cinq cents livres de rentes, inscrites sur le registre
de la caisse épiscopale des économats, furent le prix
de ce honteux marché; et la guerre de Gilbert contre
les philosophes, et contre le mouvement intellectuel
qui devait aboutir à la révolution française, commença.

> Après avoir vanté Baculard et Fréron,
> Il crut de d'Alembert étouffer le renom.
> Il voulut renverser, de sa main trop hardie,
> Le portique imposant de l'Encyclopédie.
> . . . .
> De Voltaire lui-même osant être jaloux,
> Jeune homme il attaqua sa gloire octogénaire;
> Qui vanta Baculard dut décrier Voltaire.
> Il prétendit flétrir d'un souffle criminel
> Les palmes qui couvraient le vieillard solennel.
> Mais *OEdipe* et *Brutus*, mais *Tancrède* et *Zaïre*,
> *Mérope*, *Mahomet*, *Sémiramis*, *Alzire*,
> Accablèrent bientôt de leur poids glorieux
> Le Titan révolté luttant contre les dieux.
>
> (M.-J. Chénier.)

Cette guerre porta, du reste, les fruits que Gilbert
en attendait : il émargea.

Dans les années qui précédèrent sa mort, il tou-
chait : — 1° une pension de 800 livres sur la cas-
sette du roi; — 2° une pension de 100 écus sur le
Mercure de France; — 3° une pension de 500 li-

vres sur la caisse épiscopale. Il recevait en outre, à l'époque des étrennes, un mandat de 600 livres de Mesdames, tantes du roi. Ce qui forme un revenu total de 2,200 livres, soit environ *cinq mille francs de notre monnaie.*

Et Gilbert personnifie en France la poésie mourant de faim! Et au collége comme à l'Académie, dans le peuple et dans la bourgeoisie, dans le clergé et dans l'armée, tout le monde le dit et le répète! Et ce pauvre et grand Hégésippe Moreau lui-même, sur son lit d'hôpital, s'y est trompé! — O histoire! histoire!

Restent donc, pour le contingent fourni par l'Hôtel-Dieu, trois personnages seulement : le dernier des Estienne, le dernier des Valois et Jeanty-Sarre.

Du dernier des Estienne (Antoine) je ne parlerai pas : il avait abjuré sa religion.

Du dernier des Valois je ne parlerai pas non plus : il avait du sang de roi dans les veines.

Un souvenir seulement à Jeanty-Sarre, homme du peuple et défenseur de la liberté. Jeanty-Sarre était né à Saint-Germain-les-Belles (Haute-Vienne), et avait été le secrétaire et le collaborateur d'Étienne Arago. Ancien rédacteur du journal *la Réforme*, esprit droit, cœur fort, il se battit pour sa cause.

Condamné à la déportation par la commission militaire, il se sauva en Belgique, où il vécut de hasards. Mais le mal du pays le prit; il se sentit le besoin de revoir son ruisseau de la rue Saint-Jacques.
Il revint. Atteint plus tard d'une pneumonie, il entra à l'Hôtel-Dieu sous un faux nom. Un misérable
le dénonce. On l'arrête, on le conduit à Sainte-
Pélagie. La maladie empirait; la mort approchait
visiblement. Des amis intervinrent et obtinrent de
M. Piétri, alors préfet de police, que leur cher malade fût réintégré à l'Hôtel-Dieu. Le transport eut
lieu de nuit, à deux heures du matin. Sur son lit
d'hôpital, Jeanty se sentit mieux tout à coup : il
fit des projets d'avenir, parla de ses travaux littéraires à reprendre et à mettre à fin, de la gloire à
conquérir dans le noble champ de la pensée. C'était
la mort qui arrivait. Il expira en janvier 1855, quelques jours après son transport.

La Société des gens de lettres fit les frais de
son enterrement; le corps ne fut point mené à
l'église.

V

La démolition de l'Hôtel-Dieu et sa reconstruc-
tion sur un autre point de Paris sont aujourd'hui

décidées en principe. Reste la question de réalisation. Ce n'est pas la première fois qu'une pareille
décision vient menacer le sombre hôpital. Après les
mémoires de Tenon, notamment, on résolut son déplacement, et même une souscription fut ouverte
pour faire face à la dépense. Huit millions avaient
été réunis, et on allait se mettre à l'œuvre, quand le
ministère Brienne jugea à propos de mettre la main
sur les fonds.

Qu'adviendra-t-il du projet actuel? Nul ne le sait.

Mais la symbolique que j'ai développée au commencement de cet article nous enseigne que l'Hôtel-
Dieu dans la Cité représente le principe de la charité collective dans l'histoire. Or, ce principe de
charité, tout transitoire qu'il soit, ne semble pas devoir disparaître de sitôt. Peut-être l'Hôtel-Dieu,
qui en est la figure, est-il rivé pour le même temps
au sol qui le supporte. Les monuments nécessaires
sont des êtres vivants : on ne les tue pas quand on
veut.

Le jour où l'Hôtel-Dieu sera démoli, c'est que les
temps seront mûrs pour la Justice. Alors la recons-
truction deviendra inutile.

J'appelle ces temps de tous mes vœux; ils viendront. Un matin, le maçon apportera sur la place du
Parvis sa pioche insouciante; en fumant sa pipe, il

jettera bas le vieil édifice, et l'emportera dans sa brouette. Le terrain déblayé, il ne restera plus en présence, dans le cirque resserré des parapets et des quais, que Notre-Dame et le Palais, la Religion et la Justice, le Passé et l'Avenir. Alors l'évolution sera proche de sa fin, et ce qui est contenu dans la destinée humaine s'accomplira.

Tombe donc l'Hôtel-Dieu! Tombe le monument inexpiable! Et puisse la démolition de ce calvaire du peuple martyr, puisse la dispersion de ces pierres tout imbibées de souffrances et toutes résonnantes de malédictions, hâter l'inéluctable combat qui doit donner le sceptre à la seule Justice.

6.

IX

COUPS DE POING DANS L'OLYMPE

Vous avez doublé le premier de l'an, ce cap des
tempêtes, vers lequel chaque saison d'hiver nous emporte! Vous l'avez fait vaillamment, je suppose.
Riche, vous avez eu ce rare et délicat bonheur de
faire des heureux; pauvre, vous vous êtes exécuté
sans vous plaindre. Vous avez, selon vos moyens,
distribué vos étrennes. Châles et robes, parures et
bijoux, sacs de bonbons, chevaux harnachés, pou-
pées à paroles, lapins à roulettes, soldats de plomb,
clairons, cymbales, fusils de bois, raquettes, trom-
blons, cigares à musique, tout jusqu'au *grand serpent de la paroisse,* que la trop clémente police
laissait ostensiblement siffler à chaque angle du boulevard, vous avez tout eu dans les mains, vous avez
tout donné. L'heure des premiers compliments et des
premières embrassades est passée; celle des vi-
sites cérémonieuses ne tardera pas à finir. Vous avez

reçu et rendu au centuple les souhaits habituels,
laissant prudemment à l'année qui vient le soin de
les réaliser. Vous ne demandez plus qu'une chose : la
paix !

Attendez, vous n'en avez pas encore fini.

Il faut maintenant que vous assistiez en spectateur
au bonheur que vous avez semé à l'entour de vous.
Pendant que votre petite fille, douce et souriante
créature, fait pacifiquement sur un canapé le ménage
de sa poupée, votre plus jeune, affublé en fantassin,
frappe à coups redoublés l'onagre de son tambour ;
votre aîné, métamorphosé en menuisier, essaye son
rabot sur vos sculptures de vieux chêne. A l'étage inférieur, un fifre glapit ; à gauche, bourdonne une
toupie d'Allemagne ; à droite, un harmonica fait un
duo avec une crécelle ; au-dessus, c'est un affreux
bambin qui sonne de la trompette comme s'il était
l'ange du jugement dernier. Toute la maison, trans-
formée en un vaste instrument aux mille voix, chante,
crie, miaule, grince, aboie ou soupire, chaque appartement envoyant sa dissonnance dans cette caco-
phonie de six étages. Vous vous étiez couché dans la
demeure du silence, vous vous réveillez dans l'arche
de Noé.

Ne vous levez pas en furieux pour tirer l'oreille à
votre ébéniste, crever d'un coup de pied l'assour-

dissant tambour, et dissiper la clamante marmaille.
Je ne veux point vous parler de ces choses paisibles,
dont on cause à voix basse, le soir, au tranquille
rayonnement du foyer domestique. Le temps n'est
pas encore venu du calme et de la sérénité. J'entends
au dehors des bruits et des éclats, près desquelles les
criailleries turbulentes de vos enfants sont ga-
zouillements d'oiseaux.

D'où vient ce tapage et qui se querelle ainsi? Deux
cochers se sont-ils accrochés au tournant d'une
rue? Est-ce une ribotte de laquais, ou bien les dames
de la Halle ont-elles tout à coup reconnu Vadé au
milieu d'elles? — Rien de tout cela.

C'est du côté de l'Académie que vient la dispute.
C'est là qu'on se jette des gros mots, et, sans doute
aussi, des perruques à la tête.

— Quoi! l'Académie, ce sénat de l'aristocratie intellectuelle, où, à défaut de littérature, nous nous
étions accoutumés à trouver, du moins, la distinction et le savoir-vivre?...

— Oui dà, mesdames et messieurs, deux académiciens, deux gentilshommes de lettres, viennent de
s'empoigner dans un coin du journal; et du bec et de
l'aile (il n'y a pas que les aigles qui volent) se co-
gnent tant et si bien, que la plume s'éparpille de
tous les côtés.

Spectacle affligeant ! Ce sont les coups les plus grossiers qui portent le mieux, et l'on peut dire que, de cette lutte, tout sortira estropié, surtout le bon goût et la langue française.

M. Victor de Laprade reproche à M. Émile Augier, en vers, *facit indignatio versus*,

De jouer du couteau sur les partis vaincus...
De noter les suspects jusqu'au milieu des fêtes...
. . . . de chatouiller à la fois
Les gros cuir des manans, la peau fine des rois.

Et d'avoir accepté

Des mobiles destins,
Part dans tous les succès et dans tous les butins.

Du reste, M. de Laprade ne se fâche ni ne s'irrite. Quoi qu'on en puisse penser, il conserve tout son calme :

On a peu de colère ayant trop de mépris.

Et, en effet, pour toute vengeance, il se borne à prédire à l'auteur du *Fils de Giboyer* un prochain changement de front :

Qui sait si tous ces anciens cultes
N'auront pas votre encens, ayant eu vos insultes ?
Thalie a plus d'un air encore à fredonner ;
Et quand on fut chenille, on peut papillonner ;

Les destins sont changeants; vous avez des caprices...
Et peut-être, un beau jour, vous mordrez vos nourrices.
Si l'on ouvre un pari, j'y tiens tous les enjeux.

M. Émile Augier abandonne à M. Victor de Laprade le langage des dieux, et, en simple prose, il
reproche à son adversaire de *prendre la grossiè-*
reté pour l'énergie; d'avoir attaqué le gouver-
nement d'une main en recevant son argent de
l'autre; d'avoir prêté au moins un serment et
de l'avoir mal tenu; par-dessus tout, *d'être un*
clérical.

Puis, comme toute prédiction veut un conseil en
retour, M. Émile Augier engage son adversaire *à ne*
plus toucher au fouet de Juvénal, avec lequel il se
donnerait encore sur les doigts, et à revenir mo-
destement à cette lyre sourde qui a si longtemps
célébré le panthéisme.

Pour terminer, comme s'il s'agissait de l'envoi
d'un simple madrigal, M. Émile Augier prie M. de
Laprade *d'agréer l'assurance de sa parfaite con-*
sidération.

Si ce sont là les marques de la parfaite considération, qu'adviendra-t-il, bon Dieu! quand la considération ne sera qu'imparfaite, ou même quand elle
n'existera plus du tout?

Mais loin de moi la pensée de prendre parti dans

une telle querelle. M. de Laprade est un honnête homme qui a raison de s'indigner, mais qui s'indigne mal. M. Émile Augier a l'air trop convaincu de ses droits d'auteur dramatique, pour qu'on ne le déclare pas excusable. Peut-être aussi, si l'on dépouillait les reproches réciproques des vivacités de formes qui en font la violence, les trouverait-on justement appliqués de part et d'autre. Quelles galantes aménités! Après tout, ces messieurs sont juges de la mesure qu'ils entendent apporter dans leurs attaques, et nous ne le serions guère des mobiles qui ont pu porter, soit M. Émile Augier à commettre, de nos jours, une ·pièce comme le *Fils de Giboyer*, soit M. de Laprade à conserver à contre-cœur une chaire dont il pouvait se démettre dès le premier jour. Accuser publiquement un homme de vénalité, un autre homme de parjure, les droits de la presse spectatrice ne vont pas jusque-là; il faut être académicien pour user sans danger de ces sortes de libertés.

Laissons donc de côté les personnes, et tenons-nous-en au fait lui-même.

Le scandale maladroitement donné à notre jeunesse par des personnages mûrs et refroidis, que leur position devrait garantir de tels excès, est un signe révélateur du temps. Quand la grande politique et la grande littérature n'occupent plus l'âme des peu-

ples, l'idéal baisse, la conscience individuelle se corrompt, les mœurs perdent leur vernis de distinction et
de noblesse. Le sentiment de la durée et de l'immortalité nous a échappé. Avides de jouir et circonscrits
dans le présent, nous ne faisons plus rien en vue de
l'avenir. Où sont, par exemple, nos vieux hôtels, ber-
ceaux des fortes familles? Une postérité, en aurons-
nous jamais? Nous n'y songeons même pas. Nous
habitons des chambres où nous touchons le plafond
du doigt, où nous nous chauffons avec des bûches
longues comme la main. Tout est devenu individuel
et passager. Si petits et si chétifs que nous soyons,
nous nous aimons et nous n'aimons que nous. Il faut
que notre littérature nous représente notre image
exacte, nos vices et nos passions, encore ceux du
moment, car nous en changeons vite. Nous sommes
fiers de nous y contempler. Qu'elle nous chatouille
en faisant notre portrait, c'est ce que demande notre
aimable personnalité. Si, par surcroît, elle flagelle nos
ennemis, ce qui est une autre manière de nous ca-
resser, nous jetons des couronnes au poëte. *Le Fils
de Giboyer* est une pièce de ce genre; elle est faite
pour vivre un jour; elle n'aurait pas été comprise
hier, elle sera un non-sens demain. Ne voyez-vous
pas *les Ganaches* qui déjà sont une énigme pour
Marseille? Le succès de ces pauvretés nous trouble

et nous irrite. Nous nous passionnons pour ce rien qui passe. Nous nous injurions à l'entour, et dans quelle langue, ô mon Dieu !

La poésie de M. de Laprade ne vaut guère mieux que la prose équivoque et vulgaire de M. Émile Augier. S'il y a çà et là quelques vers frappés, ils sont lourds; des intentions de beaux traits, elles sont inachevées :

Daubez ces maladroits, dignes du temps barbare,
Qui, *figés* dans l'honneur, sont roides comme barre.

Ou bien encore :

Ils ont planté leur vie en plantant leur drapeau.

Figés dans l'honneur, planté leur vie : ces expressions manquent de naturel et de justesse. L'image n'en sort pas, ne se montre pas aux yeux dans la pureté de son contour. La seconde particulièrement peut être dangereuse à l'audition, à cause de l'équivoque.

Tenez, monsieur de Laprade, j'estime et j'honore votre caractère, j'aime votre talent. Eh bien ! permettez-moi de vous le dire, puisque M. Émile Augier vous l'a dit déjà (le conseil d'un ennemi est bon quelquefois), quittez la satire, vous n'y réussissez point. Votre âme contemplative n'est pas faite pour l'indignation violente. Vous n'avez ni dans le cœur ni

7

dans la parole l'acide qui brûle et laisse un trou là
où il tombe. Redevenez ce que vous étiez étant jeune,
le poëte de la nature. Vous rappelez-vous ces beaux
vers que vous fîtes autrefois?

> Car j'ai pour les forêts des amours fraternelles ;
> Poëte vêtu d'ombre, et dans la paix rêvant,
> Je vis avec lenteur, triste et calme, et, comme elles,
> Je porte haut ma tête et chante au moindre vent.

Hélas! je le crains bien, vous les avez oubliés.

X

Les décorerons-nous, ne les décorerons-nous pas ?
Là est la question.

Legouvé veut qu'on les décore, et Baroilhet aussi,
qui est orfévre ; et Sauvestre aussi, qui est un mali-
cieux Gaulois, et Samson lui-même, qui nous a valu
tous ces orages, et qui se plaint à tous les vents
d'être au milieu des Philistins.

Potrel ne veut pas qu'on les décore ; mais pour
aujourd'hui Potrel s'appelle légion.

Ne les décorerons-nous pas ou les décorerons-
nous ?

Grave problème, qui, posé inopinément ces derniers jours, a déchiré le voile des ambitions secrè-
tes, dissipé la brume des désirs inexprimés, et mis
soudain à découvert, radieuse à l'horizon des com-
pétitions ardentes, l'étoile, la brillante étoile de
l'honneur !

Les décorerons-nous, ne les décorerons-nous pas?

Redoutable point d'interrogation, qui a suspendu tout d'un coup la gravitation silencieuse des ordinaires aspirants légionnaires à l'entour de leur astre central, et commandé l'attention de tout le public!

Les journaux ont parlé, l'écho a répondu.

Comment la chose s'est-elle passée? Simplement. Il a suffi que des hauteurs où règne la pensée immortelle, un académicien, portant en sautoir le vers dont l'a orné son père, *tombe aux pieds de ce sexe auquel tu dois ta mère!* fit feu. Au même instant, sur les coteaux modérés de la petite presse, des tirailleurs hasardeux ont riposté. Eh! voilà que le bruit se répercute aux alentours. Dans les salons, le manteau de la cheminée s'anime et devient plus disert. Il n'est pas jusqu'aux cafés bruyants où le domino soporitif et l'exécrable jacquet ne se taisent pour laisser parler la voix des discussions orageuses.

Ne les décorerons-nous pas, ou les décoreronsnous?

Si nous ne les décorons pas.... — Quoi donc? Car enfin, vous ne l'avez pas encore dit. Nos appartements? — Eh non! nos comédiens.

Si nous ne les décorons pas, que diront-ils? Ils crieront au préjugé, à l'injustice, au martyre. Ils allégueront l'importance sociale de leur art, les difficultés qui l'entourent, le talent ou le génie dont ils ont fourni mainte preuve ; que sais-je encore ? leur acheminement constant vers le bien, la pureté progressive de leurs mœurs, l'estime toute moderne que l'on fait d'eux, et, par-dessus le marché, le décret organique de 1852, qui ne distingue point entre les arts décorables.

Si nous les décorons, que dira l'étoile ? que dira l'art dramatique ? que dira la logique ?

Essayons un peu de penser à leur place.

L'étoile dira : — Je suis le signe de l'honneur. Si je ne l'engendre pas, du moins je le constate ; si je ne m'attache pas à toutes les nobles poitrines, du moins j'estime comme respectables toutes celles que je marque, et j'entends qu'elles me rendent respect pour respect. Comment pourrai-je me voir sur les planches d'un théâtre, affublée des oripeaux du ridicule, du vice ou du crime, c'est-à-dire de tout ce que je proscris dans l'humanité, de tout ce dont je m'éloigne en pleurant. Quoi ! cet homme me cachera sous la défroque de Pasquin, et je recevrai en sa personne le coup de pied de Dorante ; cet autre m'enfermera dans le sac de Géronte, et je sentirai sur son dos l'insolent bâton de Scapin ! Je fuirai devant la seringue avec M. Pourceaugnac ! je dirai des sottises avec M. Jourdain ! je participerai à la douleur de Sganarelle ! je verserai le poison, j'enfoncerai le poignard, je volerai des enfants, j'arrêterai sur les grandes routes, comme tous les héros passés et présents de la tragédie ou du drame ! Pour dernière et plus grande infamie, je vendrai ma plume avec Giboyer, ce triste puîné de la comédie actuelle ! — Et, si la pièce est mauvaise, si le rôle est sifflé, si le parterre exaspéré envoie à l'acteur des pommes cuites et des gros sous, c'est moi qui les recevrai ! Je puis m'attacher sans crainte à la boutonnière du peintre, du sculpteur ou de l'homme de lettres. S'il subit un échec dans son œuvre nouvelle, je n'en reçois pas d'atteinte, je n'apparais pas. Mais l'acteur paye de sa personne. Il a beau me laisser dans sa loge, je le suis sur le théâtre. Visible ou invisible, je brille à tous les yeux ; comment serai-je préservée des humiliations qu'il subira lui-même ?

L'art dramatique dira : — Si mes acteurs songent à leur ruban présent ou à venir, adieu le naturel de leur imitation. Il me faudra renoncer à mes rôles les plus aimables, les plus passionnés ou les plus terribles. Je me consumerai dans l'ennui et la banalité ; je mourrai.

La logique dira : — Si vous décorez les acteurs, les plus grands et les plus illustres, Frédérick-

Lemaître, Got, Rouvière, Samson, Paulin Ménier,
Provost, Mélingue même, il vous faudra décorer
aussi toutes les illustrations circonvoisines, les danseurs, les conducteurs de ballet..., et Petitpas, et
Lasouche, et Léotard, le grand gymnasiarque, et
Blondin, le grand équilibriste. On décore les canti-
nières à la guerre ; pourquoi l'empereur n'enverrait-
il pas la croix à mademoiselle Emma Livry sur son
lit de douleurs, comme il a envoyé le grand cordon à
Horace Vernet mourant? Mais, dans cet ordre d'idées
si incertain, si mobile, si changeant, serez-vous
toujours sûr de tomber juste? Ne vous tromperez-
vous jamais? Dans l'armée, les décorations sont
basées sur des faits précis, indiscutables, des campagnes, des blessures, des actions d'éclat; elles
sont données à des militaires par des militaires,
sur la proposition de militaires. Dans l'ordre des
fonctions publiques, de l'enseignement par exemple, la même certitude existe. Les services sont
réels, appréciables, visibles. En matière d'art et
de lettres, au contraire, tout est vague, fugitif,
contradictoire, livré aux disputations des hommes.
Mon opinion n'est pas votre opinion, mon jugement
n'est pas votre jugement. De quelque haut sens, de
quelque esprit de justice que soit doué le ministre
dispensateur, est-il certain de se rencontrer toujours

avec le goût du public? Le goût du public lui-même
est-il une base solide?

Je ne juge pas l'institution de la Légion d'honneur
en elle-même; ce n'est point ici le lieu. Mais puisque, dans cette matière fluente, l'application du
décret du 16 mars 1852 est si délicate, est-il trop
rigoureux de demander qu'on la restreigne au lieu
de l'étendre?

N'insistons pas. Un homme est honorable, sans
comme avec le ruban rouge. M. Samson est un comédien illustre : soit; en sera-t-il plus grand, étant
décoré? Horace Vernet, dont je parlais tout à l'heure,
était probablement l'homme le plus décoré du
monde. Il l'était comme artiste et comme patriote,
s'étant battu en volontaire sous les murs de Paris en
1814. Il faisait vanité de ces jouets, chaque fois
qu'il lui arrivait quelque visiteur inconnu. « Charles,
dit le peintre à son domestique, apportez-moi le
coffre qui contient mes décorations. Et il versa sur
une table cet amas reluisant d'insignes honorifiques
de tous les pays, comme un banquier qui veut re-
compter un sac d'argent. » Cela a-t-il ajouté quelque
chose à sa valeur comme peintre, à sa considération
comme homme?

XI

LES LECTURES PUBLIQUES

Nous n'allons guère vite dans la voie de la liberté. Ce n'est pourtant pas faute de sentir nos gênes, ni d'en désirer la fin. Sous ce rapport, on peut dire que notre éducation est faite; il est difficile de nous rien apprendre; nous sommes convaincus surabondamment. Livres, journaux, brochures, tout ce qui se publie, porte la trace de ces difficultés et constate l'espoir de l'allégement. Ironie de la destinée! C'est nous qui avons apporté, dans le monde moderne monarchisé à l'excès, le goût de l'émancipation, qui avons communiqué aux autres peuples la glorieuse contagion de la liberté; et nous sommes les premiers que la liberté ait délaissés! Nous la voyons fleurir çà et là à l'entour de nous, et elle ne pousse plus sur notre sol! Nous l'avons faite chez les autres, et nous ne l'avons plus chez nous! La France doit-elle donc

7.

être longtemps encore déshéritée de ce bien si cher ?
Sa destinée est-elle de jouer vis-à-vis des autres nations le rôle de ce capitaine de navire en détresse,
qui doit pourvoir à la sûreté de l'équipage et des
passagers avant de songer à la sienne propre ? Doit-
elle attendre, pour se jeter dans la dernière cha-
loupe, que chaque peuple ait été embarqué, et que
tous flottent vers le port de la liberté ?

Pourtant le couronnement de l'édifice nous a été
promis, et la promesse n'en a point été retirée. Tout
indique même qu'elle ne le sera plus. Pourquoi donc
se fait-il attendre ? S'il tarde tant, c'est sans doute
qu'il veut se montrer plus complet et plus triom-
phant. Un matin, au réveil, il éclatera à nos yeux
éblouis.

M. Émile de Girardin n'affirme-t-il pas que, seule
entre toutes les formes de gouvernement, l'empire
peut donner la liberté à la France ? Et de fait, chaque fois que l'occasion s'en est présentée, l'Empereur
a parlé de la liberté avec une liberté entière et
comme d'une chose toute naturelle. Hier encore,
tandis que M. Baroche trouvait pour son compte la
France assez libre, que M. Granier de Cassagnac,
pour le sien, la déclarait trop libre, l'Empereur, évo-
quant devant nos yeux l'image de l'Angleterre, nous
faisait toucher du doigt la distance qui nous sépare

d'elle, nous signalait son libéralisme et nous la proposait pour modèle.

Mais voyez le malheur ! L'Empereur est pour la liberté avec nos meilleurs publicistes ; le préfet de police, lui, est de l'avis de MM. Baroche et Granier de Cassagnac. L'Empereur pense que nous ne saurions trop développer chez nous l'action individuelle, et il nous conseille d'imiter l'Angleterre ; le préfet de police se méfie de l'initiative privée, et l'Angleterre, cette fourmilière de libertés et d'hommes entreprenants, ne lui dit rien de bon.

Imiter l'Angleterre ! C'eût été un commencement, ce qu'on a voulu tenter ces jours derniers, et qui consistait à introduire parmi nous les *lectures* qui profitent si bien à nos voisins. La présence à Paris de Charles Dickens, l'illustre romancier, et l'immense succès qu'il avait obtenu à l'ambassade anglaise, fournissaient une heureuse occasion. Le prétexte était tout trouvé dans un nouvel appel à faire à la charité privée : les trois lectures de Dickens avaient produit plus de 30,000 francs pour les ouvriers du Lancashire. Quelques citoyens donc s'assemblent, vaniteux peut-être et animés du désir de faire parler d'eux, mais honorables et à coup sûr paisibles. Le juge d'instruction le plus sévère aurait de la peine à les faire passer pour des brandons de

guerre civile. La question est étudiée; de nouveaux
adhérents sont adjoints. Ces derniers n'étaient ni
plus fougueux ni plus incendiaires que les autres.
C'étaient MM. Laboulaye, de Lasteyrie, Littré,
Renan, Reybaud, de l'Institut; M. Samson, de la
Comédie-Française; M. Henri Martin, M. Édouard
Charton, etc. Évidemment, que l'un ou l'autre de
ces personnages prît la parole une fois par semaine
dans la salle Herz et parlât une heure en vidant une
carafe d'eau, cela ne constituait pas un péril social.

Les adhésions réunies, une formalité se présentait
à remplir.

Charles Dickens avait donné ses lectures à l'hôtel de
l'ambassade. Là il était sur le terrain britannique,
abrité par le pavillon de sa nation, et n'ayant pas à
se préoccuper de la préfecture de police.

M. Ferdinand de Lasteyrie et ses neuf associés,
étant Français, ne pouvaient jouir de la même facilité. Ils écrivirent au préfet pour avoir son agrément.

La réponse du préfet ne se fit pas attendre. Dans
cette réponse, le préfet rendait hommage à l'honorabilité des personnes qui s'adressaient à lui; il reconnaissait l'excellence des intentions, la noblesse
du but, la moralité des sujets à traiter... En conséquence, il refusait l'autorisation.

Et voilà comment vient d'échouer notre première tentative pour introduire chez nous les mœurs libres de la libre Angleterre !

En y réfléchissant à nouveau, je ne crois pas qu'il y ait lieu de s'en chagriner beaucoup. M. Legouvé et ses amis avaient, on le sent, cédé à un premier élan d'enthousiasme. Le plaisir de parler en public, — M. Legouvé est un beau diseur de salon, et M. Samson, le comédien que vous savez, — les tenait plus que la cause de la liberté. Cela est si vrai que pas un d'eux n'a songé à défendre et à regretter l'an dernier ces pauvres cours de la rue de la Paix, qui étaient devenus une des brillantes originalités de Paris. Mais quand bien même les lectures projetées n'auraient pas rencontré le mauvais vouloir de l'administration, elles étaient, ce me semble, condamnées en germe. Elles eussent échoué devant l'indifférence du public. Je m'étonne que M. Boittelle ne l'ait pas senti.

Les lectures, tels que les pratiquent en Angleterre, Charles Dickens et Thackeray, sont de véritables représentations. L'auteur anglais est en scène et joue son roman, ou l'épisode de son roman, représentant successivement à lui seul les divers personnages. Il doit donc avoir très-développées les qualités du comédien, changer de physionomie et

de voix, rire et pleurer. Figurez-vous Henri Mon-
nier débitant lui-même une de ses comédies bour-
geoises.

L'usage de ces lectures, qui est récent en Angleterre, et presque exclusivement particulier aux deux
romanciers que j'ai cités, semble être une dériva-
tion des représentations *at home*, à domicile, que
donnait Mathews le père, et que donne encore Mathews le fils, l'élégant et prodigue acteur, l'homme le
plus célèbre des trois royaumes pour ses dettes et
ses bonnes fortunes. M. Charles Mathews, que nous
verrons peut-être un jour à Paris, se travestit avec
un talent des plus remarquables ; il parle le français
et l'italien aussi bien que l'anglais ; et à lui tout seul
il joue, dans les trois langues, tous les comédiens
de son théâtre polyglotte.

Charles Dickens, comme Mathews, possède à
un très-haut degré l'art du comédien. Son talent mimique, développé par sa grande sensibilité, est des
plus expressifs et des plus variés. Comme Mathews
aussi il a été acteur ; s'il n'a pas monté sur les
scènes publiques, il a joué dans les théâtres de société, soit seul, soit en compagnie de son gendre
Wilkie Collins. Ajoutez que le roman anglais, par
sa succession habituelle de conversations et de scènes, se prête naturellement à ce genre d'exposition,

et vous comprendrez le succès des lectures à Londres. Quand Thackeray et Dickens font afficher deux fois la semaine leur représentation à Saint-Jame's-Hall, malgré le prix élevé des places, qui varie de 6 à 8 schellings, deux mille personnes se pressent pour les entendre et les applaudir. Ces applaudissements, que seuls entre tant de romanciers que possède l'Angleterre, obtiennent Dickens et Thackeray, sont arrachés par la puissance mimique des deux écrivains, s'exerçant sur des types éminemment populaires et connus de tout le monde.

Pouvons-nous transporter cette pratique chez nous avec quelque chance de réussite? Je ne le crois pas.

Je suppose que l'administration, s'amendant, accorde toutes les autorisations demandées, sans même se réserver le droit d'envoyer un sergent de ville aux séances de lectures. Je suppose encore que le don de bien dire descende sur la tête de MM. les auteurs lorsqu'ils monteront sur l'estrade; que les uns y perdent leur accent gascon ou auvergnat; que les autres y gagnent l'action, la chaleur, le mouvement: est-ce que le caractère de notre littérature, presque toujours didactique, ou oratoire, ou lyrique, ou analytique, ne s'oppose pas à cet essai de mise en scène? Comprenez-vous M. Gustave Flaubert

décomposant *Salammbô*, ou M. Octave Feuillet, le
Roman d'un jeune homme pauvre, pour en essayer
la représentation ? Madame Sand pourrait-elle jouer
Lélia, *Valentine* ou *Jacques*, comme Dickens joue
le *Procès Pickwick ?* Balzac, qui n'est qu'une succession de sensations ; Victor Hugo, qui n'est
qu'une succession d'images, que deviendraient-ils ?
Je ne vois qu'un seul auteur contemporain dont la
manière ne contredit pas formellement l'essence de
la lecture. C'est Paul de Kock. Qu'on en essaie, si
l'on y trouve du goût !

M. Legouvé, que la gloriole enivre, a soif de se
faire entendre. Il veut que le public connaisse le joli
talent de récitation qui lui vaut les murmures ap-
probatifs de l'Académie. Mais le public tient-il à
ces fadeurs ? Tient-il à entendre le lendemain de leur
gestation ces indécentes moralités en vers, comme
les Deux Mères, que le poëte tire de son prétendu
commerce avec la Muse.

Que diront et que feront les autres ? M. Renan,
que j'estime infiniment comme philosophe, racon-
tera son voyage aux bords du lac de Tibériade ;
M. Henri Martin fera l'histoire d'un barde gaulois ;
M. Laboulaye parlera de l'éducation populaire aux
États-Unis ; M. Littré, qui se place aux premiers
rangs parmi les illustrations de ce siècle, philoso-

phera ; M. Charton voyagera. Qui ne voit que tout
cela, dépouillé du caractère essentiel de la lecture
anglaise, la mimique et l'action, fait double emploi
avec le livre ou avec la revue. Réduite à ces pro-
portions, la question est vidée : la salle Herz n'eût
pu tenir la concurrence contre la librairie, et eût
bientôt fermé ses portes.

Décidément M. Boittelle a perdu là une belle occasion de se faire passer pour un préfet de police
libéral.

XII

Le grand événement de la semaine est justement celui qui n'a pas eu lieu : je veux parler de l'inauguration du boulevard du Prince-Eugène. Un bruit public, venu on ne sait d'où, avait désigné cette inauguration pour le 15 novembre. Ce bruit, quoique sans fondement, — le *Moniteur* nous l'a appris depuis, — avait pris une telle consistance qu'architectes, ingénieurs, entrepreneurs, ouvriers, tout le monde y avait ajouté foi; et, en conséquence, chacun hâtant sa besogne, les préparatifs s'étaient trouvés partout achevés. A l'entrée du nouveau boulevard, un arc de triomphe à jour, orné de ses mille verres de couleur, se dressait, n'attendant plus pour flamboyer et resplendir que la main magique de l'allumeur. Sur tout le parcours de la voie, les mâts vénitiens étaient plantés, et au-dessus les aigles d'or balançaient leurs ailes déployées. Des branches de

sapin, piquées en terre, formaient une double rangée
de verdure. Un sable doux et fin parsemait les trottoirs.
Tout avait pris un air de fête; et même la précaution
avait été poussée jusque-là, que l'œil se réjouissait
d'un léger badigeon d'ocre jaune uniformément
étendu sur les murs des jardins et les longues palis-
sades en planches.

Rien ne manquait à la cérémonie que la cérémonie
même.

Aimez-vous les fêtes officielles, les pompeux
cortéges, les tambours battant, les clairons sonnant, les officiers d'ordonnance passant au galop,
les généraux dorés s'avançant au pas, l'armée dé-
roulant ses bataillons comme les strophes d'une ode
vivante; et, par-dessus ces grands remuements
d'hommes, le canon couvrant tous les bruits de sa
voix lente et solennelle? Votre bonheur sera retardé
jusqu'au 7 décembre. Mais, comme moi-même,
vous pouvez d'ici-là faire le pèlerinage de la barrière du Trône, et y examiner les gigantesques
travaux de décoration monumentale qu'on y a en-
trepris.

Cela n'est pas amusant, mais c'est instructif. Cela
vous apprendra jusqu'à quel point peut aller l'hal-
lucination des artistes, quand l'idéal collectif d'une
nation s'est soudainement obscurci.

Il est difficile de concevoir quelque chose de plus prétentieux et de plus fade. Tout cela a l'air d'avoir été amené là par hasard ; rien ne s'enchaîne, rien ne se lie ; c'est heurté, cacophone, extravagant.

L'ensemble décoratif se compose d'un arc de triomphe, d'une fontaine et d'une enceinte circulaire, en forme de loge ou plutôt de cloître.

Quel est le morceau principal ? Quels sont les morceaux accessoires ? Nul ne le pourrait dire. La fontaine nuit à l'arc de triomphe ; l'arc de triomphe nuit à l'enceinte circulaire, l'enceinte circulaire nuit à l'arc de triomphe et à la fontaine.

L'ensemble est petit, mesquin, théâtral, et ne vaut certainement pas, comme aspect, le désert qu'on aurait pu laisser à cette place, ayant pour entrée les deux colonnes qui portent Philippe-Auguste et saint Louis, colonnes lourdes, si l'on veut, mais fortement caractérisées par une grandeur simple et sévère.

L'enceinte circulaire est sans destination et sans utilité. Elle ne limite rien, elle n'accompagne rien. Elle est posée dans la solitude, dans le vide, pourrait être impunément avancée ou reculée, resserrée ou élargie. Comme caractère, et comme style, elle ferait rire le Bernin, qui a fait la gigantesque colonnade de la place Saint-Pierre à Rome ; Orcagna et

Brunelleschi, à qui l'on doit les loges et les cloîtres de Florence.

La fontaine pourrait paraître monumentale, si elle était isolée. Mais j'avoue ne rien comprendre à cette ornementation qui accouple des chevaux marins, empruntés de je ne sais quelle mythologie, à des lions tirés de la nature réelle ; qui pose le globe de la terre au-dessus de l'eau, contrairement aux notions de la géographie et aux lois de la physique ; et qui enfin, par son couronnement de la statue de la gloire, fait double emploi avec le motif même de l'arc de triomphe qui est en face.

L'arc de triomphe est une boursouflure de celui du Carrousel. Là tout est manqué ; point de masses, point d'ampleur, point de majesté. Les détails, que ne domine aucune grande ligne, surabondent ; chacun crie, hurle, fait tapage à part pour attirer l'œil de son côté. Quelques-uns sont détachés du monument, comme les trophées en haut relief qui peuplent les entre-colonnements. L'esprit se trouble devant ces statues en l'air ou en avant ; on craint leur chute, et je doute que l'architecte lui-même soit assez courageux pour passer de sang-froid sous la baie de son arc, de cet arc menaçant, qui peut vous jeter des chevaux et des hommes sur la tête, comme une maison vous jette un tuyau de cheminée.

Et puis ici, comme sur la fontaine, le même mélange hybride de mythologie et de réalité. Les soldats de la garde impériale, chasseurs, artilleurs, voltigeurs, grenadiers, cuirassiers, zouaves, en costumes, vivent côte à côte avec les génies allégoriques de la paix et de la guerre, non habillés.

Il est heureux que tout cela ne soit encore qu'une maquette de bois, de plâtre et de carton. On pourra le jeter bas. Nous aurons payé un peu cher la sottise de nos architectes ; mais qu'importe? Il vaut mieux perdre un demi-million que de se ridiculiser aux yeux de l'Europe.

Les deux colonnes, la solitude à l'entour, la foire au pain d'épices une fois l'an, c'était là l'originalité de la barrière du Trône. Qu'on n'y touche pas (1) !

------

(1) On n'y a pas touché en effet. Aucune suite n'a été donnée au projet de décoration. La place a été nettoyée et rendue à son état primitif.

XIII

BOCAGE

Il s'est formé en France, il y a quinze ans, un groupe, je n'ose dire une école de petites gens, qui proclament que la littérature et l'art n'ont rien à démêler avec la politique; que le poëte, non plus que le prosateur, le peintre ou le comédien, ne doit avoir d'opinions en dehors de sa spécialité. Petits esprits et petits cœurs, ces êtres n'ont d'autre souci que celui de leur prodigieuse vanité personnelle; et dans l'ingénuité de leur corruption, ils ne se font pas faute de la crier sur les toits. A quoi bon les préoccupations générales, et que vaut le titre de citoyen? Celui-là seul est voué à ce rôle, que l'inspiration céleste n'a point visité; qui ne sait ni ciseler un vers, ni formuler une pensée, ni déclamer une strophe. Quant à eux, élevés au-dessus des grossiers besoins de la foule et indifférents aux destinées sociales, ils commercent avec les Muses dans les régions sacrées

de la fantaisie et de l'idéal. S'ils redescendent parfois
à terre, c'est pour conspuer un héros, flageller un
martyr, composer des cantates en l'honneur du souverain ; mais alors la noblesse du but justifie le terrestre emploi des facultés. Peuple qu'on égorge ou
liberté qu'on viole les laisse froids et inattentifs ! Le
monde brûlerait, qu'ils chercheraient dans ce spectacle motif à une ode ou à un tableau. Les malheureux ! ils ne savent pas que leur châtiment les suit :
l'esprit moderne n'animant point leurs œuvres, elles
font un moment pustule à la surface littéraire, puis
meurent ou crèvent dans le mépris de quelques-uns,
dans le silence et l'oubli des autres.

Bocage n'était point de ces hommes. « Citoyen
d'abord, disait-il, acteur ensuite, si l'on peut, ou
autre chose, selon les facultés dont on dispose. »

Suivant le mot du publiciste, sa vie fut un combat.
Enfant, il s'arracha à l'ignorance ; acteur, il s'arracha
à la routine ; homme, il s'arracha à la servitude.

Quelle lutte ! racontons-la en quelques mots.

Bocage (Pierre-Martinien Tousez) naquit à Rouen
en 1801. Son père était cardeur de laine. L'instruction était alors difficile, coûteuse, inabordable au
prolétaire : l'enfant du travailleur fut pris par le
travail. A treize ans, il ne savait ni lire ni écrire.
« Jusqu'à dix-huit ans, j'ai été ouvrier tisserand

dans ma ville natale. A cet âge seulement, je suis
sorti des ateliers. » Comment se fit cette éducation
de hasard? Par quelle ténacité particulière, l'humble
tisserand résolut-il le douloureux problème de travailler le jour pour manger, de travailler la nuit pour
apprendre? C'est ce qui devrait être raconté pour
l'encouragement de plusieurs; car c'est toujours un
beau spectacle que celui de la jeunesse dépouillant,
au prix de mille efforts, sa grossière enveloppe
d'ignorance, brisant d'elle-même sa chrysalide pour
monter à la lumière!

Enfant, Bocage n'avait dû qu'à lui-même cette
instruction première qui nous rend aptes à la vie intellectuelle; homme fait, il ne dut encore qu'à lui-
même cette instruction seconde qui nous ouvre les
portes des professions spéciales.

Une pièce de Marivaux, les *Acteurs de bonne foi*,
lui donna, dit-on, l'idée d'entrer dans la carrière
dramatique. Il vint à Paris. Ici, que de traverses!
Tour à tour petit clerc, commis greffier du conseil
de guerre, clerc d'huissier, il prélevait sur sa nourriture pour satisfaire son amour du théâtre; c'est là
l'histoire de toute vocation ardente. Refusé au Con-
servatoire, froidement accueilli au Théâtre-Français,
il n'eût peut-être jamais pu trouver dans l'ancien
répertoire l'emploi de ses facultés originales. Heu-

8

reusement pour lui et pour quelques autres, le romantisme vint.

Un nouvel horizon s'ouvre avec la jeune école. Plus de tradition, plus de méthode. La passion libre et désordonnée a seule voix maintenant sur la scène. C'est tout ce que demandait Bocage. Du même coup, ses qualités et ses défauts se trouvent de niveau avec les aspirations régnantes. Là commence sa période de célébrité. Trois créations, trois succès immenses, Antony, Didier, Buridan le placent à côté de Frédérick-Lemaître et de madame Dorval, au rang des meilleurs interprètes du drame moderne. A partir de ce jour, il devient un des acteurs les plus populaires du boulevard.

Nous ne pouvons guère nous rendre compte aujourd'hui de cette puissance scénique, de ces éclats sombres, de cette physionomie hautaine et fatale, qui souleva si longtemps les acclamations de nos aînés. Les temps ne sont plus les mêmes. Pour ma part, je n'ai vu Bocage qu'à son déclin; et s'il m'impressionna encore vivement, je puis dire que je ne retrouvai guère en lui ce qui avait dû être Antony, cette folie de nos pères.

C'était il y a deux ans. Après avoir tenu avec éclat la direction de l'Odéon, le vieil acteur était tombé à celle du théâtre Saint-Marcel. On jouait ce soir-là, le *Barde gaulois* de Charles Fillien, un poëte de province qui a du Corneille dans l'âme. C'était une fête littéraire. Les vers jeunes et fiers vibraient dans la salle, aux applaudissements d'un public de choix, et nous faisaient regretter que le Théâtre-Français ne les eût point retenus pour lui. Bocage fut plein d'énergie et de passion dans le rôle du barde. Il dit avec un grand cœur ces beaux vers, qui me sont restés dans la mémoire :

La grande poésie est comme l'âme humaine :
    Libre en son immortalité !
Rien ne peut l'émouvoir du terrestre domaine,
    Rien, que la seule vérité !
Élevée au-dessus de nos vicissitudes,
    Dont un peuple infime est surpris,
Elle ne commet point avec nos turpitudes
    La majesté de son mépris.
Son dédain plane immense, au lumineux espace,
    Sur les vains triomphes d'en bas.
Hormis pour souffleter le mensonge qui passe,
    Son vol hardi ne descend pas !...

Mais, s'il montrait encore la même sensibilité nerveuse, s'il avait composé son rôle avec le même soin, le suivant dans les moindres détails et les plus délicates nuances, on sentait, à certains efforts de voix, à certaine lourdeur de geste, à l'infléchissement général du corps, que la vieillesse se hâtait dans cette organisation frêle et débile : le lion n'avait plus de griffes.

M. Noël Parfait, qui se connaît en civisme, a dit dans son éloquent discours funéraire, ce qu'il faut penser du citoyen. Je n'ajouterai qu'un mot : Bocage eut la tristesse profonde de la patrie ; il fut un de ces grands proscrits du dedans qui n'ont rien à envier, en douleurs et en misères, aux proscrits du dehors.

XIV

NOTRE-DAME RESTAURÉE

Aujourd'hui, 25 décembre, jour de Noël, mil huit cent soixante-deuxième anniversaire de la naissance de notre seigneur Jésus-Christ, la vieille basilique de Notre-Dame, restaurée, se débarrasse de ses échafaudages et reparaît, aux yeux des Parisiens étonnés, telle que l'ont pu rêver ses premiers fondateurs. Après dix ans de travaux délicats et hasardeux, elle a recouvré sa beauté gracieuse et mâle, sa grandeur sévère et attendrie. Solidement assise sur les cent vingt pilliers qui font la double ceinture de sa grande nef; étayée de toutes parts sur ses arcs-boutants d'un jet aussi élégant que hardi; éclairée au midi, au couchant et au nord de ses trois roses, les plus belles du monde, qui s'illuminent tour à tour selon la procession du soleil; poussant dans les brumes du ciel ses deux tours massives et son aiguille en pointe; serrant étroitement dans ses ni-

8.

ches les statues de ses saints et de ses rois; développant sur toutes ses façades, fortement disciplinées à de grandes lignes, les guirlandes de ses naïves figurines, et les innombrables caprices de son ornementation enfin ravivée; blanche et austère en dedans; sombre, touffue, hérissée, exubérante au dehors : elle convoque, comme au temps de la foi antique, portes toutes grandes ouvertes, son peuple de fidèles. Sept cents ans, ou peu s'en faut, se sont écoulés depuis que, Maurice de Sully étant évêque, le pape Alexandre III posa et bénit la première pierre. Regardant aujourd'hui sa robe rajeunie, elle peut dire : Je n'ai pas changé. Mais le peuple de Maurice de Sully et d'Alexandre III, où est-il? Qui le rendra à Mgr Morlot et à Sa Sainteté Pie IX?

Je suis un peu de ceux qui croient que la dégration sied bien à un vieux monument. Elle lui donne comme une physionomie humaine, marque son âge, et, en témoignant de ses souffrances, révèle l'esprit des générations qu'il a vues passer à ses pieds. Tout en rendant hommage à l'érudition de nos architectes, je ne suis donc pas partisan de ces restaurations à fond, telles qu'elles se pratiquent de nos jours.

Au train dont vont les choses, et s'il n'arrive point d'encombre, Paris, dans quelques années, n'aura plus de tache à son vêtement neuf. Il pourra montrer aux étrangers, sans rougir, ses basiliques rapiécées, aussi intactes, aussi reluisantes, aussi fraîches que si elles dataient d'hier. Vainement l'histoire aura passé sur elles ; vainement le temps aura rongé leurs arêtes et émietté leurs pierres grain à grain ; vainement le soleil et la pluie auront noirci leurs murs, et étendu sur leurs toits la lèpre des lichens ; vainement le vent des nuits furieuses aura souffleté leurs saints tremblants, et emporté dans un tourbillon leurs ironiques gargouilles ; vainement la guerre civile, se tordant à leurs pieds, aura envoyé des balles perdues dans leurs façades à jour et déchiré les dentelles de leurs rosaces ; vainement la Révolution, entrant dans leurs sanctuaires comme l'ange exterminateur, aura éteint les cierges d'un coup d'aile et fondu les reliquaires à l'éclair de son épée... Il semble que ce passé plus récent doive disparaître au profit d'un passé plus ancien.

Serait-il donc moins de l'histoire que l'autre ? ou bien les pierres ébréchées parleraient-elles à l'imagination du peuple un langage séditieux ? La nuit, se raconteraient-elles les étranges choses dont elles furent témoins, et craindrait-on que le citoyen attardé dans les rues ne surprît quelquefois en passant des lambeaux de leurs colloques ?

Et quand il en serait ainsi, quel fâcheux résultat pourrait-on redouter?

Ah! me répondent les partisans du passé, si on laissait aux vieux monuments cette liberté de parole; si, par chaque trou, par chaque blessure, par chaque mutilation, ils pouvaient ainsi crier perpétuellement et redire aux nouveaux arrivés la légende des anciens disparus, il y aurait à Paris des gens qui dormiraient mal, nous les premiers. Or, il faut que Paris, fatigué d'orages, repose, et que chacun y sommeille à l'aise. Grattons donc les souvenirs, effaçons les traces, ramenons l'équilibre des murailles penchées, remontons les clochers effondrés, replaçons les flèches rasées, restaurons le dehors, colorions le dedans. Que la cathédrale rajeunie rejette ses étais, comme le boiteux de l'Évangile ses béquilles; qu'elle surgisse radieuse et souveraine, aussi dominatrice qu'aux jours déjà anciens, où les évêques dorés et mitrés, leur crosse de berger à la main, guidaient l'humanité docile. Que tout l'intervalle qui sépare ces temps du nôtre soit comblé, et qu'avec lui soient oubliés nos passions et nos haines, nos affronts et nos misères. Si le peuple de Paris, se réveillant demain dans une ville entièrement neuve et promenant son regard sur des monuments rénovés, allait se croire nouveau

lui-même ! S'il pouvait, comme ces malades qui
perdent à jamais la mémoire, ne plus se ressouvenir ! Sans doute il planterait sur le chemin une
borne et dirait : J'écris ici la première page de mon
histoire.

Et c'est là tout justement pourquoi Auguste,
chaque fois qu'il trouve une Rome de briques, n'a
rien de plus pressé que d'en faire une Rome de
marbre.

XV

Grande querelle! L'exposition du musée Campana va se clore, et le sort réservé à cette encombrante collection n'est pas encore arrêté. Qu'en va-t-on faire? La démembrera-t-on, ou la laissera-t-on entière? La cause est en litige, et les opinions sont aux prises. Les collectionneurs, les archéologues, les antiquaires, les fourbisseurs de vieille ferraille, les rapetasseurs de faïence cassée, réclament à grande instance l'indivision; l'administration des musées impériaux penche pour le démembrement. Des deux parts, on argumente, on pérore, on discute, on crie; puis, comme il est naturel, on abandonne la parole pour la plume, et les écritures vont un train d'enfer sur le papier.

L'Institut, ce réservoir de toute sapience, est consulté. Le vénérable aréopage s'assemble. Gravement et doctement il se met à délibérer, entremêlant les

avis contradictoires de quintes de toux prolongées,
que la saison pluvieuse où nous sommes n'est pas
seule à expliquer. Mais voilà qu'un nouveau champion s'élance dans l'arène. C'est M. Ingres, que ne
retiennent ni la distance qui le sépare de Paris, ni le
poids des ans dont son front est chargé. Vieux comme
Nestor, il est impétueux comme Ajax... — « Je me
presse d'accourir au secours de l'art menacé... On
assure que l'on veut séparer, démembrer, détruire
enfin ce musée; et, peut-on le croire, l'administration des musées, elle-même, méconnaît, conteste sa
valeur... On a qualifié notre Académie de coterie in-
capable de juger les arts, et inférieure de tout point
aux lumières individuelles... Nous savons, par expérience, messieurs, comment les œuvres d'art sont
traitées au Louvre, et, malgré les lumières qui les
entourent, les maladresses désastreuses dont elles
sont victimes. Ceci suffit pour apprécier les soins
éclairés et l'amour de ceux auxquels elles sont con-
fiées; et je ne veux pas rappeler ici nos regrets et
notre étonnement... Mais lorsqu'un jugement er-
roné ou des amours-propres mesquins veulent
anéantir une œuvre de cette importance pour faire
triompher des intérêts partiaux ou erronés, il est de
notre devoir de dire notre pensée tout entière, et de
sauver, s'il se peut, un musée justement célèbre. »

Voilà bien des éclats pour une question qui ne regarde ni M. Ingres, ni l'Académie ; qui n'est point une question d'art, mais une question de simple administration, et dans laquelle, par conséquent, le premier venu, doué de quelque esprit d'organisation, sera plus compétent que tous les corps constitués ensemble.

M. Ingres parle d'œuvre anéantie. M. Ingres sait mieux fixer le contour d'une figure que délimiter une idée. Sa formule n'est pas d'un beau galbe ni d'une ligne pure. Elle confond, sous l'incertitude des vocables, la collection avec les objets collectionnés. Assurément, morceler le musée Campana, ce sera faire disparaître le fait du rassemblement opéré par le marquis romain, et, à ce point de vue, anéantir son œuvre. Mais en quoi sommes-nous tenus et quelle utilité y aurait-il à la respecter ? S'agit-il d'un donateur qui aurait imposé cette condition à l'État, comme le duc de Luynes vient de le faire vis-à-vis de la bibliothèque impériale, en lui donnant sa collection de médailles et de vases antiques ? Nullement : l'État est acheteur sans conditions ; il a reçu et payé, il peut disposer à son gré. S'agit-il d'une réunion d'objets issus de la même origine ou entrant dans la même série intellectuelle, par conséquent s'expliquant l'un par l'autre, et ne pouvant être séparés

sans que leur filiation soit détruite ou leur signification obscurcie? Non encore. C'est un rassemblement
fortuit des produits de divers arts, produits anciens,
moyen âge ou renaissance, qui ne sont ni du même
peuple ni de la même civilisation. Qu'importe donc
qu'on désassemble et qu'on sépare, pourvu qu'on ne
perde ni ne brise rien? M. Ingres craint qu'on ne
casse une cruche ou qu'on n'effondre une toile. On
mettra deux pistolets chargés sous la nuque de
chaque emballeur, et, à la moindre maladresse, on
leur fera sauter la cervelle.

Eh! bon Dieu! nos musées ne sont-ils pas assez
fractionnés déjà? Pour ne prendre qu'un exemple, la
peinture française, où la trouvez-vous? Si vous voulez la suivre depuis sa naissance jusqu'à ses développements actuels, la saisir dans la continuité ou la
rupture de ses évolutions, déterminer les influences
qu'elle a subies, les magnificences ou les faiblesses
qui en ont été la suite, il vous faut visiter Cluny, le
Louvre, Versailles, le Luxembourg, l'École des beaux-
arts, — cinq musées!

Certainement j'admets pour les œuvres de nos
artistes vivants la nécessité d'un musée spécial; c'est
un stage obligé, une sorte de purgatoire artistique
qu'elles doivent subir avant d'être admises au pa-
radis de l'immortalité.

Mais les œuvres de nos artistes morts, pourquoi les laisser éparpillées en des endroits si distants? Et ce que je dis de la peinture est vrai de tout le reste. Cet éparpillement, si douloureux aux jambes des visiteurs, si fatal à la suite des études, est, en partie, le fait des donateurs de collections. Tous ou presque tous ont cette manie de vouloir que les objets dont ils font cadeau à la nation fassent nombre à part. C'est ainsi qu'existent les musées Dusommerard, Sauvageot, etc. On peut respecter cette faiblesse, mais temporairement. Il est inadmissible que le caprice d'un seul entrave à jamais la jouissance ou l'intérêt de tous. Si c'est l'amour d'une vaine célébrité qui les pousse, — car tous imposent d'attacher leur nom à la collection qu'ils abandonnent, — une plaque de marbre et une inscription votive suffiront pour satisfaire leurs mânes orgueilleuses et dégager la reconnaissance publique.

Il serait temps de mettre un terme à cette maladie des musées particuliers, et de revenir à une classification plus rationnelle de nos richesses artistiques. La répartition du musée Campana est une occasion toute trouvée. Nous avons une collection nationale, qui, considérée dans son ensemble, l'emporte sur toutes celles de l'Europe. Notre devoir est de la compléter autant que possible, de ne rien laisser à

l'écart de ce qui peut en combler les trop malheu-
reuses lacunes. Pour cela, il faudrait fondre tous nos
musées en un seul, en prenant pour base des divi-
sions et subdivisions à opérer, la nation, le genre
particulier d'art, et la date historique. On pourrait
indifféremment user d'un seul bâtiment ou de plusieurs, à la condition de ne point isoler les objets de
même groupe. Ainsi nous aurions un musée français,
contenant, rangée suivant la donnée chronologique,
toute l'œuvre française depuis ses plus vieilles ori-
gines, peinture, sculpture, gravure, dessin, architecture, émaux, poterie, céramique, orfévrerie, hor-
logerie, tapisserie, etc., chaque genre formant une
galerie distincte, partie de la galerie générale. Par
exemple, nous pourrions embrasser, d'un coup d'œil
et dans la même promenade, toutes les phases de
notre peinture, depuis le fragment de fresque enlevé
au réfectoire de l'abbaye de Charlieu, qui est du
douzième siècle, jusqu'aux toiles de Decamps et
d'Ary Scheffer, que nous avons vus mourir hier. Versailles serait bien un obstacle à cette combinaison :
comment loger tout ce grand délayage historique?
Mais on aurait la ressource d'en brûler les deux
tiers : il en resterait toujours trop. A l'entour de ce
centre imposant, monument légitime élevé à notre
gloire, viendraient rayonner, divisés suivant le

même esprit, les musées antiques, assyrien, égyptien, grec, étrusque, romain ; les musées modernes,
italien, espagnol, allemand, hollandais. De cette façon, la pensée de chaque peuple apparaîtrait plus
intelligible, étant entrevue tout à la fois dans la pureté spécifique de son caractère et dans la portée de
son entier développement ; l'éducation des masses se
ferait plus rapide, et la moralité de l'art serait jus-
tifiée par une action bienfaisante plus immédiate.

Je sais que j'ai tort de parler de nouveaux monuments à construire. Il est dangereux d'inciter à ten-
tation les architectes. Je les vois déjà qui fixent le
vélin sur la table, et promènent le compas en tous
sens. Mais, bah! les millions sont, depuis dix ans,
amis de la truelle. Nous vivons sous le règne de
l'équerre. Chaque Auguste est bien aise de trouver
sa Rome à reconstruire. Bâtissons donc ; et, puisque
aussi bien ma causerie a pris ce pli, j'ai un autre
projet en tête, et je le risque.

Nous avons à Paris deux théâtres français : le premier, chargé de maintenir intacte la tradition de
notre vieille gloire classique, le second, d'élever au
biberon les génies nouveaux. C'est très-bien. Nous
avons des théâtres de genre, comédies, drames, vau-
devilles, proverbes, farces, féeries, grande et petite
voltiges, où toutes les sublimités et toutes les inep-

ties de nos contemporains peuvent s'en donner à
l'aise, et ne se font pas prier. C'est encore mieux.
Nous n'avons pas de théâtre spécialement consacré à
l'interprétation des chefs-d'œuvre étrangers, tant
anciens que modernes. Eschyle, Sophocle, Aristo-
phane, Eurypide, Ménandre, Plaute, Térence, Shakespeare, Lope de Vega, Calderon, Schiller, Gœthe,
Alfieri, exilés et fugitifs ne trouvent d'asile que dans
les bibliothèques. Pourquoi pas de scène pour eux,
dans une ville qui se dit le chef-lieu de l'esprit, et
qui passe à bon droit pour être la plus cosmopolite
des capitales? Pourtant, quel répertoire pour une
troupe intelligente! Quels spectacles pour un public
de choix! Je ne réponds pas que la salle serait toujours comble et que le caissier verrait chaque soir la
caisse assez pleine pour lui faire ambitionner le rôle
de Carpentier. Je dis seulement que l'élite de l'Europe viendrait là, comme à un rendez-vous aristo-
cratique et galant, se délasser des platitudes modernes, en écoutant les plus grandes voix qui aient
jamais porté la parole dans l'humanité.

Cette idée m'est revenue l'autre jour en apprenant
que le grand acteur Rouvière va jouer Othello au
Théâtre-Historique, qu'inaugure sous son vieux nom
la direction nouvelle. Rouvière est le soldat de Shakespeare. Il faut voir comme il l'aime et surtout

comme il le comprend! Hélas! faute de mieux, il est condamné à le porter sur des scènes infimes, et il le fait bravement, sans s'inquiéter de l'inintelligence des masses, confiant seulement dans le génie du vieil auteur anglais. Je l'ai vu jouer *le Roi Lear* au Cirque, *Hamlet* à Beaumarchais et à Belleville. « Shakespeare! me disait-il un jour avec enthousiasme, je le jouerais dans un égout!

Pourquoi ne construirait-on pas un théâtre où les grands et universels esprits dont je parle trouveraient un asile définitif, une maison à eux où ils pussent vivre en paix et en bonne compagnie? — Qui remplira les rôles? me direz-vous. Laissez faire, une troupe se formera bien vite : avec de l'intelligence et de l'argent, un directeur vient à bout de tout. — Qui traduira les pièces? La bohème, parbleu! cette même bohème que Balzac voulait vendre à l'empereur Nicolas pour civiliser la Russie. Ils sont là deux mille qui, prétendent-ils, ont de l'esprit à revendre et du génie à couper à pleine faux. Embauchez-les à prix d'or; disciplinez-les à cette grande œuvre, qui sera comme la pierre de touche de leur valeur. Si, sur les deux mille, il y en a dix qui ont du talent et un qui vous fait un chef-d'œuvre, vous aurez encore bien mérité de la France.

XVI

Quand les petits enfants ne sont pas sages, on ne les mène point au spectacle. Ainsi pensent tous les bons parents, et ainsi agit M. Beulé, secrétaire perpétuel de l'Académie des beaux-arts. M. Beulé est nouveau dans ses fonctions : il les inaugurait l'autre jour. Nous avons trop l'estime du savant archéologue, pour passer sous silence l'acte illibéral dont il a marqué son installation. Voici l'histoire.

Chaque année, l'Académie des beaux-arts clôt par une séance publique ses travaux scolaires. Dans ces solennelles assises, avec des intermèdes de mélodie, de chant et d'éloquence, entremêlés comme par un vague ressouvenir de la Grèce, se fait la distribution des grands prix de Rome et autres menues récompenses, non moins prisées, qui consistent en argent. C'est samedi dernier qu'a eu lieu la cérémonie. La foule était nombreuse et choisie, trop choisie. Si les

habits noirs confinaient comme d'habitude les palmes
vertes, si les hautes Parisiennes tranchaient sur ce
fond monotone et triste par la variété de leurs belles
robes étoffées, une exclusion avait eu lieu : pour la
première fois, les élèves de l'Ecole, ceux pour qui
l'Ecole est faite et sans qui l'Ecole n'a plus de raison
d'être, n'avaient point été admis. Epars sur les quais
et dans les rues, surveillés par les regards inquisi-
teurs des agents de police, dispersés lorsqu'ils s'abor-
daient, refoulés lorsqu'ils se massaient, ils erraient,
âmes en peine, chassés du jardin de délices où croît
l'académique laurier. Ce n'était pas un ange armé
de l'épée flamboyante, c'étaient des sergents de ville
en uniforme qui en défendaient le seuil sacré.

Que s'était-il donc passé? Vous le savez. Les élèves de la section d'architecture ont cru devoir protester contre une attribution imméritée, selon eux,
du premier grand prix. Ils ont fait appel à l'opinion
publique, la mettant en demeure de s'éclairer et de
se prononcer. Un journal s'est trouvé (ô presse, ce
sont là de tes coups!), dévoué à la cause de la libre
discussion, ce journal même où j'écris aujourd'hui
ces lignes, qui a accueilli et enregistré leur protestation.

Détestables effets de la publicité! La discipline est
violée, l'ordre compromis, il y faut vite porter re-

mède : point de tribune, point de billets pour ces élèves récalcitrants, qui mettent l'opinion dans la complicité de leurs révoltes !

Certes, si j'avais eu l'honneur d'être ce jour-là à la place de M. Beulé, loin d'appliquer une mesure autoritaire, je me serais félicité de trouver, à mon installation, des jeunes gens capables de secouer la servitude écolière, et de faire d'un seul coup acte viril de courage et d'indépendance. Je leur aurais ouvert à deux battants les portes de cette salle, dont ils sont le plus vrai et le plus naturel public. Je les aurais remerciés hautement de s'élever au-dessus de la férule des maîtres, et d'apporter dans les choses de leur compétence un commencement d'initiative. Puis, prenant à témoin la foule assemblée, faisant intervenir les pièces même du débat, j'aurais, si je l'avais pu, réfuté l'opinion dissidente, et, preuves sous les yeux, mis la protestation à néant. Tout le monde eût été content, le public, les élèves, les lauréats, et M. Chabrol m'eût remercié d'avoir justifié la tuile d'or qu'innocemment et involontairement il a reçue sur la tête.

Ainsi on eût agi dans ces pays d'autrefois, dont M. Beulé connaît mieux que moi les mœurs artistiques. Mais l'officiel nous gouverne, et nous avons beau nous écrier de temps en temps : « Condamner n'est pas

9.

répondre, » il nous gouvernera longtemps encore.

Sortons de cette sphère agitée. Les *logistes* et les *médaillistes* de l'École des beaux-arts organisent un banquet fraternel, où ils se proposent d'oublier ces petites misères. Puissent-ils y boire à la santé de leurs professeurs !

— Si vous voulez voir la **Mort de saint Joseph**, le chef-d'œuvre de Raphaël et de la peinture, annoncé si pompeusement dans les feuilles publiques, hâtez-vous : on nous fait savoir, comme une menace, son prochain départ pour Londres. C'est une toile grande comme la moitié d'une page de journal, et si merveilleuse, au dire de son heureux possesseur, qu'*aucune des œuvres du divin artiste, sans en excepter la Transfiguration* (je copie le livret) *ne peut lui être comparée ni pour la sublimité de la conception ni pour le fini et la beauté de l'exécution.* Aussi, dix millions eussent insuffisamment payé ce phénix des tableaux. Se peut-il que, dans notre France amoureuse des arts, personne ne se soit présenté pour offrir cette bagatelle? A quoi songent donc les millions et ceux qui les détiennent? M. Ingres se fût réjoui de voir au Louvre un nouveau chef-d'œuvre de son maître aimé. Mais M. Ingres se fait vieux, et on dit qu'il devient de plus en plus difficile sur les Raphaëls.

Ceci me rappelle qu'on m'a emmené voir l'autre jour, impasse Mazagran, n° 3, un autre tableau plus à la portée des bourses honnêtes. Celui-ci est de Murillo, et authentique, à ce qu'il me paraît. Ceux qui ont voyagé en Espagne et visité Séville ont pu contempler, dans le grand hôpital de la *Caritad*, le *Moïse frappant le rocher*, une des plus vastes compositions du plus fécond des peintres espagnols. L'eau jaillit sous la baguette du prophète, et la population hébraïque, hommes, femmes, enfants, à pied ou à dos de bête, s'empresse avec des cruches pour la recueillir. Un enfant à cheval domine l'horizontalité de la composition, tenant un vase d'une main, de l'autre montrant avec une joie mêlée d'étonnement la source inespérée. Or, dans le tableau de Séville, cet enfant n'est pas peint de la main de Murillo ; il a été exécuté par un de ses élèves et copié d'après une étude précédente du maître. Telle est du moins l'opinion d'un grand artiste suédois, M. Hockert, qui a pu faire lui-même les confrontations nécessaires dans la chapelle de la *Caritad*. C'est cette précédente étude de Murillo retrouvée dans une modeste maison, jadis florissante, de la villa d'Ecisa en Andalousie, qu'un ingénieur français vient d'apporter à Paris. Bien que ne renfermant qu'un personnage, son importance est grande, eu égard tout à la fois à la valeur artistique de l'œuvre et au souvenir de la grande composition qu'elle rappelle. Il y a là de quoi mettre en émoi tous ceux qui s'intéressent à l'école espagnole depuis qu'elle a pris faveur parmi nous. Je n'ai pu, en voyant cet enfant si expressif et si vivant, m'empêcher d'admirer la vigueur du dessin, l'harmonieuse beauté du coloris, la largeur et la facilité de l'exécution; et je sais déjà que certain marquis, fort amateur et célèbre par son haut goût, l'a regardé d'un œil amoureux.

— Il m'arrive de la province un petit journal qui se publie à Salins et qui, naturellement, se nomme *le Salinois*. Le numéro tout entier est affecté aux détails de la réception faite par la ville de Salins à Mgr Nogret, son nouvel évêque. Rien n'est plus touchant. Si vous y teniez, je pourrais vous promener, comme on a promené Mgr Nogret, d'église en église, à travers cette petite ville sacerdotale, toute confite dans son antique foi espagnole. Nous assisterions au prêche, aux admonitions et aux discours répondus. Mais toute cette éloquence est connue; on peut la reconstruire sans beaucoup d'imagination. Ce qui seulement excitera la surprise, c'est le détail suivant, que je demande à mettre en pleine lumière.

« Oui, monseigneur, s'est écrié, recevant l'évêque, M. de Grimaldi, fondateur et propriétaire de l'hôtel des Bains, grand'croix de l'ordre d'Isabelle-la-Catholique, commandeur titulaire de l'ordre de Charles III, chevalier de la Légion d'honneur; oui monseigneur, la ville de Salins est essentiellement religieuse, car, lorsque son conseil municipal cherchait, il y a quelques années, à honorer outre mesure un citoyen déjà trop heureux d'avoir pu lui être utile, c'était dans les trésors spirituels de l'Église qu'il allait puiser ses récompenses, votant solennellement, lui, corps laïque, et non sans quelque courage dans ces jours de relâchement, de doute et de moquerie, des messes votives auxquelles il assiste avec pompe chaque année, faisant de la sorte à la ville bienfaitrice autant d'honneur qu'au bénéficiaire de cette chrétienne résolution, de cette résolution sans exemple peut-être dans les fastes administratifs de la France nouvelle. »

Une messe annuelle, votée par un conseil municipal à un de ses membres, lui vivant! Ce membre assistant, pénétré d'humilité chrétienne, à la célébration de cette messe, où on le glorifie! voilà ce qu'on ne croirait pas, si le journal ne donnait les pièces à l'appui du discours de M. de Grimaldi.

Cette messe, qui se célèbre tous les ans à Salins, le 27 décembre, n'est pas la seule qui ait été rémunératoirement fondée en l'intention de M. de Gri-

maldi. D'autres l'ont été dans la paroisse de Saint-
Jean-Baptiste, à Salins, dans celle de Montmorot
(Jura), dans celle d'Arc-Senans (Doubs), dans celle
de Vuilafans (Haute-Saône). Mais celle de Notre-
Dame-Libératrice a été instituée par un corps laïque
et a donné l'idée des autres. A ce double titre elle
méritait d'être signalée à l'attention de Monseigneur.
Voici le texte, bien remarquable et peu connu, de la
délibération prise à l'unanimité, le 19 novembre
1852, par le conseil municipal,

« Le conseil,

« Considérant que M. de Grimaldi est le bienfaiteur de la ville de Salins ; que tous les habitants sont
pénétrés de reconnaissance pour cet homme éminent
par le cœur autant que par l'intelligence ; que son
noble exemple ne peut qu'inspirer à tous des sentiments de patriotisme et de désintéressement ; qu'il
est du devoir de la ville de traduire sa gratitude par
un hommage éclatant :

« Délibère :

« 1. Le buste ou le portrait de M. de Grimaldi
sera incessamment placé dans la salle des séances du
conseil, avec cette inscription : M. JEAN-MARIE DE
GRIMALDI, PREMIER CONSEILLER MUNICIPAL.

« 2. Chaque année, à partir de 1853, le jour de

la fête de M. de Grimaldi, une messe sera célébrée en la chapelle de Notre-Dame-Libératrice, pour appeler sur lui et les siens la protection de la patronne de Salins.

« 3. Le conseil municipal assistera à cette messe, ainsi que les maîtresses et sous-maîtresses des salles d'asile avec leurs élèves. Les parents de ces derniers y seront convoqués. Les orphelines, objet de la sollicitude de M. de Grimaldi, y assisteront également, ainsi qu'un certain nombre des élèves des écoles communales des garçons, désignés par leurs maîtres parmi ceux qui se seront distingués le plus par leur travail et leur bonne conduite.

« 4. Au sortir de la messe, le conseil se rendra dans la salle de ses séances, suivi des maîtres, maîtresses et élèves qui auront assisté à la messe. *Là, un élève de chacune des écoles présentera, pour être mise sur le buste de M. de Grimaldi, une branche d'immortelle.* Cet honneur sera déféré à ceux de ces enfants qui se seront distingués par leur conduite, leur docilité et leur intelligence.

« 5. Le soir, un goûter sera offert à tous les enfants composant les salles d'asile et l'établissement des orphelines, aux frais de la ville ou du conseil municipal.

« 6. Ce jour-là sera jour de congé pour toutes les écoles municipales.

« 7. En témoignage de ce vœu solennel, copie
de la présente délibération sera placée dans un cadre
au-dessous du buste ou du portrait de M. de Grimaldi, afin de faire foi, dans l'avenir, et des bienfaits et de la reconnaissance. »

Et maintenant, cloches, sonnez! rayonnez, cierges! fumez, encens! passez, processions! L'armée
cléricale a depuis dix ans son Latour-d'Auvergne : le
titre de *premier conseiller municipal* vaut bien celui
de *premier grenadier de la république*, et la messe
annuelle laisse loin derrière elle le : « Mort au champ
d'honneur! »

— Mais de grands frissons de vent courent dans
les arbres jaunis, et à terre commence la danse des
feuilles tombées. Le bleu du ciel se lacte de tons
pâles et se couvre de plus fréquents nuages. La pluie
tombe, aujourd'hui fine, lente et comme tamisée par
un crible invisible; demain furieuse, précipitée et
comme dardée par des mains en colère. Si les soirs
sont encore profonds et constellés, le matin se lève
dans l'humidité des brouillards. Les jours deviennent incertains et changeants. Le soleil a gardé sa
chaleur, mais il ne brille que par moments, reste
moins tard sur l'horizon, et les architectures de vapeur enflammée qu'il construit au couchant nous

apparaissent plus multipliées et plus confuses. C'est l'Automne, des saisons de l'année la plus belle, la plus douce et la plus touchante. Les forêts, pour attendrir la bise et désarmer le menaçant hiver, se nuancent d'éclatantes couleurs ; décomposant à l'infini le vert de leur parure, elles se bariolent de jaune et de rouge et semblent s'habiller à l'orientale. J'ai vu, dans les bois de Chaville, des peupliers d'or et des marronniers d'améthyste, les uns portant la chasuble du prêtre à l'autel, les autres la douillette de l'évêque à la promenade. Les hirondelles s'en vont, les poëtes ont regagné la chambre. Pâle et rêveuse Automne, toi qui fais les veillées plus longues à l'écrivain, et les épanchements plus tendres aux amoureux entrelacés, tu es bonne, hospitalière et pleine de grâces : Automne, je te salue !

XVII

LES COMPAGNONS CHARPENTIERS

On ne s'occupe plus guère en France des besoins
des classes ouvrières, de leurs aspirations, de leurs
rêves. Ces questions, à l'ordre du jour il y a quinze
ans, ont fait place à d'autres ; ainsi va le cours des
choses. Quand un grand malheur éclate, que de sa
sinistre lueur il éclaire tout d'un coup les iniquités
ou les imprudences sociales, comme il est arrivé der-
nièrement à l'occasion de la crise cotonnière, vite on
arrive, on parle chaud, on propose moyens sur
moyens, l'argent effaré répond à tous les appels,
l'abîme est recouvert avec des fleurs, et la société, le croyant comblé pour toujours, continue son
chemin.

Ceci et la Saint-Joseph, qui était hier, m'encouragent à parler des ouvriers, non point, Dieu merci !
pour rappeler les anciens désastres, ou pour en signaler de nouveaux, mais pour causer un instant des

joies populaires et des grands jours du proléta-
riat.

Donc, hier jeudi, le canon n'a pas tonné ; les cloches n'ont pas mélangé leurs carillons dans l'air ; les
mâts vénitiens, les banderoles semées le long des
promenades, les illuminations éclatant au front des
monuments le soir n'ont pas amassé la foule sur les
places publiques. Les grandes voies, tranquilles,
charriaient lentement leurs promeneurs accoutumés.
Pour les trois quarts de Paris, il n'y avait rien
d'inattendu ou d'inusité dans le mouvement appa-
rent de la grande ville.

Pourtant, c'était fête hier à Paris, et non-seulement à Paris, mais dans les principales villes de
France.

MM. les compagnons charpentiers célébraient
saint Joseph, leur antique et vénéré patron.

Je ne sais quels horizons se sont déchirés pour
moi; mais il m'a semblé un moment voir le même
spectacle sur tous les points du territoire : défilant
en colonne longue et serrée, revêtus tous de leurs
habits du dimanche, la touffe de rubans à la boutonnière ou au chapeau, à la main la canne emblématique, les compagnons charpentiers passaient rangés
sur deux lignes, et, au son de la musique, portaient
à l'église paroissiale le *chef-d'œuvre* de charpente

exécuté durant l'année. Ils passaient, comme il y a
dix ans, comme il y a cent ans, comme il y a mille
ans, toujours les mêmes au milieu des populations
changeantes, accomplissant gravement le rite de leur
cérémonie annuelle, immuables au milieu de notre
société incessamment renouvelée, protégés contre
les vicissitudes des mœurs par l'efficacité de leur
dogme fraternel, et, représentant encore, après
tant de changements, tant de révolutions, tant de
coups d'État de toute nature, l'esprit persistant des
anciennes corporations.

A Paris, chaque année, à pareil jour, deux cortéges se mettent en marche. L'un part de la rue de
l'Égout pour se rendre à l'église Notre-Dame :
c'est celui que forment les compagnons *du Devoir
de la Liberté*. L'autre part de la rue d'Allemagne, à la
Villette, pour aboutir à Saint-Laurent : ce sont les
compagnons *du Devoir*.

Ces deux sociétés, si l'on en croit les traditions
qu'elles aiment à se transmettre, ont une antique
origine. Les compagnons *du Devoir* ont dressé les
échafaudages des pyramides d'Égypte, et *Soubise,*
un ouvrier de génie, qui avait présidé à ce gigantesque travail, est leur initiateur. Les compagnons *de la
Liberté* se réclament de *Salomon*, et revendiquent
le temple de Jérusalem pour leur première œuvre.

Suivant les uns et les autres, saint Joseph et Jésus-Christ lui-même auraient fait partie de l'association. La critique moderne a négligé d'éclaircir ce point. Mais ce qui demeure vrai, c'est que saint Joseph, charpentier de son état, est resté le patron des charpentiers, et que nul patron ne me paraît plus en mesure de faire honneur à la corporation qui l'a prise pour modèle et pour maître. Si, en effet, je consulte son histoire, publiée pour la première fois à Leipzig en 1722, par un érudit Suédois, Georges Wallin, j'y lis que saint Joseph était un charpentier fameux en son temps. Indépendamment de l'honneur qui lui advint d'être l'époux de la Vierge, il se fit remarquer par un grand esprit de sagesse et une foule de travaux utiles, ce dont il lui fut tenu compte exact; car il vécut cent onze ans, sans jamais éprouver la moindre infirmité corporelle; sa vue ne le quitta point, aucune dent de sa bouche ne tomba. Mais, semblable à un enfant, il conserva toute sa vie ses membres entiers et exempts de douleur, et porta jusqu'au dernier jour, dans ses occupations, toute la vigueur de la jeunesse. Enfin, pour dernière marque de son exceptionnelle nature, « celui, dit la légende, auquel il naîtra un fils, et qui lui donnera le nom de Joseph, n'aura point de part à l'indigence ni à la mort, qui ne finit point. » —

Le premier fils que j'aurai, je l'appellerai Joseph.

Pour en revenir à la fête d'hier, deux sociétés de compagnons, deux cérémonies. Cette infirmité de notre nature, qui ne nous permet pas d'être à deux endroits à la fois, m'oblige à ne parler que d'une seule. Ce sera, si vous voulez bien, celle des compagnons *du Devoir*, les contemporains des pyramydes d'Égypte, dont le représentant à Paris est M. Croizet, ouvrier d'un rare mérite.

Quelle foule! C'est à peine si, par-dessus l'amoncellement des têtes, on pouvait voir défiler la colonne. Le quartier, transformé tout à coup, avait pris l'aspect de Paris le jour d'une de nos réjouissances publiques.

Le cortége s'avançait lentement.

En tête marchaient les deux *compagnons rouleurs* représentant, le plus jeune, la corporation du Devoir; le plus âgé, les anciens compagnons sortis du Devoir par suite de mariage (la société *du Devoir* n'admet que les célibataires). L'un portait au chapeau une écharpe blanche, l'autre une écharpe aux trois couleurs. Tous deux avaient en main la canne emblématique.

Suivait une imposante musique militaire.

Puis arrivait, objet de tous les regards et de toutes les curiosités, *la Mère*. Elle donnait la main à un compagnon nommé pour la circonstance par ses camarades. J'entends tout de suite les questions indiscrètes : Est-elle jeune? est-elle jolie? est-elle?... *La Mère* est une dame jeune, charmante et d'un noble aspect. Ses traits ont une finesse et une distinction remarquables. Un bonnet d'une grande richesse la coiffait hier, et sa robe bleue s'enveloppait dans un large cachemire, le tout d'un goût irréprochable.

Après la pyramide de pain bénit couronnée de fleurs, s'avançait le *chef-d'œuvre*, porté à l'épaule par huit hommes robustes. Ce chef-d'œuvre, qui se renouvelle chaque année, est toujours un morceau des plus intéressants à étudier. Il est le produit du travail combiné de tous les compagnons, par conséquent le thermomètre constant des progrès accomplis dans l'art de la charpente. Il forme en même temps comme une encyclopédie matérielle de la *partie*, en ce sens qu'il représente toutes les difficultés de l'art réunies et vaincues.

Enfin venaient, alignés sur deux rangs, les compagnons, jeunes et vieux, portant l'écharpe au chapeau, et, — particularité qui se présentait pour la première fois, et qui, pour cela, a été fort remarquée, — n'ayant plus aux mains la grande canne emblématique. Est-ce un signe de renoncement aux anciennes querelles? Pourquoi ne pas le croire?

Passons rapidement sur la suite de la cérémonie, qui se suppose du reste. A l'église, messe solennelle, avec allocution du curé. Au retour, du haut des fenêtres de *la Mère*, dragées jetées au peuple en signe de réjouissance. Le soir, dîner, discours, chansons, tous les rires et tous les bruits. *La Mère*, qui ne se contente pas d'être distinguée et jolie, mais qui, par surcroît, est poëte, a chanté des couplets de sa composition. Puis, pour couronner la joie, les jambes des danseurs se sont mises en mouvement, les quadrilles se sont formés. En avant-deux

Je trouve quelque chose de religieux, d'ingénu et de fort dans ces fêtes du travail que la grande société ignore et que les professions libérales n'ont jamais connues. Les sceptiques passent à côté et sourient, en disant négligemment : Souvenir du moyen âge. — Qui sait? ébauche de l'âge futur peut-être.

Établi à des époques barbares, pour la protection d'intérêts éminemment précaires et perpétuellement menacés, le compagnonage a eu, comme la société même, son temps de barbarie et de guerres. Il n'y a pas longtemps encore, les grandes cannes se dressaient par moments aux carrefours des chemins. On entendait des chocs terribles. Les paysans effrayés fuyaient, et le sang coulait dans les ornières. On se disputait dans les villes la possession des ateliers, dans les campagnes la possession des villes. C'est ainsi que Lyon et Marseille furent conquises les armes à la main dans deux mêlées mémorables. Aujourd'hui, ces dissentiments sont effacés ou peu s'en faut. Il n'était même pas besoin des chemins de fer éliminant peu à peu les grandes routes; le progrès de la civilisation, le développement de l'instruction générale, la solidarité de plus en plus évidente des intérêts eussent suffi à amener enfin l'accord. Maintenant, compagnons du *Devoir* et compagnons de la *Liberté* vivent côte à côte et en paix dans les mêmes villes et dans les mêmes ateliers. Le rapprochement est opéré : la fusion ne tardera pas à se faire.

Et ainsi les choses qui doivent vivre s'améliorent et viennent sensiblement à bien.

Le compagnonage est de celles-là. Société de garantie mutuelle pour les membres qui en font partie, il intéresse, comme une personne morale, par ses tendresses, ses dévouements et son grand esprit de famille.

Voyez le jeune ouvrier, une fois son apprentissage terminé : il est inquiet et agité au sein de sa ville natale, ce prolétaire de dix-huit ans, fils de prolétaires et futur père de prolétaires. Ni sa mère, ni ses sœurs,

ni ses camarades ne satisfont plus à son cœur. L'ate
lier l'ennuie. Il veut partir, il veut faire son *tour de
France*. Qui l'emporte ainsi? Le désir de perfection-
ner son art, et surtout le besoin de mouvement, la
soif de nouveau qui tourmentent la jeunesse. La
mère, pleurant, fait un mince paquet de ses hardes;
lui-même a cueilli un bâton à l'arbre voisin et suspendu à son épaule la gourde pleine. Sa famille, ses
amis, lui font la conduite sur la route poudreuse.
Au plus prochain monticule, on s'arrête, on s'em-
brasse. Les mains sont serrées, les vœux sont échangés. Enfin il part. Le groupe ami le suit encore
des yeux, du geste, et ne retourne que quand la
silhouette décroissante du voyageur a disparu au
versant du chemin.

Que deviendra-t-il seul ainsi, perdu dans ces
villes, où pas une rue ne ressemble aux rues qu'il
avait l'habitude de parcourir, où pas une maison ne
ressemble à la maison qui lui servait d'abri, où pas
un visage ne ressemble aux visages qu'il avait accou-
tumé de voir? Qui le soutiendra? qui l'encouragera?
qui le consolera? qui lui procurera du travail et de
l'amitié? Le compagnonage. Compagnon, l'ouvrier
emporte sa famille à la semelle de ses souliers. Où
qu'il aille, il trouve une *Mère*, une sœur peut-être,
des frères tout de suite et l'accueil souriant.

Le compagnonage n'est pas seulement une société de garantie, c'est une école industrielle, où se sont formés ces étonnants ouvriers qui, depuis des siècles, ont couvert la France de monuments célèbres, et qui, naguère encore, poussaient dans les nuages les deux élégantes flèches de Notre-Dame et de la Sainte-Chapelle; qui, par deux fois, ont fait valoir à Londres l'industrie nationale, ébloui les Anglais par leur goût artistique, et mérité de figurer à côté de leurs patrons sur le livre des récompenses officielles.

Le compagnonage n'est pas seulement une école industrielle; c'est encore une école de dignité, de moralité et d'honneur, où l'ouvrier, échappé tout enfant des langes de l'apprentissage, errant de ville en ville au hasard du travail qui vient ou du travail qui manque, peut, plus que par les livres, élever son âme, fortifier son caractère, apprendre la fraternité, s'initier par degrés au rude métier de la vie. Écoutez ce précepte rimé par un poëte compagnon :

> Où que tu sois, où qu'on te mène,
> Prends la vertu pour te guider;
> Dans le plaisir ou dans la peine.
> Devant elle fais tout céder.

Je dis poëte. Le compagnonage, en effet, a ses

poëtes, parce qu'il a son pittoresque, ses mœurs, ses
voyages, *ce tour de France* original dont je parlais
tout à l'heure, ses impressions et ses aventures, et
que tout cela ne marche pas sans un peu de poésie.
En voulez-vous un autre échantillon? Voici un sonnet
en langage technique de charpentier, et j'en connais
de plus mauvais en langage de littérateur. C'est un
compagnon qui explique pourquoi les charpentiers
ont l'habitude de frapper deux coups en battant une
ligne au cordeau :

Pendant un rude hiver, saint Joseph sans ouvrage,
Prit des scieurs de long, pour vivre, le métier.
Avec l'Enfant Jésus, de chantier en chantier,
Il fit péniblement ce dur apprentissage.

Un jour, de force à bout, mais non pas de courage,
Pour *charger* de gros bois et leur donner *quartier*,
Saint Joseph impuissant, quoique bon charpentier,
Du divin apprenti réclamait le suffrage.

« — Père, lui dit l'enfant, ne *chargeons* pas ces bois ;
Prenez votre cordeau, je le *battrai deux fois* :
Ils seront refendus sans vous donner de peine. » —

Saint Joseph obéit, et le miracle eut lieu.
Depuis ce temps deux coups (la chose est bien certaine)
Sont *battus* pour *ligner,* comme fit le bon Dieu.

Le compagnonage a fourni matière à beaucoup

de récits et de livres, mais il n'a guère été étudié au point de vue de son avenir. Comme la franc-maçonnerie, c'est une association mystique qui date des plus anciens jours, et qui traverse toute l'histoire moderne. Mais, tandis que la franc-maçonnerie semble devoir perdre du terrain à mesure que les sociétés montent dans l'affranchissement et que l'autonomie individuelle se constitue, le compagnonage, basé sur le travail et la garantie réciproques, se présente à nous comme un essai d'organisation spontanée, qui pourra servir, sinon de modèle, du moins d'exemple, dans la reconstitution économique qui se prépare.

XVIII

COURBET, SON ATELIER, SES THÉORIES

Dans les derniers jours de l'année 1861, l'observateur qui eût promené un regard attentif sur le monde des arts, n'eût rien signalé de particulièrement remarquable. A la surface le calme ; au fond, l'immobilité. Les esprits, excités un moment par l'événement du salon, étaient retombés dans la torpeur accoutumée. L'émotion causée par la distribution des récompenses officielles, s'effaçait lentement ; les discussions qu'elle avait fait naître apaisaient leurs derniers murmures. Rentrés dans leurs ateliers, les artistes attendaient, l'œil à la vitre, la commande lente à venir. Comme on ne sentait nulle agitation dans les idées, on ne prévoyait nul trouble dans les faits. L'école des Beaux-Arts avait fait, à son habitude, sa fourniture de lauréats et convié Paris à l'examen de ses monotones envois de Rome. M. Picot continuait paisiblement sa fabrication de grands prix. M. Couture enseignait, comme par le passé, la peinture facile aux fils de la riche bourgeoisie. Rien dans l'air, rien sur les flots : pas le moindre petit point noir à l'horizon. On eût dit d'un navire endormi, glissant, voiles gonflées, sur une mer tranquille, à travers la nuit sereine, à la rassurante clarté des étoiles.

Mais voilà qu'un bruit singulier s'élève dans un recoin éloigné de la rive gauche parisienne. Le bruit approche; il grandit. En un instant il a franchi les ponts, se répand sur la rive droite, et gravit les pentes de la montagne Montmartre. Dans les ateliers, dans les académies, dans les écoles, du boulevard Montparnasse au boulevard des Martyrs, il n'est plus question que de lui. Les peintres surpris quittent leur palette à la hâte, les sculpteurs leur ciseau; et on les voit, courant les uns, chez les autres, s'abordant dans les rues, se demandant si la rumeur n'est point vaine, si la nouvelle qu'elle apporte est exacte, si Gustave Courbet, l'élève de la nature, le maître peintre d'Ornans, l'auteur de l'*Enterrement*, des *Casseurs de pierre* et des *Baigneuses*, fonde un atelier et ouvre école à son tour. La nouvelle débattue, confirmée, commentée, ils repartent et courent à de plus amples informations. C'est une agitation, un mouvement, un va-et-vient comme celui que présente une fourmilière que le pied d'un bœuf aurait effondrée en passant.

Le soir, dans les salons, dans les cercles, dans les cafés, partout où s'est réfugié un reste de vie publique, il n'était plus question que de l'événement du jour. Les groupes disputaient d'abondance et avec une passion inaccoutumée.

Quelle vivacité amusante!

— Ils sont venus cent jeunes peintres, racontait l'un, de tous les ateliers de Paris; Courbet a dû céder à cette manifestation sans exemple.

— En est-il venu de l'atelier Picot? demandait un autre.

— Comment donc? l'atelier Picot renonce au prix de Rome et passe en masse à l'atelier Courbet.

— Vous plaisantez!

— Mais comment Courbet, qui ne reconnaît pour maître que la nature, se décide-t-il à ouvrir une école?

— La nature, ayant engendré Courbet, se reposa : en attendant que la fécondité lui soit revenue, Courbet va tenir sa place.

— Quelle ironie! Fera-t-on du nu?

— On fera tout ce qui est du domaine de la peinture et tombe dans le métier du peintre.

— C'en est fait du beau! hurlait un fruit sec de

l'École de Rome, que le malheur des temps avait rendu éclectique; c'en est fait de l'idéal! Le matérialisme entre dans l'art par la porte toute grande ouverte de l'enseignement. Le matérialisme est le cancer du dix-neuvième siècle. Après avoir rongé nos âmes et corrompu nos mœurs, dépravé notre philosophie et avili notre littérature, il devait, pour consommer son œuvre, s'attaquer à notre art. Notre art dévoré, il ne nous restera plus rien de tout ce qui faisait notre gloire, et notre destinée sera accomplie. Je ne donne pas vingt ans à la peinture française, que Poussin avait faite si noble et si élevée, Lesueur si douce et si attachante, David si fière et si hautaine, Géricault si véhémente, Ingres si pure, Delacroix si splendide, Decamps si pittoresque, pour ne plus produire que des chiffonniers et des maritornes.

En ce moment, une voix passa sous les fenêtres, chantant le refrain populaire :

> En avant la trente-deuxième,
> La trente-deuxième, en avant !

— Messieurs, dit quelqu'un en se levant, voici le mot de la situation. C'est une révolution qui commence.

II

Nous l'avons visité cet atelier jeune et déjà célèbre, grâce à la popularité de son audacieux fondateur ; nous l'avons visité en compagnie de deux rédacteurs de ce journal, trop connus pour qu'il me soit permis d'accompagner leur nom d'aucune épithète, MM. Eugène Pelletan et Gustave Chaudey.

En ouvrant la porte, mes compagnons et amis virent un singulier spectacle.

Debout sur du foin répandu, l'œil dilaté, allongeant à terre son muffle noir, et balançant sa queue impatiente, un bœuf roux, marqué de blanc, était lié par les cornes à un anneau de fer fortement scellé dans le mur. C'était le modèle.

Le noble animal, inquiet d'être le centre de tous ces regards, s'agitait sur ses jambes solides et ne tenait guère en position. Venait-il des pâturages de la Normandie, des plaines du Poitou ou des prés de la Saintonge? Je ne sais, mais il était fin de forme, et sa robe tachetée amusait le regard.

Autant de chevalets, autant d'artistes. Chacun travaillait en silence. Le maître, à la barbe noire, allait et venait, distribuant ses indications, et à chaque fois prenant la palette pour démontrer plus clairement.

Il vint au devant de nous ; et, les saluts échangés, il nous expliqua, avec sa fine bonhomie franc-comtoise, le caractère du nouvel atelier, et les raisons qui l'avaient déterminé, lui, Courbet, à accéder au vœu de la plus jeune génération des artistes.

III

Quelques jours après paraissait, dans le *Courrier du Dimanche*, la lettre suivante, — véritable manifeste, — que le maître d'Ornans adressait à ses élèves, en réponse à la demande qu'ils lui avaient faite.

Paris, 25 décembre 1861.

Messieurs et chers confrères,

Vous avez voulu ouvrir un atelier de peinture, où ous pussiez librement continuer votre éducation rtistes, et vous avez bien voulu m'offrir de le ncer sous ma direction.

Avant toute réponse, il faut que je m'explique avec vous sur ce mot *direction*. Je ne puis m'exposer à ce qu'il soit question entre nous de professeur et d'élèves.

Je dois vous rappeler ce que j'ai eu récemment

l'occasion de dire au congrès d'Anvers. Je n'ai pas, je ne puis pas avoir d'élèves.

Moi, qui crois que tout artiste doit être son propre maître, je ne puis pas songer à me constituer professeur.

Je ne puis pas enseigner mon art, ni l'art d'une école quelconque, puisque je nie l'enseignement de l'art, ou que je prétends, en d'autres termes, que l'art est tout individuel et n'est, pour chaque artiste, que le talent résultant de sa propre inspiration et de ses propres études sur la tradition.

J'ajoute que l'art ou le talent, selon moi, ne saurait être, pour un artiste, que le moyen d'appliquer ses facultés personnelles aux idées et aux choses de l'époque dans laquelle il vit.

Spécialement, l'art en peinture ne saurait consister que dans la représentation des objets visibles et tangibles pour l'artiste.

Aucune époque ne saurait être reproduite que par ses propres artistes, je veux dire par les artistes qui ont vécu en elle. Je tiens les artistes d'un siècle pour radicalement incompétents à reproduire les choses d'un siècle précédent ou futur, autrement à peindre le passé ou l'avenir.

C'est en ce sens que je nie l'art historique appliqué au passé. L'art historique est par essence contemporain. Chaque époque doit avoir ses artistes, qui l'expriment et la reproduisent pour l'aven'r. Une époque qui n'a pas su s'exprimer par ses propres artistes, n'a pas droit à être exprimée par des artistes ultérieurs. Ce serait la falsification de l'histoire.

L'histoire d'une époque finit avec cette époque même et avec ceux de ses représentants qui l'ont exprimée. Il n'est pas donné aux temps nouveaux d'ajouter quelque chose à l'expression des temps anciens, d'agrandir ou d'embellir le passé. Ce qui a été a été. L'esprit humain a le devoir de travailler toujours à nouveau, toujours dans le présent, en partant des résultats acquis. Il ne faut jamais rien recommencer, mais marcher toujours de synthèse en synthèse, de conclusion en conclusion.

Les vrais artistes sont ceux qui prennent l'époque juste au point où elle a été amenée par les temps antérieurs. Rétrograder, c'est ne rien faire, c'est agir en pure perte, c'est n'avoir ni compris ni mis à profit l'enseignement du passé. Ainsi s'explique que les écoles archaïques de toutes sortes se réduisent toujours aux plus inutiles compilations.

Je tiens aussi que la peinture est un art essentiellement *concret* et ne peut consister que dans la représentation des choses *réelles* et *existantes*. C'est

11

une langue toute physique, qui se compose, pour mots, de tous les objets visibles. Un objet *abstrait,* non visible, non existant, n'est pas du domaine de la peinture.

L'imagination dans l'art consiste à savoir trouver l'expression la plus complète d'une chose existante, mais jamais à supposer ou à créer cette chose même.

Le beau est dans la nature, et se rencontre dans la réalité sous les formes les plus diverses. Dès qu'on l'y trouve, il appartient à l'art, ou plutôt à l'artiste qui sait l'y voir. Dès que le beau est réel et visible, il a en lui-même son expression artistique. Mais l'artiste n'a pas le droit d'amplifier cette expression. Il ne peut y toucher qu'en risquant de la dénaturer, et par suite de l'affaiblir. Le beau donné par la nature est supérieur à toutes les conventions de l'artiste.

Le beau, comme la vérité, est une chose relative au temps où l'on vit et à l'individu apte à le concevoir. L'expression du beau est en raison directe de la puissance de perception acquise par l'artiste.

Voilà le fond de mes idées en art. Avec de pareilles idées, concevoir le projet d'ouvrir une école, pour y enseigner des principes de convention, ce serait rentrer dans les données incomplètes et banales qui ont jusqu'ici dirigé partout l'art moderne.

Il ne peut pas y avoir d'écoles, il n'y a que des peintres. Les écoles ne servent qu'à rechercher les procédés analytiques de l'art. Aucune école ne saurait conduire isolément à la synthèse. La peinture ne peut, sans tomber dans l'abstraction, laisser dominer un côté partiel de l'art, soit le dessin, soit la couleur, soit la composition, soit tout autre des moyens si multiples dont l'ensemble seul constitue cet art.

Je ne puis donc pas avoir la prétention d'ouvrir une école, de former des élèves, d'enseigner telle ou telle tradition partielle de l'art. Je ne puis qu'expliquer à des artistes, qui seraient mes collaborateurs et non mes élèves, la méthode par laquelle, selon moi, on devient peintre, par laquelle j'ai tâché moi-même de le devenir dès mon début, en laissant à chacun l'entière direction de son individualité, la pleine liberté de son expression propre dans l'application de cette méthode. Pour ce but, la formation d'un atelier commun, rappelant les collaborations si fécondes des ateliers de la renaissance, peut certainement être utile et contribuer à ouvrir la phase de la peinture moderne, et je me prêterai avec empressement à tout ce que vous désirerez de moi pour l'atteindre.

Tout à vous de cœur,

GUSTAVE COURBET.

Cette lettre, autant que la fondation de l'atelier même, fut un fait considérable. Philosophes, esthéticiens, critiques, amateurs, plaisants, en firent un vaste thème de conversations, commentaires, aperçus, réflexions, quolibets, qui occupa bientôt Paris. La presse elle-même se mit en branle. Une caricature, due au spirituel crayon de M. Benassit, représentait maître Courbet à califourchon sur un bœuf, sa palette d'une main, sa brosse de l'autre, marchant sur le corps des prix de Rome, pour aller inaugurer, à la grande terreur des Grecs et des Romains, l'atelier des peintres modernes. Une immense queue d'élèves le suivait, se perdant à l'horizon dans les brumes de la butte Montmartre. C'était vif et amusant.

Un critique moins gai, M. Ernest Chesneau, de l'*Opinion nationale*, tout en rendant hommage au talent du peintre et à l'utilité de sa tentative, combattit la profession de foi de M. Courbet, qu'il trouva *nébuleuse, menaçante et d'un transcendentalisme quelque peu ridicule*. Cette appréciation, on l'avouera, ne saurait être que relative. Pour ma part, je n'ai rien trouvé de moins nébuleux et, disons-le, de moins transcendental que ces quelques conclusions posées familièrement par Courbet comme les désidérata de l'art à notre époque. D'ailleurs, pour faire ajouter créance à son dire, on doit toujours l'appuyer de quelques raisons. M. Chesneau, qui, sans avoir d'idées personnelles, est quelquefois un juge studieux et avisé, avait négligé de le faire. Il avait joué de malheur, du reste, en la circonstance; car, après les quelques paroles que je viens de signaler, il perdit tellement le fil, que, confondant les écoles, les procédés et les genres, il finissait par déclarer que le réalisme continue le romantisme. — Oui, comme la république de 92 a continué la monarchie de Louis XVI.

Parlons raison.

Je suppose qu'il se trouve de nos jours un homme assez maître de son art, assez initié aux idées de son temps, assez pénétré de la philosophie générale de l'humanité, pour tenir aux jeunes peintres le langage suivant :

« Vous êtes las des enseignements et des méthodes de vos professeurs. Vous comprenez vaguement qu'ils vont à l'inverse du courant social ; qu'en les suivant jusqu'au bout, vous finiriez par parler une langue que la société n'entendrait plus. Pour vous,

le passé est froid, le présent incertain, l'avenir té-
nébreux. Vous ne voyez plus clair sur la grande
route de l'art. Vous voulez revenir sur vos pas, et
prendre de nouveau la nature pour base, comme
l'ont fait successivement tous les maîtres qu'on vous
propose pour modèles. Votre visée est juste, mais
comment la réaliser ?

« Au temps de la Renaissance, l'atelier était une
collaboration. L'élève faisait son apprentissage de
peintre en peignant avec et pour le maître. L'apprentissage était laborieux et long. Tout le temps de
sa durée, l'élève avait part dans la conception, la
composition et l'exécution de l'œuvre. Il s'assimilait
lentement tout le savoir accumulé. L'heure de l'é-
mancipation ne sonnait pour lui que quand il était
en mesure d'accroître l'héritage transmis, en y ajoutant l'appoint de sa propre personnalité, dégagée
enfin et fixée. C'est par cette fréquentation assidue et
cette abnégation prolongée, que se sont formées ces
fortes écoles du seizième siècle, dont l'influence dure
encore.

« De nos jours, l'atelier est une étude individuelle. La pensée commune a disparu. Le maître
s'est retiré du milieu de ses élèves et s'est mis à produire séparément d'eux. Le professorat s'est substitué
à la maîtrise. Les leçons intermittentes ont remplacé

la collaboration quotidienne. Quant à l'enseignement, de général et simultané qu'il était, embras-
sant à la fois toutes les branches de la peinture, il
est devenu spécial et successif. C'est à cette transformation déplorable qu'il faut rapporter en grande
partie la frivolité de notre art.

« L'individualisme actuel a rendu impossible l'a-
telier de la Renaissance.

« L'insuffisance de l'enseignement a rendu inac-
ceptable l'atelier moderne.

« Entre ces deux termes extrêmes, il est une conciliation à établir.

« Constituez-vous en atelier libre : je travaillerai
au milieu de vous. Il n'y aura parmi nous ni maîtres
ni élèves. Nous serons, si cet humble mot ne vous
blesse pas, des ouvriers d'une même partie, des
compagnons d'un même devoir, réunis ensemble
pour achever leur éducation intellectuelle et ma-
nuelle. Notre premier soin sera de reprendre l'enseignement synthétique de la Renaissance. Nous
étudierons simultanément les figures, les animaux,
le paysage, la nature vivante et la nature morte, tout
ce qui tombe dans le domaine de la peinture. Pour
modèles, nous aurons toutes les représentations visibles qui constituent la création : bœufs, chevaux,
cerfs, chevreuils, oiseaux, etc.; tous les exemplaires

qui constituent la société, depuis le bourgeois jusqu'à l'ouvrier, depuis le soldat jusqu'au paysan,
depuis le laboureur jusqu'au marin. De cette façon
la nature et la société tout entière passeront sous
vos yeux dans leur infinie variété. Chaque modèle
sera étudié au point de vue du tableau, c'est-à-dire
d'un ensemble de composition dans lequel il pourrait
figurer. Ainsi toutes les formes de la vie vous de-
viendront familières; et quand vous aurez à rendre
par la suite une scène empruntée, soit à la nature
champêtre, soit à la nature sociale, vous les rendrez,
— non point avec ce dessin de convention, cadre
fait d'avance, que les peintres appliquent indifféremment à toutes les formes; non point avec ce coloris également de convention, tantôt au-dessous,
tantôt au-dessus, toujours à côté du ton de nature,
— vous la rendrez avec la vérité de son dessin intime et de sa couleur propre.

« Ce système d'enseignement, loin de nuire à votre spontanéité, contribuera à l'affranchir. Vous dif-
férez tous de caractère, de tempérament, de tendances; il faut que vous conserviez cette précieuse
différence, qui fait toute l'originalité chez l'homme.
Pour ma part, je n'entends vous imposer ni ma manière de comprendre la peinture, ni ma manière de
l'exécuter. On ne naît pas libre, puisqu'on naît igno-

rant; mais on le devient, puisque, être libre, c'est savoir et pouvoir. Devenez libres en prenant possession complète des moyens de votre art. Une fois possesseur de ces moyens, vous jugerez mieux de sa destination véritable. Rien ne vous empêche alors de réaliser vos conceptions selon votre sentiment particulier et le degré de votre énergie native.

« De quoi s'agit-il en somme pour nous? De procurer un art nouveau, dans les données de l'esprit français. Jamais le génie de notre nation, qui s'est affirmé d'une façon si éclatante en littérature, en philosophie, en politique, n'a pu se déterminer en peinture. L'Italie, les Flandres, l'Espagne, ont eu leurs écoles indigènes en harmonie étroite avec leur tempérament et leurs mœurs : nous n'avons pas eu la nôtre. Nos peintres, retenus sous l'inspiration étrangère, n'ont jamais ni pensé ni peint en français. Il est temps de mettre un terme à ce malentendu. Coupons le dernier câble qui nous rattache à la tradition. Entrons hardiment dans notre siècle et soyons de notre pays. »

S'il se trouvait, disais-je, un peintre assez intelligent du bon art et assez autorisé par son talent pour réaliser une telle pensée, qui n'applaudirait à son programme? qui ne verrait dans sa mise à exétion un signe de la régénération tant désirée?

En ouvrant l'atelier de la rue Notre-Dame-des-Champs, Courbet n'avait pas d'autre but. L'atelier n'a fourni qu'une courte carrière. Si quelques reproches peuvent être formulés à cette occasion, ce n'est pas au maître qu'on doit les adresser.

Nota. — Nous donnons ici, à titre de curiosité, les noms des élèves qui se firent inscrire les premiers. Il ne sera peut-être pas sans intérêt de suivre leurs travaux dans l'avenir. Voici la liste que j'ai dressée moi-même lors de la première réunion qui eut lieu dans l'atelier de Courbet, 32, rue Hautefeuille :

Fontaine, 27, rue des Martyrs.
Brigot, 9, quai d'Anjou.
Dubois, 2, rue Bourbon-le-Château.
Saint-Prix, 3, cours de Rohan.
Roman, 64, rue de l'Ouest.
Roux, 68, boulevard Rochechouart.
Capelle, 21, rue Pigalle.
Bayeux, 21, rue Pigalle.
Gaitet, 11, rue-Neuve-Pigalle.
Cadolle, 71, rue Saint-Etienne, aux Batignolles.
Dumas, 66, rue Fontaine-au-Roi.
Dauvergne, 2, cité Gaillard.
Olaf Isackson, 2, cité Gaillard.
Becker, 2, cité Gaillard.
Meulien, 48, boulevard Rochechouart.
Leroux, 48, boulevard Pigalle.
Causse, 47, rue de Douai.

Marchaux, 25, rue Phelippeaux.

Plestow, 57, rue des Martyrs.

Mcaulle, 24, rue Fontaine.

Lansyer, 81, boulevard Montparnasse.

Villa, 44, rue de Sèvres-Vaugirard.

Fantin-Latour, 79, rue Saint-Lazare.

De Dreuille-Senecterre, 92, rue d'Enfer.

Erpikum, 2, rue Léonie à Montmartre.

Doyen, 31, rue-Neuve-Pigalle.

Ernest Mollet, 46, rue de la Victoire.

Félix Morel, 40, rue Fontaine.

Follin, 217, rue du Faubourg-Saint-Honoré.

Ashevold, 27, rue du Faubourg-Saint-Honoré.

Prevost, 13, Grande-Rue, à Boulogne.

Delrieux, 54, rue Lamartine.

Ricaud, 16, rue de la Tour-d'Auvergne.

Henri Nicolle, 28, rue Hautefeuille.

Schannes, 12, passage Molière.

Léon Bailly, 16, rue de Chabrol.

Milius, 35, boulevard Montparnasse.

T. Côte, 19, rue de l'Université.

L. Colin, 24, rue Bonaparte.

Poggi, 3, rue Carnot.

Sarter, 2, cité Gaillard.

Edouard Vié, 6, rue de Furstemberg.

XIX

. . . .

Revenons sur l'esthétique de Courbet.

Esthétique est peut-être bien un gros mot pour la chose. Courbet n'a point entendu, j'imagine, se jeter sur les traces des philosophes, et tenter après eux la solution des problèmes attachés à la grande question du Beau. Il s'est borné à dire ce qu'il pense de son art, et comme il le pense. Il a théorisé sa pratique : artiste, il n'était pas tenu à davantage.

Les idées de Courbet peuvent se résumer en ces quelques propositions impérativement posées :

I. Il ne peut y avoir d'écoles : l'art est essentiellement individuel; c'est la résultante de l'inspiration personnelle à l'artiste et de ses études propres sur la tradition.

II. L'art est contemporain, c'est-à-dire qu'il ne s'applique ni au passé ni à l'avenir, mais aux idées et aux choses de l'époque dans laquelle il se développe. Une époque n'est comprise et ne peut être reproduite que par ses propres artistes. S'il s'en trouve dans l'histoire qui aient négligé ou n'aient pas su s'exprimer, c'est qu'elles étaient indignes de l'être, et la lacune ne vaut pas d'être comblée.

III. La peinture est la représentation des objets visibles. L'imagination dans l'art consiste à trouver l'expression la plus complète des choses existantes, non à supposer et à créer des choses imaginaires.

IV. Le beau est dans la nature, et se rencontre dans la réalité sous les formes les plus diverses. Le beau donné par la nature est supérieur à celui que peut rêver l'artiste.

V. Le beau, comme la vérité, est relatif au temps où l'on vit et à l'individu apte à le concevoir.

La profession de foi que j'abrége ici a soulevé bien des opinions contradictoires. Mais quel que soit le jugement qu'on porte sur elle, on ne saurait la taxer d'incertitude ni d'obscurité. Il faut reconnaître qu'elle est lumineuse, autant que sobre et fière, fortement écrite et grosse d'idées. Si les peintres de tous les temps et de tous les pays avaient songé à expliquer ainsi leurs théories ou leurs points de vues, quelle simplification apportée à l'histoire de l'art!

En ce qui me concerne, si je n'adopte pas dans la teneur complète de sa rédaction le manifeste de

Courbet, j'en approuve pleinement l'esprit et les conclusions. Les idées qu'il proclame me sont familières et depuis longtemps je m'en suis fait le fervent propulseur. Ces idées sont celles de l'époque où nous vivons, et les théoriciens les plus avancés les ont déjà plus ou moins entrevues et formulées.

Avec le peintre d'Ornans, je crois que l'art n'a d'originalité, de grandeur et de moralité que quand il est l'expression du temps où il se produit. Avec lui, j'estime que la peinture historique, appliquée au passé, est illusoire, et pour employer son mot rude, falsificatrice. J'ajouterai que, la peinture étant une dans son objet, toute scène empruntée à la vie, soit publique, soit privée, revêt le caractère historique : ainsi le veut l'esprit de la démocratie.

Sans le peintre d'Ornans, je me permettrai de dire que le style doit être individuel, non traditionnel. Sans lui encore je pousserai le paradoxe jusqu'à écrire que le costume moderne offre autant de ressources au peintre que les costumes anciens, moyen âge ou renaissance : je ne suis même pas éloigné de penser que jamais les hommes, et surtout les femmes, n'ont été mieux habillés que de notre temps.

En ce qui touche l'imagination de l'artiste, je ne limiterai peut-être pas son domaine avec autant de rigueur que l'a fait Courbet ; mais ce détail est de peu : on verra bien aux œuvres. Enfin sur le surplus des questions soulevées, — la question du Beau par exemple et de l'Idéal, — je traduirai autrement mes opinions; mais, pour être basée sur d'autres motifs, ma conclusion ne sera pas différente.

« Le Beau, a dit Courbet, est dans la nature. » — Le Beau est dans l'homme, contredis-je, comme toute notion abstraite. Le peintre, pas plus que le poëte, ne le dégage des objets extérieurs. Il ne l'exprime pas, il l'excite; il ne le met pas dans son œuvre, il combine son œuvre de façon à le provoquer en nous. Dans la nature, il n'y a ni beau ni laid, mais seulement des formes et des apparences colorées. Le concept de beauté ou de laideur naît en notre esprit à l'occasion des représentations qui lui sont apportées par les sens. Les objets extérieurs, objets simples dans leur réalité, ne se qualifient que dans notre cerveau, et y deviennent beaux ou laids, selon nos vues et notre tempérament personnels.

Ce point est capital, à cause de la conclusion qui s'en déduit.

Si le Beau n'existe que dans l'entendement, il est, comme tous les concepts de l'entendement, de pure création humaine : — ce qui veut dire d'abord qu'il n'est point un absolu, comme le prétendent cer-

tains théorisants, puisque, étant le fait de l'homme,
il est « ondoyant et divers » comme lui, et le suit
nécessairement dans ses variations successives; —
ce qui veut dire encore qu'il est soumis, dans une
société donnée, au même travail de rectification
et de progrès que les autres notions de l'intelligence
humaine; qu'avec elles il se régularise sous l'action
du temps, se corrige et s'épure, en perdant peu à
peu tout caractère conventionnel ou arbitraire. En
effet, la civilisation allant son train, il est naturel que
le goût s'éclaire et s'affermisse; prenne tout à la fois
conscience, méthode et certitude; se généralise enfin,
et se mette d'accord avec lui-même non-seulement
chez les individus, mais chez les peuples.

Comment pourrait-il en être autrement? Dans
toute société, l'intelligence individuelle, pressée de
toutes parts et pénétrée par l'intelligence générale,
s'en assimile fatalement les résultats, en adopte les
conclusions certaines, et les reproduit en les développant. Triomphe de l'individu! il est seul; mais
il sait la société qui l'entoure, et par là il l'égale;
il la dépasse même, en ajoutant à la valeur générale sa valeur immanente. Lui d'un côté, la société
de l'autre, il fait plus que faire équilibre, il emporte
le plateau.

Mais reprenons :

Le Beau n'ayant point de réalité objective, n'existe
donc qu'à l'état d'abstraction. Il n'est qu'une forme
de langage dont nous nous servons pour grouper ou
résumer les phénomènes très-multiples qui nous
font dire de certaines choses qu'elles sont belles, de
certaines autres qu'elles sont laides. D'où il suit que
la perception de ces phénomènes étant nôtre, chacun
de nous reste maître et fabricateur irresponsable de
sa conception du Beau, c'est-à-dire de son Idéal.
Chacun de nous est esthéticien comme chacun de
nous est artiste. Le Beau devient une conception sociale, présentée à chaque instant à l'individu, avec
charge par lui de l'accepter ou de la réformer.

Ici se trouve la raison de nos accords ou de nos
discords sur la plupart des questions qui touchent à
l'art. Notre accord vient de ce que nous avons reçu
le même héritage intellectuel, et de ce que nous
vivons sur le même sol, sous le même ciel, dans le
même milieu civilisé et civilisateur; nos différences, de
ce que l'élément subjectif de notre esthétique individuelle, n'a point encore été effacé sous l'action
sociale, ou n'en a point reçu la confirmation qui le
sanctionne et le légitime aux yeux de tous.

Si donc le Beau n'est qu'une locution sérielle, dont
la compréhension s'étend ou se resserre, ou même
se modifie complétement d'époque à époque; si

l'Idéal n'est autre chose que la plus value à ajouter
par l'individu aux résultats déjà obtenus par le
groupe, l'artiste n'a que faire de s'en embarrasser.
La réalité doit le préoccuper seule, puisque la réalité
est la collection même des phénomènes que recouvrent ces deux termes abstraits. Selon que la réalité
sera saisie ou approchée avec plus ou moins de force,
la complexe notion de beauté se dégagera avec plus
ou moins d'ampleur. La nature est le contrôle de
l'art, et le vrai est la substance du Beau.

Ce qu'on a entassé de chimères à cet endroit de
l'esthétique est fabuleux. Les trois quarts de ceux
qui ont discuté sur le Beau immuable, sur l'Idéal,
« cette échelle mystérieuse qui, comme dit M. Cousin,
fait monter l'âme du fini à l'infini, » se sont perdus
dans l'insaisissable. Et moi-même, ici, pour les
combattre, je suis réduit à employer un vocabulaire
qui me répugne, et dont je ne voudrais pas qu'on me
chicanât rigoureusement chaque terme.

Demeurons simples.

Dites-moi les moyens d'un art, je vous dirai son
objet. Telles forces, telle destination. Or, la peinture dispose de deux grands moyens : le dessin, la
couleur. Le dessin fixe l'enveloppe, la couleur donne
l'apparence ; les deux réunis font un art complet.
A quoi pourrait s'appliquer cet art, sinon à l'ex-

pression et à la fixation de la vie? La vie d'abord et
avant tout. Le Beau viendra plus tard, s'il peut. Il
viendra certainement, car plus vous ferez vivant,
plus vous ferez beau. Or, la vie est concrétion et
non abstraction. Sous aucun prétexte donc, le
peintre ne peut demander des sujets aux choses qui
ne tombent point sous les sens; sous aucun prétexte,
il ne peut, dans la représentation des choses qu'il a
vues, s'écarter des formes et des tons présentés par
la nature; il est enchaîné par le monde visible. Voici
le Père éternel et les anges en déroute, et pour longtemps.

Quittons l'objet général de l'art; plaçons-nous au
point de vue de son application particulière ou spéciale : n'est-il pas vrai que la société est un être
moral qui, pour prendre conscience de lui-même, a
besoin de s'extériorer, de mettre ses facultés en
exercice, et de se voir dans l'ensemble de leurs produits? Chaque époque se connaît et se distingue par
les faits qu'elle agit, faits politiques, faits littéraires,
faits scientifiques, faits industriels, faits artistiques,
qui tous sont marqués au coin de son génie propre
et portent l'empreinte de son caractère. Donc, la
peinture n'est point une conception abstraite, élevée
au-dessus de l'histoire, étrangère aux vicissitudes
humaines, aux révolutions des idées et des mœurs :

elle est une partie de la conscience sociale, un fragment du miroir dans lequel les générations se con-
templent tour à tour ; et, comme telle, elle doit
suivre la société pas à pas. Que dans l'humanité,
chaque civilisation, et, dans chaque civilisation,
chaque époque, déposent ainsi en passant leur image
sur la toile, et nous aurons, dans toute l'étendue de
la durée, l'aspect pictural de l'humanité avec ses
modes et ses variations successives. Est-ce donc peu
de chose, et pourra-t-on dire après que l'art aura
failli à sa mission ?

Voilà la vérité.

Pour l'avoir entrevue et saisie, plutôt avec l'énergie d'un tempérament parfaitement organisé qu'avec
la netteté d'une intelligence absolument consciente,
pour en avoir poursuivi l'application avec une per-
sistance et une sincérité peu communes, Courbet
marquera profondément dans la peinture de notre
temps. Il aura été l'un de ces rares artistes prodi-
gieusement doués, chez qui le développement spontané des instincts se trouve immédiatement d'accord
avec les lois les plus certaines de l'art. L'époque
présente peut le discuter encore : l'avenir ne lui fera
pas défaut. Pour ma part, je suis, et je m'en honore,
du petit nombre de ceux qui n'ont pas attendu la
Curée, le *Naufrage dans la neige,* le *Combat de*

cerfs, le *Cerf à l'eau* et la *Roche Oraguai* pour rendre au maître la justice qui lui revient. Sa théorie confirme aujourd'hui sa pratique. Toutes deux marchent d'accord avec nos mœurs et nos idées, avec l'ensemble de nos tendances politiques, philosophiques et littéraires. Qui pourrait dire en effet que le moment n'est pas venu pour la société, en voie de renouvellement, de rassembler ses forces éparses et de les discipliner à l'accomplissement de sa propre destinée? La peinture, telle que l'idéalisme français l'a conçue jusqu'à ce jour, a été, comme dit Proudhon, une force « hors série. » Il s'agit de la faire rentrer dans le faisceau, d'en faire ce qu'elle aurait dû toujours être, — un agent social.

Ce sera l'œuvre de la génération qui vient.

XX

DU MARIAGE DES PRÊTRES

Il existe dans ce monde une tribu de malheureux, qui, ces derniers jours, ont ressenti une grande joie. Plus que le prisonnier voyant tomber les portes de sa prison, plus que l'exilé mettant le pied sur le sol de la mère-patrie, ils se sont réjouis dans leur cœur, car la proscription qui pèse sur eux est séculaire.

Les connaissez-vous?

Voyez cet homme qui passe dans la rue. Il est vêtu comme vous et moi. Rien de particulier ne le distingue d'abord. Cependant, regardez-le! Son maintien, sa démarche, son geste, toute son allure le décèle; écoutez-le parler, le ton même de sa voix le dénoncera. C'est que le sacerdoce est une chose terrible; il s'empare de la physionomie, modèle le masque, infléchit le corps, imprime à la personne entière un caractère indélébile. Vainement celui-ci a taillé ses cheveux, une boucle de sa chevelure cléricale passe par-dessous les bords de son chapeau ; vainement il a endossé la redingote du citoyen, une soutane invisible lui bat les talons quand il marche, semblant crier à tous : C'est un prêtre ! Prêtre, il l'a été en effet ; aujourd'hui il ne l'est plus. Doute, passion ou libertinage, il a divorcé avec la religion, jeté, comme on dit, le froc aux orties. Qu'est-il maintenant ? Anathématisé par l'Église, conspué par la cité, repoussé par la famille, suspect à l'autorité même, il flotte incertain entre ses espérances évanouies et ses chimériques projets, essayant sans cesse de renouer les deux bouts de sa carrière brisée, tentant tout, ne pouvant rien.

Pauvre homme ! — tout petit il vivait dans le frais silence de l'Église. Occupé des soins de l'autel, il avait pour mission de répondre à la messe, de tenir l'encensoir, de porter les flambeaux ou la croix. La majesté de l'officiant, l'éclat des chasubles d'or, l'ostensoir rayonnant, les foudres de l'orgue, le frappaient d'une terreur mystérieuse, qu'adoucissait pourtant le parfum des encens brûlés, mêlé aux flottantes harmonies du chant divin. Il avait en ce temps-là des moments délicieux. Quand il revêtait sa robe rouge et son surplis blanc, qu'il se voyait allant et venant en familier dans le sanctuaire, au-

tour du prêtre, tout proche du tabernacle sacré, il
pouvait se croire supérieur aux enfants de son âge,
laissés hors du chœur et du commerce des choses
saintes. Il avait la vanité de sa voix jeune et pure ; il
prenait plaisir à en faire vibrer les notes cristal-
lines ; remué en lui-même, il les écoutait monter
vers la voûte, se prolonger sous les arceaux et se
perdre dans les profondeurs de la nef. Sa mère,
pauvre peut-être, l'embrassait le soir avec plus d'ef-
fusion ; et, la nuit, repassant en songe les émotions
de la journée, il se voyait lui-même à l'autel, vêtu
d'habits étincelants, tendant la main vers les foules
prosternées, tandis qu'au-dessus de sa tête un concert d'anges exécutait des mélodies ineffables...

Plus tard, on le prit, on l'habilla de noir, on l'en-
ferma dans une grande maison, où vivaient des gens
de noir habillés comme lui. Il y connut les premières
douceurs de l'amitié ; mais, surveillé, espionné, trahi
par ceux mêmes qui l'embrassaient et lui disaient :
« Mon frère, » il refoula ses sentiments dans son
cœur, s'apprit à la méfiance, s'étudia à la dissimu-
lation. On bourra son cerveau de science stérile, de
latin barbare. On lui enseigna l'effroi du monde,
l'horreur de la vie, le mépris de l'humaine nature.
Séquestré, isolé, sans ami, sans famille, sans conso-
lation et sans guide, aspirant au moment si long-

temps attendu, et si cruellement acheté déjà, où il endosserait la liberté avec la prêtrise ; sentant arriver, de plus en plus fréquents, ces frissons étranges, qui, ô trouble inconnu, traversent la chair, ces rêveries vagues qui envahissent le cerveau ; effrayé des attaques de ce redoutable Satan dont, pour la première fois, il entrevoyait la puissance ; tourmenté et s'accusant lui-même, il se jetait sur le pavé de sa cellule, priant et pleurant, ou, dans un angle obscur de la chapelle, s'abîmait en sanglots.

Un jour vint, — ce fut un beau jour, — où en présence de la foule assemblée, on lui fit prononcer des vœux terribles. Pâle, ému, comprenant à peine le sens des paroles qu'on lui demandait, il jura. Tout fut dit : il était libre !

Ah ! le condamné à mort, qui sent le froid des ciseaux glisser sous sa nuque et voit ses cheveux s'éparpiller à terre autour de lui, peut se réjouir : quelques minutes encore, et il est au bout de ses maux.

Mais le prêtre ! cette touffe de cheveux noire et parfumée, qui tombe de sa tête, ne lui annonce pas seulement que sa jeunesse est finie avant d'avoir été ; qu'illusions, rêves, ardeurs, enivrements, tendresses, tous ces beaux dons de l'adolescence, il faut les fouler aux pieds : elle lui indique que la

vie commence et s'ouvre devant lui; elle lui crie
que cette vie, riante pour tous, doit être pour lui
âpre, aride, desséchée, sans couleur et sans charme ;
qu'il est voué aux flammes éternelles, le jour où il
y laissera par mégarde germer un sentiment ou pousser une fleur !

Il entre dans le monde. De ce monde, que con-
naît-il? Rien, pas même la surface. Il le voit pour
la première fois : c'est un rideau qui se lève devant
ses yeux. Il demeure frappé de stupeur, et va marchant comme au travers d'un rêve.

Quel renversement prodigieux en effet !

Tout ce qu'on lui a appris à détester est en honneur; tout ce qu'on lui a appris à aimer est en
dérision. La philosophie, la science, les lettres, les
arts, le luxe, la beauté, la grâce, l'amour, la volupté triomphent sur tous les points. De chasteté,
de pauvreté, de résignation, de vertu, de renoncement, de sacrifice, il n'est question nulle part.
Tout ce qu'il découvre est une contradiction de
son être, une antithèse de sa croyance. Ce que
chacun demande, c'est d'être heureux et jouir.
L'humanité tout entière lui apparaît comme une
bande de fous qui, ivres et couronnés de fleurs,
glisseraient vers la mort en se donnant la main...

Lui, cependant, tout entier aux devoirs de son

ministère, baptise, marie, enterre. Chaque jour, il
voit arriver aux fonts baptismaux de beaux enfants
naissant à la vie, que le regard des mères enveloppe
de tendresses. Il voit s'agenouiller au pied de l'autel
des couples amoureux, et, dans la sérénité grave de
l'époux, dans l'émotion pudique de l'épouse, dans
le bonheur rayonnant d'eux tout à l'entour, il devine
des joies dont jamais il ne lui fut parlé.

Quoi ! l'humanité proclame que le mariage est la
fin de l'homme ; elle considère comme choses saintes
l'amour, la famille, la maternité ; et lui, prêtre,
sans rien savoir et connaître, il s'est interdit tout
cela ! Dans le jardin terrestre, il est un fruit savou-
reux entre tous : il verra les autres y mordre tour
à tour, lui seul n'y portera pas les dents ! Ah ! je ne
sais rien de démoralisateur comme le spectacle du
bonheur d'autrui. Et comme si ce n'était pas assez
pour le prêtre d'être spectateur, le voilà qui, par
la confession, devient confident. Croyez-vous que,
quand il interroge les belles pécheresses, aucune
curiosité n'entre dans ses paroles ? Est-ce toujours
pour absoudre ? N'est-ce pas quelquefois pour s'instruire ? Qui d'ailleurs songerait à blâmer cette
curiosité, si elle n'était environnée de dangers ? Sa
vertu se maintient-elle au milieu de ces périls ? Je
ne sais ; mais un maître ès langage français a marqué

au coin de son style incisif ce tableau du prêtre au confessionnal. Abrégeons.

Dix ans, quinze ans s'écoulent. Il faut du courage pour garder la soutane; il en faut peut-être davantage pour la quitter. Une heure pourtant arrive : est-ce la raison qui triomphe? est-ce Satan qui l'emporte? pour une cause ou pour une autre, le prêtre se décide. Il dépouille sa robe, entre dans la vie civile, remonte à son titre d'homme. — Malheureux! on ne dépouille pas la robe de Nessus. Tu crois en avoir fini avec l'Église; ton sacerdoce te suit, il ne te lâchera pas.

Le prêtre renégat vient frapper aux portes de la loi et lui demande, lui qui a marié tous les autres, d'être admis à son tour au bénéfice du mariage. Ce qu'il veut, c'est le droit qui appartient à tout homme, non déclaré indigne, d'avoir une femme, une famille, une maison. La loi lui répond : Non.

Je me trompe. La loi avait répondu non jusqu'à ce jour. Le tribunal civil de Périgueux vient de répondre oui; et c'est cette nouvelle qui a jeté la joie dans ce grand clan de déshérités.

Car ils deviennent nombreux, maintenant, ces prêtres échappés du sanctuaire. Il y a quarante ans, on n'en eût pas trouvé cent; dans notre société troublée c'est par milliers qu'on les compte.

La presse libérale a salué comme une conquête de la libre pensée la décision du tribunal de Périgueux. Je ne saurais, et j'en demande pardon à mes amis de la démocratie, m'écarter, dans cette vieille question, controversée depuis un demi-siècle, de la jurisprudence connue de la Cour de cassation.

Assurément je sais ce qu'appelle de pitié le sort de ces infortunés condamnés au célibat dont ils ne veulent plus. Je les aime pour leurs malheurs, et j'en connais plusieurs parmi eux qui méritent considération et respect, s'étant démis de leurs fonctions par honneur et conscience, comme ceux que je vis en 1848, croyant le règne de l'Évangile arrivé, passer de plain pied de la chaire dans la tribune du club. Je crois qu'il ne doit pas y avoir de damnés dans l'ordre social. Aussi je souhaiterais, pour le bonheur de ces hommes, comme pour le plus grand bien de la morale publique, qu'au lieu de les chasser de la famille, on les y murât.

Mais il est une considération d'ordre général qui rend cette solution inadmissible. Le prêtre dispose de la confession. Ce seul fait dénature, corrompt, détruit sa qualité de citoyen, et crée pour lui un caractère qui me semble devoir l'exclure de tous les bénéfices de la vie civile, le mettre pour ainsi dire hors la loi. — Que si le prêtre est citoyen et habile au mariage, il peut, du fond de son confessionnal, se préparer à loisir une épouse et arranger son mariage futur; il y consacrera dix ans, vingt ans s'il le faut, et il réussira, parce qu'il est prêtre. Que deviennent alors l'autorité et la sécurité des familles? — Que si le prêtre est citoyen, il peut se présenter au vote dans sa ville, et solliciter, ne serait-ce que pour entrer au conseil municipal, le suffrage de ceux dont, durant vingt ans, il a confessé les femmes, les enfants et les mères. Qu'auront à lui refuser ces hommes dont il tient tous les secrets, et, dans ce cas, que deviendra la liberté électorale? — Que si le prêtre est citoyen, il peut être fonctionnaire, commissaire de police, par exemple; qui me garantit que le commissaire ne demandera pas de renseignements à l'ancien confesseur, et, dans ce cas, que deviendra la liberté de conscience?

Non, le prêtre n'est pas et ne saurait être citoyen : lui donner cette qualité, ce serait restreindre la liberté de tous, mettre la société en péril.

Oh! si la religion catholique voulait se passer de la confession, ou si nous pouvions, pour y plonger les prêtres rentrés dans la vie civile, retrouver le cours perdu du Léthé, je serais le premier à leur poser sur la tête la couronne civique; mais, dans la situation actuelle des faits, la question est insoluble, elle implique en soi contradition. Dans quelque sens qu'elle soit définitivement résolue, elle fait une victime ou contient une menace. Or, entre un homme et la société, ne balancez jamais, a dit quelqu'un.

XXI

LE MAIRE QUI BAT LES FEMMES

Les maires se suivent et ne se ressemblent pas. Nous en avons eu dans ces derniers temps d'espèce peu commune : le maire qui donne des communiqués aux journaux, le maire qui fait évacuer par la force armée la salle du conseil. En voici un qui menace de les surpasser tous ; c'est le maire qui bat les femmes. Autres mairies, autres maires.

C'était le 15 août. La France, pour employer la formule officielle, célébrait la fête de l'Empereur. Quelques jeunes gens de Champcenest s'étaient dit : « Champcenest n'est qu'une petite ville de l'arrondissement de Provins, mais pourquoi, comme Provins, n'aurait-elle pas son feu d'artifice ? » Donc ils s'étaient cotisés, avaient acheté fusées, chandelles romaines, soleils et ce qui s'ensuit ; puis, le jour venu, ils avaient disposé le tout en lieu convenable, choisi pour le plus grand plaisir des yeux.

Pendant que les jeunes gens travaillaient à achever leurs préparatifs, M. le maire Tartois ne perdait pas son temps, il célébrait la fête de son côté et à sa façon. Attablé dans le cabaret de l'endroit, avec les six pompiers de la localité et Fadin, leur capitaine, il buvait. Pour qui n'a pas encore bu, boire est bon ; mais pour qui a bu déjà, boire est meilleur. Le maire buvait ; et quand le maire buvait, je suppose que les pompiers buvaient, et aussi le capitaine Fadin. A l'inverse, quand le capitaine Fadin prenait son verre, je tends à croire que le maire et les six pompiers haussaient le coude. On était là depuis trois heures de l'après-midi, et on y serait encore, si les pétards, éclatant tout à coup sur le fond noir de la nuit, n'avaient annoncé le commencement du feu d'artifice. Déjà neuf heures ! On se lève en sursaut, un peu émus, comme bien vous pensez ; on se secoue, on s'étire, et l'on dit : — Allons là-bas mettre l'ordre !

Sur la place, tout était joie. Paysans, paysannes étaient accourus du plus loin ; les gamins sautaient en poussant des cris ; d'autres plus petits, assis par terre, regardaient gravement. Pour prendre part à la réjouissance publique, les gens du château étaient descendus. C'était madame Rollin, femme d'un avoué de Troyes, avec ses deux jeunes enfants. Elle était accompagnée de madame Charron, sa mère, du curé de Champcenest et de quelques autres personnes de distinction venues du voisinage.

Il n'y avait ni cordes, ni barrières pour maintenir le public. Chacun s'était donc placé comme il avait voulu, tout en se tenant à une distance respectueuse du feu d'artifice.

Rien qu'en voyant déboucher le maire avec les six pompiers et Fadin, leur capitaine, on eût pu, à leur animation, augurer quelque inconvenance ou quelque malheur. On n'eut pas longtemps à attendre.

Madame Rollin, sa famille et ses invités étaient à vingt mètres environ des pièces. Un pompier s'avance et dit de reculer à cent pas; on obéit. Ce n'est pas plus tôt fait, qu'un second pompier arrive, et dit de reculer encore : on obéit une seconde fois. Mais voici que Fadin lui-même, le capitaine des pompiers, se présente et enjoint de reculer une troisième fois. Ah! pour le coup, c'est trop fort. — « Il y a des personnes devant moi à qui vous ne dites rien, répond madame Rollin; vous ne vous adressez qu'à moi; j'ai reculé deux fois, c'est assez. »

Le capitaine Fadin fait demi-tour à gauche, et s'en va dire un mot à l'oreille du maire Tartois.

Tartois est vif, emporté; il joue volontiers de la main. Un témoin raconte avoir reçu de lui, au mois de juillet dernier, un coup de poing dans l'estomac pour un mot flatteur que l'autre avait pris à l'envers. Le jugement auquel j'emprunte ces détails constate que, même à l'audience, Tartois a donné une preuve répréhensible de sa vivacité. Quelle? Le jugement n'en dit rien.

Tartois s'approche, et avec animation : « Ce n'est plus à cent mètres, c'est à deux cents mètres qu'il faut reculer! » — En même temps, se faisant l'exécuteur de sa propre décision, il met la main à la poitrine de madame Rollin pour la pousser en arrière...

Ce ne fut qu'un éclair! Le soufflet lui tomba net, d'aplomb, retentissant.

Grand Dieu! le maire gifflé, gifflé par une femme, gifflé le 15 août, le jour de la fête de l'Empereur, devant dix soleils et cent fusées éclairant la scène... Jamais peut-être cela ne s'était vu depuis la proclamation de l'Empire.

Cet imprévu, à lui tout seul, n'eût pas manqué de piquant. Malheureusement le drame vint faire oublier la comédie. A deux pas de là, madame Charron, séparée de sa fille, brusquée, saisie et poussée par un pompier, comme l'instruction l'a établi plus tard, tombait à la renverse et se cassait la jambe. Il s'agit bien à présent de feu d'artifice : voilà de l'inquiétude et de la tristesse dans le cœur de toute une honorable famille, et pour longtemps !

Qu'est-il résulté de tout cela ?

Le procureur impérial a poursuivi d'office madame Rollin pour délit de rébellion contre un agent de l'autorité publique, délit prévu et puni par l'article 212 du Code pénal. Le maire de Champcenest n'a pas eu plus de succès auprès des juges de son chef-lieu que sur la place publique de sa commune. Le tribunal correctionnel de Provins, dans un jugement très-étudié et minuté avec un rare talent, a reconnu que tout le mal provenait de ce que, dans la soirée du 15 août, le maire, les six pompiers et Fadin, leur capitaine, n'avaient pas été de sang-froid ; que le soufflet donné par madame Rollin n'était qu'une réplique à une provocation ; qu'en portant la main sur la poitrine de madame Rollin, Tartois avait commis une voie de fait outrageante que l'on ne saurait considérer comme rentrant dans l'exercice de ses fonctions ; que le soufflet avait donc été reçu par l'homme et non par le maire.

En conséquence, il a renvoyé madame Rollin de l'action du ministère public, sans dépens.

Ainsi, de ce côté, tout est pour le mieux. — Mais la cuisse cassée de la grand'mère, qui la paiera ?.

A l'occasion de ce qui précède, le *Courrier du Dimanche* reçut la réclamation suivante :

« *A monsieur le Rédacteur en chef du* COURRIER DU DIMANCHE.

« Champcenest, le 20 décembre 1863.

« Monsieur,

« Dans un numéro de votre journal que nous n'avons pu nous procurer, car il compte peu d'abonnés dans nos campagnes et, en dehors de la période électorale, y est peu répandu ; mais, dans un numéro de la fin d'octobre, facile à reconnaître, puisque le journal l'*Union* lui a emprunté, le 1er novembre, un article de fond intitulé : *Un maire qui bat les femmes,* vous avez rendu un compte plus passionné que véridique de la façon dont, pour employer vos expressions, *la commune de Champcenest a célébré la fête de l'Empereur*, le 15 août dernier.

« Les travaux sérieux et multiples de votre collaborateur l'auront probablement privé d'assister à une des représentations de *Montjoye*: il y aurait vu que ceux qui cherchent à ridiculiser les modestes pompiers campagnards n'ont pas toujours, en fin de compte, les rieurs de leur côté ; et si, en littérature, il avait conservé les premiers souvenirs de son enfance, il se serait rappelé la fable de l'*Ours et les deux Compagnons*, et certain avis du *bon la Fontaine*, dont un arrêt de la Cour impériale de Paris, en date du 20 novembre dernier, lui ravivera le souvenir.

« En effet, à cette date, le jugement du tribunal civil de

13

Provins, qui, selon vous, était « *très-étudié et minuté avec*
« *un rare talent, reconnaissait que, dans la soirée du 15 août,*
« *le maire de Champcenest, les six pompiers et Fadin, leur*
« *capitaine, n'étaient pas de sang-froid, que le soufflet donné*
« *par madame Rollin n'était qu'une réplique, etc., etc.,* » a
été cassé, et la dame Rollin condamnée à 16 fr. d'amende
pour outrage public au maire dans l'exercice de ses fonctions.

« L'intitulé de l'article doit donc être changé du mode
actif au mode passif, et nous ne doutons pas que cette
rectification n'eût déjà été opérée, si vous aviez eu connaissance de cette décision.

« Ayant été nominativement cités dans un récit de votre
journal que nous pouvons considérer comme diffamatoire,
nous espérons que vous ne nous forcerez pas à recourir
aux moyens légaux pour obtenir l'insertion de notre réponse dans votre plus prochain numéro.

« Recevez, monsieur le rédacteur en chef, l'assurance
de nos sentiments distingués.

« *Le maire de Champcenest,*
  « TARTOIS.

« *Le capitaine,*
  « EUGÈNE FADIN. »

Cette lettre fut insérée, conformément à la demande qui en était faite, mais accompagnée de cette
courte note :

M. le maire de Champcenest et son ami le capitaine des pompiers ont obtenu gain de cause devant

la Cour impériale. Au lieu de nous garder rancune, ils devraient nous savoir gré de l'indiscrétion commise; car, si nos renseignements particuliers sont exacts, nous sommes pour quelque chose dans la victoire obtenue à Paris. En effet, ce serait la publicité même donnée à notre innocente bucolique dans le département et ailleurs, qui aurait suggéré au ministère public l'heureuse idée d'interjeter appel. Mais la nature humaine est ainsi faite que ce qui mériterait des remerciements, n'attire le plus souvent que désobligeants propos. Voyez plutôt comme ces messieurs s'égayent à mon endroit. Ils me rappellent la Fontaine, que j'ai oublié, disent-ils; m'envoient sans façon promener à *Montjoye*, que je n'ai pas vu encore. La Fontaine, passe : quoique je l'aie lu probablement plus à moi tout seul que le maire, le capitaine et tous leurs pompiers réunis, je le relirai encore; *j'y prends un plaisir extrême*. Mais *Montjoye!* c'est trop... loin. — Savez-vous bien, messieurs, que, quand on fait de l'ironie de cette force, il n'est que prudent d'écrire sa lettre soi-même, de sa bonne encre et de sa belle écriture, pour bien prouver qu'on est l'auteur de l'esprit et de l'orthographe qu'elle contient ?... Mais quelle mauvaise querelle vais-je encore vous chercher là! Vous avez gagné votre procès, votre lettre fait honneur à celui qui l'a écrite; le *Courrier* vous donne satisfaction en l'insérant; nous sommes quittes, soyons amis, — jusqu'à nouvel ordre. — Monsieur le maire, touchez là; touchez là, capitaine Fadin!

XXII

LES DEUX CÉSARS

Lorsque, après avoir erré dans les rues tortueuses de Florence, vous débouchez tout à coup, en pleine lumière, sur la place du Grand-Duc, vous vous trouvez en présence d'un spectacle extraordinaire.

Êtes-vous sur un forum ? Les souvenirs de la vie municipale partout présente le donneraient à penser. Êtes-vous dans un musée ? Les œuvres d'art répandues à profusion le feraient croire.

La place du Grand-Duc tient en effet du musée et du forum.

Le *Palazzo Vecchio*, qui est en face de vous, avec ses créneaux, ses meurtrières, son aspect moyen âge, et sa tour, la tour *della Vacca*, qui appelait le peuple au combat dans les guerres civiles, vous rappellent les luttes orageuses de la liberté. A votre droite, la *Loggia dei Lanzi* pose gracieusement sur ses hauts piliers les retombées de sa triple ar-

cade ; le peuple s'y réunissait ; c'étaient les rostres
de Florence. Ici à gauche le peuple a fait justice : il
a renversé la maison du gibelin Farinata degli Uberti,
l'a démolie, l'a rasée, et a semé du sel sur les fon-
dements ; depuis ce temps, l'espace est resté vide.
Plus loin le peuple a commis un crime : il a fait
monter Savonarole au bûcher ; mais une année ne
s'était pas écoulée, que, par un retour soudain, il venait jeter des fleurs sur la place où avait touché le
corps du martyr.

Les merveilles de l'art se mêlent à ces souvenirs
de l'histoire. A la porte d'entrée du Palais-Vieux sont
deux statues colossales : le *David*, de Michel-Ange,
et l'*Hercule*, de Bandinelli. Sur les marches ou sous
la galerie ouverte de la Loggia, sont des lions, des
prêtresses, un soldat soutenant le corps d'Ajax mourant, le fameux *Enlèvement des Sabines*, de Jean
Bologne, si original et si hardi ; *Hercule et le Cen-
taure*, du même ; la *Judith*, de Donatello, si terri-
blement réaliste ; le *Persée*, de Benvenuto Cellini,
si fier et si beau. Sur la place la statue équestre de
Cosme Ier, et la monumentale fontaine de l'Ammanati, avec son Neptune gigantesque et son cortége
de tritons et de néréides plus grands que nature.
Entre les deux, dans le fond, sourit la façade d'un
palais dessiné par Raphaël.

Quelquefois l'œuvre d'art et le souvenir civique
sont mêlés ensemble et ne font qu'un. C'est ainsi
que la fontaine de l'Ammanati a été érigée, sur la
place même où Savonarole a été brûlé, par les ordres
de Cosme, qui s'ennuyait de voir de ses fenêtres le
peuple apporter là des fleurs chaque année. C'est
ainsi encore que la *Judith* de Donatello rappelle la
fuite de Pierre de Médicis et symbolisait la chute
de la tyrannie : *Exemplum salutis publici cives
posuere*, 1495.

Et tout cela dans un espace qui ne dépasse pas
en étendue la place du Parvis-Notre-Dame !

On comprend que chez un tel peuple la sculpture
soit populaire, que le moindre *facchino* de Florence
connaisse Michel-Ange mieux qu'un membre de l'Académie des Beaux-Arts. L'art est avant tout com-
munal. Il a été fait par la cité et pour la cité. Il glorifie,
il exalte la vie publique. En même temps qu'il s'essaie à réaliser le beau plastique, il proclame le beau
moral, c'est-à-dire la vertu des ancêtres. Il est à sa
vraie place, dans la rue, avec tout le monde. Petit
enfant, on vit familièrement avec lui ; homme fait, on
en pénètre le sens. L'enseignement est constant, de
tous les jours; il est dans l'air, on le respire. L'échange
est continuel entre le *cittadino*, qui vaque à ses affaires, et le marbre ou le bronze, qui le regarde passer.

Chez nous, demandez à un paysan, à un ouvrier, à un bourgeois même, ce que fut Jean Goujon ; il ne saura répondre. Pourquoi s'en étonner? Les savants eux-mêmes ne le savent pas. Où est-il né? où est-il mort? Personne ne peut le dire. Et Jean Cousin, et Jean Bologne, dont je parlais tout à l'heure, et que nous avons cru si longtemps appartenir à l'Italie, et tant d'autres? Nous connaissons dans les plus petits détails de leur vie intime nos rois, leurs courtisans et leurs maîtresses ; nous ne savons presque rien des quelques ouvriers de génie qui ont illustré notre art naissant. En dispersant les souvenirs de la vie provinciale, la centralisation a fait l'obscurité en bien des points qu'il nous importerait de connaître. Il est vrai qu'aujourd'hui, grâce aux expositions et aux revues qui en sont faites, la presse jette sur les artistes, leur vie et leurs travaux, une grande lumière. Mais d'un mal nous sommes tombés dans un pire : la confusion des doctrines est telle, la diversité des opinions si effroyable, que mieux vaudrait peut-être le silence et la nuit.

Cependant notre sculpture, dans son ensemble, et même par quelques-unes de ses sommités, est supérieure à la sculpture italienne. Nous ne nous en doutons pas ; nous ne le sentons pas. Pourquoi? Parce qu'elle n'exprime, — il y a des exceptions, — ni

notre vie publique ni notre vie privée ; parce qu'elle
ne nous tient à rien ; parce qu'elle n'est pas, comme
la sculpture florentine, un fruit pénétré de la saveur
du sol ; parce qu'elle ne sort pas immédiatement de
notre âme ; parce qu'au lieu d'exprimer nos idées,
nos mœurs, nos passions, elle s'inspire préférable-
ment de formes et de sentiments étrangers à la
France. Aussi, tandis que la peinture jouit de toutes
nos faveurs, la sculpture nous trouve-t-elle peu em-
pressés à son endroit : si elle vient à nous, nous la
fuyons ; si elle nous attend, nous changeons de
chemin.

J'ai recherché l'occasion de voir les deux bustes
que M. Clésinger expose chez Barbedienne, non que
j'attende d'eux qu'ils nous excitent à nationaliser
prochainement notre sculpture, mais uniquement
parce que l'auteur a du talent et que le talent m'intéresse.

Ces deux bustes sont en marbre. L'un représente
César, l'autre Napoléon.

Pourquoi évoquer, en ce temps d'aspirations libérales, ces autocratiques images? C'est une interrogation que je ne me permettrai pas d'adresser à l'artiste ; ce qu'il a fait nous appartient seul : c'est
d'ailleurs suffisant.

Les deux bustes sont construits pour aller de pair.

13.

Ils sont conçus dans la même pensée, exécutés dans le même sentiment décoratif, disposés enfin, par leurs mouvements contraltés, à se faire pendant. Une couronne de laurier, formant une pointe sur le front, colore le sommet de la tête; les épaules s'enveloppent dans les plis du manteau consacré par l'antique.

Quand les sculpteurs romains, — qui nous ont laissé les plus beaux bustes que nous ayons, — traitaient la tête humaine, ils avaient pour objet principal de distinguer, de déterminer, de dégager le caractère individuel du personnage. Ils faisaient ressemblant. J'ai vu au Musée des Offices la célèbre galerie des empereurs; j'ai là sous les yeux les masques de Néron et de Vitellius : il est impossible de mettre plus de vie dans du marbre, et d'approcher de plus près la réalité. On sent qu'aucune préoccupation idéaliste n'a dérangé le sculpteur; il a vu la nature, rien que la nature.

M. Clésinger ne s'en est pas tenu à la nature. Il l'eût voulu d'ailleurs qu'il ne n'eût pas pu rigoureusement, César ayant négligé de laisser sa photographie, et les portraits officiels de Napoléon Ier lui ressemblant comme ressemblent les portraits officiels de tous les souverains. Le sculpteur avait d'autres visées. Il ne voulait pas faire un personnage historique, localisé dans le temps et dans l'espace, ayant porté le nom de César ou de Napoléon. Il voulait, par une généralisation sommaire, résumer en deux types deux destinées qui lui paraissaient analogues, et les associer l'une à l'autre en leur donnant la même expression du commandement et de l'autorité. Pour cela, la tête traditionnelle de César était trop élégante et fine : il fallut la rapprocher de la réalité moderne, en exagérant l'os et accentuant les détails. La tête traditionnelle de Napoléon était lourde et sans grâce : il fallut la rapprocher de la pureté antique, en corrigeant les lignes molles et châtiant le dessin. Ainsi, modernisant l'ancien et archaïsant le moderne, M. Clésinger a réussi à se placer en dehors des conditions du temps et de l'espace, à faire de ces deux personnages deux membres de la même famille, deux frères, se ressemblant à la fois par le visage, par les facultés de l'esprit et par le rôle historique.

Le malheur, c'est que, par suite de cette opération, nous n'avons plus devant nous ni ancien ni moderne, ni Napoléon, ni César, mais deux êtres imaginaires. Vous trouveriez aujourd'hui ces têtes dans la terre, sans nez et sans couronnes, vous ne pourriez les rapporter à qui ni à quoi que ce soit.

Ce qui nous intéresse dans les portraits de ces hommes exceptionnels, héros d'extraordinaires fortunes, ce que nous cherchons sur leur masque après qu'ils sont morts, ne nous laissant d'eux qu'une image, c'est le côté individuel, caractéristique, celui par lequel se dénotent leurs facultés personnelles. Nous voulons, dans la conformation de leur tête, retrouver le secret de leur élévation. Ne craignez-vous pas de l'effacer, de le faire disparaître par une généralisation ou une idéalisation imprudente? Ne le craignez-vous pas surtout, quand cette généralisation vous est commandée par le désir inconsidéré de rapprocher deux hommes que dix-huit siècles séparent, et qui n'ont rien de commun que d'être morts tous deux? Ce rapprochement, l'admiration de l'artiste a pu le concevoir; mais l'histoire, la morale et l'esthétique le repoussent.

Il y en aurait long à dire au nom de la morale et de l'histoire. Je me renferme dans le seul point artistique. La vérité est qu'on perd tout à idéaliser un buste. Je n'en veux pour preuve que les bustes de M. Clésinger. L'interprétation les a atténués tous deux; par son fait, l'antique a perdu sa pureté; le moderne, son apparence vivante. César n'a plus sa nerveuse souplesse et a pris l'air d'un savant; Napoléon, avec sa tournure d'adulte grossi, ressemble à un jurisconsulte.

Quoi qu'il en soit de la justesse de cette critique,

l'art de la statuaire est si dificile, si élevé, que c'est
déjà mériter que mériter un blâme. Je puis, pour
les raisons développées et pour d'autres que je supprime, refuser mon approbation à la pensée qui
associe César à Napoléon ; mais je n'entends en aucune façon contester à l'auteur de la *Femme piquée
par un serpent* la haute valeur qu'on lui assigne
parmi les artistes de ce temps. Je trouve le *Taureau
romain* un chef-d'œuvre, et je suis de ceux qui n'ont
pas ri au *François I*er de la cour du Louvre. C'était
une tentative très-hardie, malheureusement en contradiction formelle avec le caractère de l'époque
qu'elle avait la prétention de représenter. Les qualités
de M. Clésinger sont solides. C'est un improvisateur
rapide, un praticien audacieux, ne reculant devant
aucune témérité ni aucun péril. S'il avait la mesure,
l'élégance, s'il savait éviter l'exagération du détail,
le ronflant, il serait un artiste complet. L'ambition
de M. Clésinger paraît avoir été de se frayer un
passage dans l'art entre Michel-Ange et Puget ;
atteindra-t-il jamais les grandeurs reposées de l'un,
la force en mouvement de l'autre ?

Mais que parlé-je ici de Michel-Ange ? Ce n'est pas
lui, le vieux républicain, qui se fût amusé à ces images
de despotes : pouvant faire César, il a choisi Brutus,

XXIII

SIMPLE RÉCIT DE L'AFFAIRE FLEURY

Dans le courant du mois d'avril, mois de l'universel réveil, un vendredi, *Veneris dies*, vers l'heure de midi, Xavier-Georges Fleury, sous-lieutenant au 4ᵉ régiment de la garde impériale, traversait la galerie de Cherbourg lorsque ses yeux rencontrèrent, au rez-de-chaussée d'une boutique, ceux d'une blanchisseuse qui lui parut jolie.

Le jeune officier fut-il fasciné, comme il arrive quelquefois, d'un rapide regard? Crut-il saisir dans l'expression subite que prit le visage de cette femme quelque chose comme un encouragement, un appel? Je répondrai en disant qu'il en rêva tout le jour; et que le soir, furtif, il revenait dans le passage pour suivre à travers la vitre l'image mobile de la beauté entrevue, et peut-être s'attirer un second regard d'elle. A ce moment-là, elle était seule dans l'atelier. Il se promena quelque temps indécis; puis, tout

à coup, prenant sa résolution, il poussa la porte et
entra.

Quel fut son premier mot, son premier geste? On
ne peut que le conjecturer; mais ce qu'on sait d'une
façon certaine, c'est qu'Elise Petit ne prit point des
airs de reine offensée, ne se leva point frémissante
de colère... Sa vanité de femme se trouvait flattée
de cet abord insolite. Elle fit passer l'audacieux dans
le fond de la boutique, lui disant : Chut! parlez bas ;
je suis mariée, on pourrait nous entendre.....

Elise était mariée, en effet, et mère de famille.
Mais le sieur Eugène-Napoléon Petit, son mari,
peintre décorateur, ne paraît pas l'avoir jamais
beaucoup gênée dans la pratique des libres plaisirs.

Le sous-lieutenant avait vingt-huit ans. Il était
jeune, il était blond, d'une taille moyenne, mais de
formes bien prises. Son visage était régulier et d'un
aspect fier. Par-dessus tout, il était... sous-lieutenant.

Elise était coquette, vaniteuse et d'une corruption
sans limites.

Dans ces conditions, pas n'en fallut beaucoup dire
pour tomber d'accord.

Le lendemain, nouvelle entrevue, invitation à dîner acceptée. On allait vite en besogne.

Il était à sa fenêtre, bien avant l'heure marquée,

comptant les minutes. A chaque silhouette de femme
apparaissant au détour de la rue, le cœur lui bat-
tait. Enfin, c'est elle ! Elle est en simple négligé de
travail, comme il l'a vue la veille. Elle entre, s'assied. Sa vue le saisit tellement qu'il en est comme
interdit. Il ne se sent le courage de rien tenter. On
cause seulement. Bientôt elle sort pour aller revêtir
une toilette de ville. Elle revient parée et plus belle
encore, au fond résolue à l'enhardir. Sa crinoline
gêne ses mouvements, elle la laisse tomber; son
corset enserre sa taille indisciplinée, elle se délace.
On dîne tous deux, seuls, causant, riant, lentement,
longuement; et, le soir, dit l'acte d'accusation, quand
la femme Petit regagne le domicile conjugal, c'est
une femme adultère qui n'a plus rien à refuser à son
amant.

Oh ! les heureux jours qui vont s'écouler ! Le sous-
lieutenant habitait un modeste logement de la rue
de Vienne. Deux fois par semaine elle venait le voir,
et deux fois par semaine le bonheur semblait reculer ses bornes pour eux. L'aimait-il, lui ? A la folie !
puisque hier, devant ses juges, il répétait : « Cette
femme, je l'aimais, je l'aime encore, et son souvenir
restera à jamais dans mon cœur ! » Et elle, l'aimait-
elle ? Peu, si j'en crois l'impression qui résulte des
débats.

S'il l'aimait! Mais voyez ce qu'il fit pour elle. Il
consentit à être introduit dans la maison conju-
gale et à devenir l'ami du mari. Ils fumaient leur
pipe ensemble le soir et buvaient de la bière, se tu-
toyant ainsi que des camarades de longue date.
Comme il venait en uniforme pour flatter l'amour-
propre d'Elise, le jour, quand il voulait sortir pour
aller dans le voisinage, le mari lui prêtait son
paletot. Tout le temps qu'il avait de libre, il le passait dans cet atelier humide et étroit, au risque des
taquineries des ouvrières et des quolibets des passants. On l'appelait *Bébé,* lui, le sous-lieutenant de
la garde; et tout le jour c'était Bébé par-ci, Bébé par-
là. Il était empressé, il se fit humble. Il était humble,
il se fit esclave. Un jour, — une seule fois sans
doute, — on lui fit balayer la chambre, vider la cu-
vette... Et ce n'est encore là que la moindre partie
de ses misères. Il ne craignit pas d'aller habiter
dans un appartement de cet femme, loué et meublé
par son père adultérin, disait-elle, un grand personnage, mais, en réalité, loué et meublé par un ancien amant qui payait, par cette munificence, dix
ans de relations coupables!... — Reçut-il de l'argent? Il le nie énergiquement. Croyons-en sa parole de soldat.

Rien ne lasse comme la continuité des mêmes

jouissances. Trois mois ne s'étaient pas écoulés que
déjà le tête-à-tête leur pesait et que des diversions
étaient devenues nécessaires. On appela des témoins,
on invita des amis, on organisa des parties de plaisir
avec des camarades et leurs maîtresses. — Ici commence la pente fatale qui, par une longue série de
brouilles et de raccommodements, nous mène au dénoûment tragique.

Élise faisait des sorties fréquentes. Coquette, elle
agaçait volontiers les amis du sous-lieutenant. Les
fumées noires de la jalousie montaient au cerveau
du malheureux ; il se fâchait ; on se boudait ; c'étaient
des reproches, des pleurs, des pardons échangés ; et
l'on recommençait le lendemain. Un jour, il essaya
de rompre. Dans un déjeuner entre amis, un étranger était survenu ; on l'avait invité, et cette femme,
froide jusqu'alors, s'était mise à faire mille coquette-
ries à ce nouveau-venu ; elle s'était assise sur le canapé à côté de lui, elle n'avait d'yeux et de paroles
que pour lui... Jugez si la jalousie mordit le cœur
du pauvre officier. Il s'en serait peut-être détaché ce
jour-là, s'il eût trouvé l'argent nécessaire. La fatalité
ne le voulut pas. Le lendemain, il vint néanmoins
pour demander son compte et briser avec elle. Il la
trouva sur son lit, malade, ayant pleuré, pleurant encore. Il fut faible ; et la réconciliation fut

scellée avec d'abominables raffinements de voluptés.

Arrivons au dénoûment lamentable.

Le 17 août, le sous-lieutenant Fleury devait monter la garde aux Tuileries. Avant de se rendre à son poste, il vient rendre visite à la blanchisseuse, en grande et brillante tenue d'officier. Pendant sa garde, elle lui rend visite à son tour et l'on cause amicalement en se promenant devant le poste. On se quitte en excellents termes. Le lendemain, sans même prendre le temps de se déshabiller, le sous-lieutenant court chez madame Petit. Elle n'y est pas. Il revient; elle n'y est pas. Interrogées, les ouvrières plaisantent le malheureux, et de leurs paroles imprudentes irritent sa jalousie. Enfin elle arrive, descend de voiture et entre dans l'atelier. De gros mots sont échangés; la colère se met de la partie. Quelques personnes surviennent. Pendant ce temps, l'officier se calme. Il demande pardon de son emportement, propose une promenade pour le soir. Il se heurte contre un refus :

— J'ai à sortir, je suis attendue.

— Je te promets bien que tu ne sortiras pas, se dit-il en lui-même.

Et il resta. Six heures arrivent.

— Pourquoi n'allez-vous pas dîner?

— Je n'ai pas faim, j'ai la fièvre.

Il sort cependant, et revient une heure après, cachant dans sa poche un poignard et un pistolet chargé. Élise Petit et ses ouvrières étaient encore là. La revoyant, un sentiment doux s'empare de lui. Il s'attendrit, et les larmes aux yeux, lui demande son pardon. Elle est immobile. Lui, pleure, joint les mains, et plus de vingt fois : Pardon ! pardon ! disait-il. Elle reste inflexible.

Elle avait dit à une de ses ouvrières de lui descendre sa robe de soie et son pardessus.

A dix heures, une ombre frôle la vitre. Élise Petit fait un signe à son ouvrière, qui sort et revient en disant : On vous attend dans la rue d'Anjou.

Elle va pour sortir, Fleury lui barre le chemin ; elle se retourne pour s'échapper par une autre porte, il lui saisit le poignet, et alors commence ce dialogue rapide, mais calme :

— Pardonne-moi !

— Je te pardonnerai quand je reviendrai.

— Où vas-tu ?

— Je te le dirai quand je reviendrai.

— Eh bien ! emmène-moi avec toi.

— Non.

Sur ce mot, il lève la main gauche, et, à bout portant, il tire au visage. La balle ne pénétra pas.

Étourdie, la femme fait trois pas et s'appuie contre

une table en s'écriant : Ma vue se trouble ! Il la suit, la saisit par le bras gauche et lui porte un coup de poignard qui atteint le cœur... La mort fut instantanée.

Quelques minutes après, dans la rue du Rocher, un homme éperdu, accourait vers le sergent de ville de ronde, et, lui présentant un formidable poignard ensanglanté, lui disait : — Sergent, je viens de tuer une femme que j'aimais ; je me constitue prisonnier entre vos mains !

Cette émouvante affaire venait, le 1er décembre 1863, à l'audience du deuxième conseil de guerre de Paris. La nature de la cause et les relations sociales de l'accusé, dont un parent occupe une haute position dans l'armée, avaient attiré une foule considérable de curieux, qui de bonne heure assiégaient les avenues du conseil de guerre. Derrière le prétoire du conseil, on avait disposé un rang de siéges où prirent place quelques dames et des officiers de la première division militaire.

M. le capitaine Lemoine, substitut du commissaire impérial, occupait le fauteuil du ministère public.

Me Lachaud était chargé de la défense. Il a plaidé la folie et appuyé son argumentation de l'état moral de la famille de l'accusé, dont sept membres,

dans trois générations successives, ont été atteints
d'aliénation mentale. Ce système n'a pas triomphé
auprès du conseil.

A la majorité, Xavier-Georges Fleury, sous-lieutenant au 4ᵉ régiment de la garde impériale, a été
déclaré coupable d'homicide volontaire avec prémé-
ditation; et, eu égard à l'admission des circonstances
atténuantes, condamné, à l'unanimité, à vingt ans
de travaux forcés, à la dégradation militaire et à la
surveillance pendant toute sa vie.

XXIV

La perspicacité administrative, à qui rien n'é-
chappe, a fait ces derniers jours une découverte
étonnante. Dans notre France si fortement discipli-
née, au pouvoir si vigoureusement centralisé, dans
ce pays charmant où l'unité fleurit, où un coup de
sonnette parti des bureaux du ministère de l'intérieur s'entend d'un bout à l'autre du territoire, où
ce coup de sonnette suffit pour commander le silence
réglementaire, et tour à tour éveiller le murmure
électoral, — le croirait-on? — un coin de terre s'é-
tait dérobé jusqu'à ce jour à la juste action de l'autorité. Et ne croyez pas que je vous parle d'une localité isolée, perdue dans les lointains de la carte,
abritée contre l'œil qui voit tout et le bras qui va
partout, par les escarpements alpestres, comme la
vallée des Dappes, ou par les torrents pyrénéens,
comme la république d'Andorre. Non, le coin de

terre en question est situé sur les bords du fleuve
français par excellence, dans les prés fleuris qu'ar-
rose la Seine; précisons, ici même, dans **Paris**, à
égale distance du Panthéon et de la Madeleine; précisons encore, à deux pas de la colonnade du Louvre,
à deux pas de cette merveilleuse tour du premier
arrondissement, que le peuple, dans son enthousiasme admiratif, a appelée aussitôt « le manche de
l'huilier, » au bout d'un pont qu'on vient de ouater
de bitume pour ménager l'ouïe malade de l'Institut... — Vous y êtes. C'est l'École des beaux-arts.

L'École des beaux-arts était une république. Par
quel miracle s'était-elle conservée jusqu'à nos jours
à l'état tel? Je n'entreprendrai pas de l'expliquer.
Sa charte, qui remontait à l'année 1819, portait la
marque de cette libérale époque. Les révolutions
avaient passé, l'École des beaux-arts ne les avait
pas connues. Pendant que toutes choses, en France,
subissant une loi douloureuse, se précipitaient dans
l'orbite unitaire, elle seule se maintenait en dehors,
libre et autonome. Elle se gouvernait elle-même.
Les professeurs, réunis en assemblées générales,
administraient. Tous les ans, ils choisissaient parmi
eux un vice-président, qui, de droit, devenait président l'année suivante. Le président, le vice-président sorti de fonctions, assistés du secrétaire perpé-

tuel, formaient un conseil suprême. Quand un professeur mourait ou se retirait, ses collègues pourvoyaient à son remplacement. Ils se recrutaient dans le corps des artistes, directement. Leur choix était libre, leur décision souveraine. Quand un nouveau professeur était élu, on le faisait savoir au ministre, et c'était tout. De plus, enseignement, concours, récompenses, tout le système intérieur de l'École, établi par eux, rentrait dans leur juridiction exclusive. Nul compte à rendre, de rien, à personne. C'était une autonomie complète.

Cette indépendance, pour n'être ni menaçante ni pernicieuse, n'en était pas moins une anomalie singulière dans la France impériale. M. de Nieuwerkerke, surintendant des beaux-arts, semble l'avoir senti vivement. Écoutez ce cri d'alarme : « Par une étrange interversion de rôles, l'assemblée des professeurs exerce les attributions ministérielles, et le ministre, qui est responsable devant l'Empereur de la gestion de l'École, est dépourvu des moyens de lui imprimer sa direction et de faire même pénétrer dans le conseil un seul représentant de ses idées ! »

Vous concevez que, mise ainsi en lumière, la pauvre république dut s'attendre aux plus grands malheurs. Elle sentait l'orage s'accumuler sur elle. Vainement elle eût voulu le conjurer; on ne lui en laissa

14

pas le temps. Dimanche, 15 novembre, l'étincelle
jaillit, et un coup de foudre... je veux dire le décret
de réorganisation parut dans les colonnes du *Moniteur*. C'en était fait, la république avait cessé de
vivre; l'institution libre devenait service de l'État.

Que le gouvernement ait pris le parti d'adminis-
trer l'École des beaux-arts, par l'intermédiaire d'un
directeur de son choix nommé tous les cinq ans, il
n'y a rien là qui doive surprendre. C'est une conséquence naturelle du système qui nous régit; et, s'il
y a lieu de s'étonner, c'est que la mesure n'ait pas
été prise plus tôt. Mais que, sous couleur d'amélioration, il mette la main sur l'enseignement lui-
même, par le droit qu'il se réserve de choisir les
professeurs, il y a là un fait grave, sur lequel tous
les amis de l'art seront sans doute d'accord.

Je n'ai jamais été un partisan fougueux de l'École
des beaux-arts. Je crois même avoir usé quelques
plumes à dire du mal d'elle. Son idéalisme étroit,
sa pratique routinière, sa lutte aveugle contre le
courant des idées nouvelles, m'ont toujours paru
une des plus lamentables misères de notre temps.
L'École des beaux-arts, il faut bien le dire, n'a été
pour rien dans le développement intellectuel même
des grands artistes qui ont été ses élèves; et c'est
elle qui a produit nos plus mauvais sculpteurs, nos

plus mauvais peintres, et nos plus mauvais architectes. Voulez-vous vous en convaincre ? Relisez la liste
des grands prix de Rome depuis soixante ans; ce
sont les annales de la médiocrité. Bien plus, faites
une promenade à travers nos monuments publics,
dont la décoration est la besogne ordinaire des pensionnaires sans ouvrage de la Villa-Médicis. Pour
deux ou trois statues remarquables, que de figures
insignifiantes ou nulles ! Pour deux ou trois pages
murales d'une incontestable valeur, que de kilomètres de peinture appelant l'outil à gratter ! Et quant
à nos architectes, ce Paris nouveau, fastueux et
lourd, qu'ils nous construisent sans trouble ni
remords, n'est-il pas un acte d'accusation perma-
nent contre eux ?

On cite des noms illustres, M. Ingres, M. H. Flandrin et d'autres moins éclatants, MM. Hébert, Bouguereau, Baudry, Cabanel, etc. Je ne songe point à
les diminuer, quoique, à mon avis, M. Ingres, par
exemple, n'ait jamais eu qu'une valeur d'antagonisme, d'antithèse. C'est le romantisme qui a fait sa
réputation. Il a paru grand de toute l'ardeur de la
lutte, ou plutôt de toute l'ardeur des passions qui
s'agitaient à l'entour de sa personne. Sa gloire était
liée à la personnalité de M. Eugène Delacroix ; M. Eugène Delacroix mourant l'a emportée avec lui dans

la tombe. La preuve? Essayez de le sortir de ce milieu tumultueux où M. Delacroix et lui jouaient aux *frères ennemis* et se faisaient réciproquement valoir; mettez-le en regard des siens; comparez-le, par exemple, à ses modèles, Phidias, Raphaël, Poussin; à son maître, Louis David : il descend aussitôt, comme le Napoléon de la colonne. Pas de si mince peintre de l'école des Carrache, — cette détestable école, la honte de l'Italie et le fléau de la France, — qui ne l'emporte sur lui en invention et en métier. M. H. Flandrin est un homme autre; ses décorations religieuses seraient excellentes si elles n'étaient de perpétuels anachronismes : peinture renaissance dans une nef romane; peinture byzantine dans un bâtiment moderne. Quant à MM. Hébert, Bouguereau, Cabanel, Baudry, on en parle beaucoup, mais qui croit sérieusement à leur vocation? Hébert eût pu être peintre, si sa sensibilité ne l'eût égaré de bonne heure. Bouguereau, Baudry, Cabanel ne le seront jamais. Aussi déjà nous en faisons des académiciens, témoin Cabanel.

Mais ce que l'École des beaux-arts n'a pas produit, c'est Gros, le peintre des batailles épiques; c'est Géricault, le vigoureux initiateur du naturalisme; c'est Delacroix, Ary Scheffer, Bonington, Marilhat, Delaroche, Decamps, toute la brillante et

bruyante pléiade romantique ; c'est Dupré, Rousseau, Corot, Troyon, Daubigny, les créateurs et les
maîtres du paysage français ; c'est Millet, le Michel-
Ange rustique ; c'est Courbet, dont le libre métier
traite avec la même puissance figures, paysages, marines, animaux, fleurs, donnant ainsi raison à cette
parole du rapport de M. de Nieuwerkerke, qui cependant n'a pas été faite pour lui : « Y a-t-il jamais
eu un grand peintre d'histoire qui n'ait été un grand
paysagiste ? »

On sait le prodigieux déchaînement qu'a soulevé
contre l'École des beaux-arts cette longue stérilité.
Mais croit-on qu'il suffise à l'État de substituer sa
direction à la direction indépendante des professeurs
pour transformer un désert en plaine féconde ? L'État
aura beau délaisser l'absolutisme du vieil enseignement académique, choisir ses professeurs parmi des
artistes « sans système et sans parti pris, » aug-
menter le nombre des cours, créer des chaires nouvelles, appeler des érudits ou des amateurs à l'exposition publique de leurs idées, simplifier l'épreuve
des concours, limiter à deux années le séjour du
pensionnaire à Rome, lui faciliter pendant deux autres années la visite des divers musées de l'Europe
et les voyages utiles au complément de son éducation, l'État ne fera ni mieux ni pis que l'ancienne

14.

École. Les réformes opérées par lui peuvent être plus ou moins désirables, et il en est parmi elles qui étaient depuis longtemps demandées, elles n'amèneront aucun résultat. L'État ne fait pas germer un grain de blé, il ne fera pas pousser un artiste.

Pourquoi cela?

Parce que l'art est en dehors des attributions de l'État; parce qu'il est un produit spontané de la vie collective; parce que l'État est incompétent sur la direction à lui donner, comme sur la méthode à suivre pour son enseignement; parce qu'il ne peut enseigner qu'en vertu d'une science que possède, peut-être, le ministre aujourd'hui, mais que ne possédera certainement pas le ministre de demain; parce qu'ainsi son esthétique, outre qu'elle est arbitraire et dépourvue d'authenticité, est sujette à contradictions et revirements.

Et voyez déjà! On ne peut dissimuler que le caractère propre de la réforme récente ne soit l'avénement du romantisme au professorat. C'est M. Robert Fleury, un romantique, qui a été nommé à la direction de l'École. Il est question d'en finir avec « les doctrines inflexibles, les théories absolues; » on limite le séjour à Rome pour permettre le voyage en Espagne, en Belgique, en Hollande, toutes idées de pure essence romantique; on introduit dans le conseil supérieur de l'enseignement un certain nombre d'amateurs, qui seront naturellement pris dans cette catégorie amoureuse du ragoût des couleurs ou des curiosités archéologiques, qui, pendant trente ans, a corrompu l'esprit des artistes et perdu le génie de la nation. Or, quel moment choisit-on pour faire ces avances au romantisme? Le moment même où le romantisme, déserté de toutes parts par les générations nouvelles, s'affaisse sur lui-même et croule. C'est quand il est mort qu'on le proclame roi.

Ainsi l'école classique avait appris à n'aimer, en peinture, que la correction des contours et à n'être sensible, en fait de beauté, qu'aux types réalisés par la statuaire antique ou la renaissance italienne. On va enseigner, comme les romantiques, que l'art de la peinture, loin d'avoir pour limite un certain type de dessin, ne se borne pas au dessin lui-même; qu'il renferme, avec le coloris et l'effet, la reproduction des passions, des lieux et des temps; que toute l'histoire est de son domaine, et non simplement une époque de la durée; — à moins toutefois qu'on ne préfère plier toute une génération à faire de la peinture militaire. Eh bien! entre cet enseignement et les aspirations actuelles, il y a trente ans de distance. Ni les jeunes hommes de cette génération ne sont enclins à la peinture militaire, ni ils

n'ont conservé les tendances archaïques ou pittoresques de leurs aînés. Leur idéal est assujetti à l'expression de la société qui les entoure ; ils y sont
poussés par un instinct naturaliste qui se décide chaque jour. La défroque du moyen âge n'est pas plus
leur affaire que les briques cassées du musée Campana.

XXV

EXPOSITIONS LIBRES ET EXPOSITIONS RÉGLEMENTÉES

I

Dans les jours qui précédèrent le dernier Salon, le bruit s'étant répandu que le jury, comme un nouvel Hérode, faisait massacre des paysagistes et des peintres de genre, une immense clameur s'éleva du sein de la gent artistique. Réclamations, protestations, suppliques, condoléances. Les victimes allaient dans Paris, montrant leurs plaies saignantes comme autrefois ce vieillard du Forum, et cherchant à intéresser la foule à leur misère. De plus hardis tinrent conciliabule, et trouvant dans l'Institut même du renfort contre l'Institut, se résolurent à une démarche décisive. On pétitionna. MM. Ingres, Delacroix, Flandrin et d'autres, donnèrent leur apostille. D'Hérode on en appelait à César.

De toute cette agitation résultèrent deux choses :

l'exposition des œuvres refusées, la rédaction d'un règlement nouveau.

L'exposition des œuvres refusées est un fait tombé dans l'histoire. Ses conséquences sont épuisées aujourd'hui; je n'y reviendrai pas. La publication du règlement nouveau intéresse l'avenir : il y a lieu d'examiner le sens et la portée des réformes qu'il contient.

Mais, auparavant, deux mots d'histoire sont nécessaires.

II

En 1849, M. Léon Faucher étant ministre et M. Charles Blanc directeur des Beaux-Arts, le jury fut, aux termes du règlement, nommé à l'élection. Les artistes exposants étaient les électeurs. En ce temps-là, l'action du pouvoir central sur l'art était nulle. Le jury, libre produit des suffrages de la corporation, était souverain. L'administration était reléguée au rang inférieur. — Ce fut lors de la distribution des récompenses qu'on vit les excellents effets de cet heureux système. Que d'encouragements intelligents! Que de réparations attentives! Jules Dupré, le grand paysagiste, qui avait renoncé à exposer depuis 1839, fut décoré; et aussi Flers, un des doyens du paysage, qui n'avait encore qu'une seconde médaille ; et Troyon, le puissant naturaliste, et Raffet, le crayonneur populaire. On donna une médaille de 1re classe à Tassaert, qui l'attendait depuis 1838 ; à Théodore Rousseau, qui, pour toute récompense, n'avait encore qu'une 3e médaille obtenue en 1834. Courbet, Préault eurent des médailles de 2e classe ; Bonvin, Lavieille, des médailles de 3e ; M. Cavelier, pour la *Pénélope endormie*, avait remporté la médaille d'honneur.

En 1850, nos libertés publiques s'affaissant de tous côtés, le contre-coup se fit nécessairement sentir dans l'art. Voici de quelle manière la réaction se produisit. Le pouvoir laissa à l'élection le droit d'admettre ou de rejeter les œuvres, droit insignifiant en lui-même ; mais il s'empara du droit formidable de récompenser les artistes. En effet, deux jurys furent installés, l'un d'admission, nommé, comme l'année précédente, par les artistes exposants ; l'autre, de récompenses, composé de trente membres, dont treize à l'élection et dix-sept à la nomination du ministre de l'intérieur. — Cette majorité de quatre voix assurait à l'État la faculté d'encourager ou de décourager, au gré de ses vues particulières, les individus et les genres. C'est le premier empiétement ; il importe de le noter.

En 1852, après le coup d'État du 2 décembre, il
n'y avait plus de mesure à garder. L'accaparement
de toutes les forces sociales par le gouvernement
devient le programme de la politique nouvelle. Poursuivant en art l'accomplissement de ce programme,
l'État met du même coup la main sur les admissions
et les récompenses. Un seul jury fonctionnera,
nommé, il est vrai, moitié à l'élection et moitié au
choix du ministre ; mais la présidence des sections
donnée au directeur des musées ou à ses délégués,
assure la prépondérance à l'administration, qui reste
ainsi directrice unique et souveraine maîtresse. Le
système est définitivement établi. M. de Niewer-
kerke, dans le discours qu'il prononça lors de la
distribution des récompenses, ne chercha pas à en
atténuer le caractère : « L'administration a senti, —
ce sont ses paroles, — la nécessité de conserver son
action dans la composition du jury pour l'interposer
entre les rivalités d'écoles et l'opposer à des com-
plaisances de confraternité qui vicieraient son institution salutaire. Elle a voulu surtout conserver son
action pour constater l'intervention du gouvernement qui récompense au nom du pays, et doit
se charger d'une mission non moins importante,
celle de décourager les fausses vocations et les
faux talents qui obstruent toutes les voies ou-

vertes à l'art au détriment des vrais artistes. »

Ainsi l'administration tiendra dans ses mains le sort de l'art et le sort des artistes. Elle s'établit juge suprême. Elle s'arroge le droit d'accepter ou de repousser les œuvres, d'encourager ou de décourager les hommes, de faire le bien-être ou la misère, de provoquer la reconnaissance ou le désespoir. Une esthétique infaillible, dont l'axiome premier est que les arts sont faits pour servir à la splendeur des trônes, la garantit contre toute erreur.

Cependant le règlement portait la trace d'un semblant de liberté, grâce au droit qu'avaient conservé les artistes de concourir à l'élection de la moitié du jury. Ce vestige disparaît en 1857. A partir de cette époque, le jury fut composé des quatre premières sections de l'Académie des beaux-arts, ce qui ne pouvait manquer de profiter aux doctrines autoritaires.

Depuis ce jour, les règlements n'ont différé entre eux que par quelques détails sans importance.

III

Le nouveau règlement, donné comme une satisfaction complète aux légitimes réclamations des temps derniers, opère dans le régime des expositions une transformation considérable. Il établit les expositions annuelles, réduit à deux le nombre des envois, supprime les diverses catégories d'exempts, maintient le Salon des refusés, met fin à la mission de l'Institut, rend en partie à l'élection le choix du jury, crée une classe privilégiée d'électeurs, installe un nouveau système de récompenses, etc. Au premier abord, il semble que l'art et les artistes aient tout gagné; je demande à démontrer qu'ils ont moins gagné que perdu; que ces réformes, toutes radicales qu'elles paraissent, empirent la situation au lieu de l'améliorer.

« Le jury sera composé pour les trois quarts des membres élus par les artistes exposants et *déjà récompensés*, et, pour le dernier quart, de membres choisis par l'administration. »

Cet article contient la démission de l'État comme puissance dirigeante. Tout l'échafaudage de concentration artistique, qu'on avait mis dix ans à dresser, s'écroule d'un seul coup. L'État renonce à juger du mérite des œuvres, soit pour l'admission, soit pour les récompenses. Il ne songe plus, comme en 1852, à encourager ceci ou à décourager cela. Il s'en remet aux artistes des destinées de l'art. C'est bien. Mais pourquoi chercher à retenir d'une main ce qu'on donne de l'autre? Pourquoi ce dernier quart de membres choisis par l'administration? Pourquoi, surtout, dans une matière où l'égalité des intérêts fait l'égalité des droits, une classe de parias, déchue de toute participation au vote? « Auront le droit de prendre part à l'élection du jury, les artistes déposants, membres de l'Institut ou décorés de la Légion d'honneur, ou ayant obtenu, aux précédents Salons, des médailles de 1re, 2e ou 3e classe. » Ceux-là auront le droit de choisir leurs juges; les autres ne le pourront pas. Et qui sont les autres? Les jeunes, les nouveaux venus, ceux qui sont les plus nombreux et contiennent en eux l'avenir de l'art; qui, plus que les anciens peut-être, ont besoin de justice et d'équité. Ils demeureront sans droit, seront considérés comme vile multitude, bétail, troupeau. Combien plus libérale et plus sage était la disposition du règlement de 1849, qui faisait de tout exposant un électeur!

« Une seule espèce de médailles, de la valeur de 400 fr., sera décernée. Nul ne pourra être proposé pour la décoration s'il ne l'a obtenue trois fois. » Il est difficile de se rendre compte de la pensée qui a amené cette innovation. Mais on peut prévoir que l'uniformité des récompenses imposée à des talents de degrés divers aura pour premier effet de nous abu-

ser sur le mérite comparé de nos artistes et jettera
une confusion de plus dans l'esprit déjà si confus du
public. Le système hiérarchique des trois médailles
était plus rationnel, par conséquent valait mieux.
Quant à la seconde partie de la disposition, elle est
excellente. En feuilletant le livret en effet, on trouve
des noms d'artistes, comme ceux de MM. Ch. Giraud,
peintre ; Gustave Doré, peintre et dessinateur ; Ba-
dion de Latronchère, sculpteur, qui ont été décorés
sans jamais avoir obtenu médailles d'aucune sorte.
Ces énigmes nous seront épargnées.

« Chaque artiste ne pourra envoyer à l'Exposition
que deux ouvrages. » N'est-ce pas mettre de pair la
paresse et le travail, l'impuissance et la fécondité ?.
Sans compter l'objection restée jusqu'à ce jour sans
réponse : dix tableaux de Meissonier tiennent moins
de place et intéressent plus qu'une bataille de
M. Yvon.

Mais le point grave entre tous, celui qui suffirait
à lui seul pour faire tomber le règlement de 1863
au-dessus de ses aînés, le voici : « Toute œuvre
envoyée à l'Exposition sera soumise à l'examen du
jury..» Ainsi, plus d'exempts. Membres de l'Institut,
décorés, médaillés de première comme de deuxième
classe , tout le monde redevient écolier. Vous
n'avez jamais fait vos preuves, vous n'avez jamais

gagné vos éperons. Il vous faut tous les ans, petit collégien, comparaître devant vos maîtres et répondre à satisfaction ou subir la férule. Raphaël vivrait, Raphaël subirait cette humiliation comme vous! Est-ce seulement une humiliation? n'est-ce pas un danger? Combien d'artistes attendent avec impatience l'heure où une médaille enfin les émancipe, les délivre, pour prendre possession de leur originalité vraie! Combien se soumettent à faire de la peinture à la façon du jury, rêvant, une fois exemptés, d'en faire pour eux-mêmes et à leur façon? Le pourront-ils désormais? Non. Pas d'émancipation, pas de délivrance. L'examen hier, l'examen demain, l'examen toute la vie. L'artiste est un pupille dont la majorité ne commence qu'à la mort.

Je sais bien que, grâce à cette disposition, nous aurons parfois la joie de voir exclure certains fruits secs, qui sont parvenus aux honneurs on ne sait pas par quels chemins. Si elle eût été en vigueur lors du dernier Salon, par exemple, nous aurions vu en pleine salle des Refusés, à côté des *Chevaux* de M. Brivet-le-Gaillard, la *Famille Barron*, de M. Pingrey, un chevalier, et vraisemblablement l'œuvre entière de M. Gudin, un commandeur. Mais, pour un si petit avantage, que de graves inconvénients! Ne craignez-vous pas que de véritables artistes se lassent à la fin d'exposer chez vous? Comment ceux dont la réputation est faite courraient-ils bénévolement le risque d'un refus? Vous avez déjà perdu M. Ingres, qui n'expose plus; Troyon, qui n'expose plus; Rosa Bonheur qui n'expose plus. Craignez, par cette menace suspendue sur toutes les têtes, les plus hautes comme les plus infimes, de perdre encore Corot, Daubigny, Courbet, Fromentin, Millet et quelques autres, qui sont l'unique éclat de vos Salons appauvris.

Mais, je ne me trompe pas, c'est bien M. le comte de Niewerkerque qui disait, en 1852, à la tribune du Palais de l'Industrie : « Si le nouveau règlement a conservé aux membres de l'Institut et aux artistes décorés de la Légion d'honneur l'affranchissement des examens du jury, c'est qu'*il nous a paru impossible* de mettre en discussion le talent de tant d'hommes arrivés à la plus haute dignité de l'art, ou qui ont reçu la plus haute récompense. Il nous a semblé qu'ils devaient être protégés par leur passé contre toute autre appréciation de leur talent que celle qu'ils viennent demander eux-mêmes au public. »

Comment se fait-il que ce qui, en 1852, paraissait impossible à M. le comte de Niewerkerque, directeur général des musées, soit devenu, en 1863, non-seulement possible, mais réglementaire, M. le comte de Nieuwerkerke étant surintendant des beaux-arts?

En ce qui me concerne, je ne puis voir dans la disposition critiquée que l'un ou l'autre de ces deux effets : ou la mort de l'art par l'extinction de l'originalité en France, ou l'abandon en masse des expositions officielles.

IV

J'ai parlé, en commençant, du règlement de 1849. La vérité, dans cette matière délicate des beaux-arts, serait que le gouvernement, s'inspirant du libéralisme moderne, supprimât du même coup expositions officielles, jurys et récompenses, laissant aux artistes le soin de s'organiser entre eux, de faire leurs salons, et même de se médailler, s'ils trouvent à cet exercice de l'avantage ou de l'agrément. Mais ce serait de beaux cris, si quelque décret imprévu, coupant tout à coup la lisière, jetait l'art sur le pavé en lui disant : Sois libre ou meurs! Le ministère traîne après lui une armée d'artistes inutiles qui vivent de ses faveurs. Ce sont là les ateliers nationaux de la brosse et de l'ébauchoir.

Faudrait-il donc licencier cette armée, même au risque d'une bataille de juin dans l'art?

XXVI

LA FRANC-MAÇONNERIE ET LE MARÉCHAL MAGNAN

On me dit : Vous êtes trop sérieux. Vous nous parlez morale, fraternité, justice ; vous voyez toujours la philosophie des choses ; il faudrait un peu nous distraire et nous amuser. Quoique la vie de ce temps soit maussade et ennuyeuse, les événements n'y manquent pas qui prêtent à rire, et il est bon alors de faire dérider le visage des pauvres humains. Sans même arriver à la grosse gaieté, il est mille sujets intéressants sur lesquels, entre gens du monde, ou peut causer agréablement une heure ou deux.

Sans doute.

Ainsi, par exemple, cette semaine, c'est deuil dans les églises et fête dans les rues. Tandis que la promenade de Longchamp roule ses grands équipages, et glorifie à coup de chiffons et de toilettes la naissance du printemps, les prêtres se lamentent dans les églises de leur Dieu mort, et le *Stabat* de Rossini gémit sous la voûte des vieilles nefs. Une plume imagée et pittoresque trouverait de rares effets dans ces contrastes. Ce serait encore un thème amusant que la réception faite à cet avoué de Périgueux qui vient de rentrer chez lui, après avoir été roi un instant quelque part : royauté éphémère d'ailleurs, qui n'eut le temps ni d'octroyer sa charte, ni de nommer ses ministres, ni de prélever ses impôts, ni de contracter son emprunt. Un jour, pour s'être imprudemment endormi sous un arbre (les rois ne devraient jamais dormir), l'infortuné s'est vu emporter en croupe par des cavaliers ennemis, lui, ses rêves et tout son avenir. Pleurez, libéraux et chauvins ! le régime constitutionnel ne fleurira pas sur le sol fertile d'Araucanie ; la royauté périgourdine est morte dans l'œuf, et la dynastie d'Aurélie-Antoine Ier a fini avant d'avoir commencé. Elle a sa saveur aussi l'affaire Garcia-Calzado, qui nous a tout à coup révélé, au moment où nous y pensions le moins, les occupations favorites de notre jeunesse dorée. Quel type que celui de ce directeur du Théâtre-Italien rétribuant largement ses virtuoses ordinaires et leur regagnant ensuite au jeu les sommes que sa magnificence allouait à leurs talents ! Quelle note précieuse pour l'histoire morale du temps que les dépositions

15.

de ces jeunes gentilshommes réunis pour pendre une
crémaillère douteuse dans une maison dont ils sortiront dépouillés pour la plupart! Si nous voulions
fronder, ce qui est la forme la plus habituelle de
penser en France, nous songerions à cette statue
d'empereur romain qu'on a le projet d'inaugurer le
15 août au faîte de la colonne Vendôme. Le *Petit
Caporal*, dépouillé de la redingote grise, et transformé en dieu païen; c'est une apothéose inoppor-
tune, qui contrarie le sentiment populaire, et que ne
justifient d'ailleurs ni les nécessités de la politique
ni les conclusions de la véridique histoire, ni les
lois régulatrices de l'art moderne. Si nous voulions
nous enthousiasmer, et frémir, et pleurer, nous évo-
querions l'image de la Pologne sanglante, se rele-
vant désespérée contre ses assassins; nous raconte-
rions les combats de Langiewicz, ses triomphes, sa
rapide fortune et son rapide malheur; nous nous
arrêterions un moment devant la mâle figure de
l'ancien caporal au 7e léger, aujourd'hui comman-
dant le bataillon des zouaves polonais, François
Rochebrun, de Vienne en Dauphiné, dont quelques
journaux démocratiques faisaient, au début de la
guerre, M. le comte de Rochebrune; et plus longtemps devant la charmante silhouette de cette jeune
fille de dix-huit ans, mademoiselle Henriette Pusto-

wostoff, qui, la carabine en bandoulière et le revol-
ver à la ceinture, vivait au camp des insurgés, com-
battant comme un soldat, affrontant tous les périls,
et partage en ce moment la captivité du dictateur.—
Enfin, si nous voulions rire, nous penserions à la
joie que va éprouver M. Picot à exclure du salon
quelques pauvres diables de peintres réalistes ; ou
encore à la naïveté de MM. Enfantin, Pereire et Cie,
qui, après avoir mis pendant trente ans l'industrie
en coupe réglée, s'imaginent que l'heure est venue
de faire main basse sur l'intelligence, et ne se proposent rien moins que de mettre l'esprit en comman-
dite et d'ouvrir la Bourse des idées.

Mais un besoin plus pressant nous réclame. Voici
que, tout près de nous, sur un point qui ne semblait plus menacé, une liberté est en péril.

Nous sommes tous habitués, dans ce journal, à
jouer plus ou moins le rôle de pompiers. Quand le
feu éclate quelque part, nous y courons en hâte. Si
nous avons rarement la chance d'éteindre l'incendie,
du moins nous indiquons les moyens de salut, et,
autant qu'il est en nous, nous faisons preuve de
courage collectif et personnel.

Or, la franc-maçonnerie française est menacée,
par le seul fait de ses chefs, d'une mesure qui équi-
vaudrait pour elle à une abdication.

On raconte que M. le maréchal Magnan, grand-maître du Grand-Orient de France, vient de présenter au conseil d'État une pétition tendant à obtenir la reconnaissance de la franc-maçonnerie comme établissement d'utilité publique. Tous les membres du Conseil de l'ordre, moins un seul, qui a énergiquement résisté, auraient adhéré à cette demande en l'appuyant de leurs signatures.

Quels motifs ont pu amener, de la part du conseil de l'ordre et du grand-maître, une détermination aussi grave, détermination qui, si j'en comprends bien la portée, aura pour résultat immédiat de remettre la franc-maçonnerie aux mains de l'État, en d'autres termes, de réduire l'institution, en tant qu'institution libre, à néant?

Un besoin d'argent.

Il paraît que, du temps de sa grande-maîtrise, M. le prince Murat aurait prêté à la franc-maçonnerie, pour acquérir l'immeuble de la rue Cadet, où siége le Grand-Orient, une somme considérable. Aujourd'hui, M. le prince Murat réclame le remboursement de son avance; rien n'est plus légitime. Mais le Grand-Orient n'étant pas en mesure de se libérer, force lui est d'emprunter ou de vendre l'immeuble affecté à la garantie de la dette.

Le Grand-Orient a songé à emprunter. Il s'est

présenté à cet effet au Crédit foncier de France.

La Franc-Maçonnerie. — Consentiriez-vous, cher Crédit Foncier, à me prêter, sur l'hypothèque de ma maison, la bagatelle de 500,000 fr. que me réclame le prince Murat?

Le Crédit Foncier. — Qui êtes-vous, ma mie?

La Franc-Maçonnerie. — Je suis cette célèbre association d'hommes libres, également amis du riche et du pauvre, qu'on appelle la Franc-Maçonnerie.

Le Crédit Foncier. — Ces mots sont bien vagues : que faites-vous?

La Franc-Maçonnerie. — Notre institution a pour objet l'exercice de la bienfaisance, l'étude de la morale universelle, des sciences, des arts, et la pratique de toutes les vertus.

Le Crédit Foncier. — Où voulez-vous en venir?

La Franc-Maçonnerie. — A préparer entre les hommes l'universel accord. « Quand nous admettons un profane à nos mystères, nous ne lui demandons pas dans quelle Église sa naissance a été glorifiée, de quelle manière il a prié, à quel autel il a porté son encens. Nous nous informons seulement de ses mœurs, de sa conduite dans le monde. Nous lui parlons de Dieu comme de l'auteur de toute morale, de toute vertu, et nous laissons aux délégués du ciel

comme à sa conscience le soin et la liberté de lui définir cet être invisible qui se révèle à tous, même à
ceux qui ont le malheur de le nier. La morale que
nous lui prêchons est celle de toutes les religions,
celle qui s'applique à toutes les phases, à tous les
incidents de la vie humaine. La fraternité qui est
imposée par son initiative est celle-là même que le
Christ a commandée aux hommes (1). »

Le Crédit Foncier. — Vous ne me comprenez
pas. Vous savez bien que le capital n'a rien de commun avec la fraternité. Je ne prête pas sur des sentiments. Êtes-vous une société civile? avez-vous une
existence légale? pouvez-vous contracter, en un
mot?

La Franc-Maçonnerie. — Nous nous faisons
gloire d'être toujours restés en dehors des lois. Mais
nous avons marqué notre passage par des bienfaits
multipliés. Nos pères ont commencé par bâtir sur
toute la surface du globe les monuments que vous
admirez, ponts, châteaux, palais, hôtels de ville,
églises. Quand tout a été bien approprié pour la
demeure de l'homme, laissant la truelle pour l'idée,
ils ont prêché partout la tolérance et l'affranchisse-

---

(1) Viennet, *Réponse au maréchal Magnan.*

ment, et se sont appliqués à élever dans les âmes
et dans les cœurs le Temple intellectuel du progrès,
celui qui honore le plus la créature, et la fait semblable à Dieu, l'architecte suprême.

Le Crédit Foncier. — La philosophie est une
chose excellente, mais on n'a jamais prêté dessus.

La Franc-Maçonnerie. — J'ai pris part aux
combats de la liberté. Quoiqu'un roi absolu m'ait
donné une législation, j'ai lutté contre les rois abso-
lus et les ai fait reculer souvent. La Révolution étant
venue, j'avais cru mon œuvre terminée, et j'allais
abdiquer ; mais les événements m'ont bien vite for-
cée à reprendre mon rôle, et jamais peut-être je
n'ai été plus utile qu'aujourd'hui.

Le Crédit Foncier. — Le libéralisme est loua-
ble, mais il n'est pas coté à la Bourse.

La Franc-Maçonnerie. — Je suis une formidable puissance et vous plierai à mes lois dans l'avenir.

Le Crédit Foncier. — Des menaces ! Je suis,
moi, monsieur Capital roi du monde. Je ne cède
ni aux menaces ni aux prières. J'agis à bon escient
et ne connais que les garanties ; vous ne m'en appor-
tez pas.

La Franc-Maçonnerie. — Si les esprits sont
pacifiés et si vos valeurs circulent sans crainte, c'est
à moi que vous le devez.

Le Crédit Foncier. — L'ingratitude a toujours été le premier de mes droits et le plus saint de mes devoirs.

La Franc-Maçonnerie. — C'est votre dernier mot?

Le Crédit Foncier. — Mon dernier mot.

La Franc-Maçonnerie. — Bonsoir, Égoïsme!

Le Crédit Foncier. — Bonsoir, Frivolité! Ne pas comprendre qu'on ne peut pas prêter à une société non reconnue d'utilité publique! pécore!

Et M. le maréchal Magnan a déposé au Conseil d'État sa demande de reconnaissance.

Je ne soulèverai pas la question de savoir si le grand-maître, même aidé du conseil de l'ordre, avait le pouvoir d'agir ainsi sans le concours des loges, qui, seules, ont le droit de modifier le statut maçonnique. Mais quel besoin a la franc-maconnerie française d'être propriétaire de l'immeuble de la rue Cadet? Pourquoi ne le laisserait-elle pas vendre? Pourquoi ne se contenterait-elle pas, comme cent autres sociétés honorables, d'être simple locataire? Est-ce que les maçons du rite écossais sont propriétaires du local qu'ils occupent? Est-ce que le Jockey-Club, les Cercles, sont propriétaires des lieux où se passent leurs séances? Il faut pousser loin l'amour de la propriété foncière pour lui sacrifier ainsi le

meilleur d'une institution libérale. » Car, comme le
dit très-bien M. Delattre, un des brillants avocats
du jeune barreau, toute société qui obtient l'autorisation de l'État doit avoir ses statuts approuvés par
l'État; elle n'est plus liberté, elle est monopole;
ses agents sont quasi-fonctionnaires publics; elle
n'est plus égalité, elle est privilége; elle n'est plus
fraternité libre, spontanée, elle est assistance orga-
nisée, régularisée; elle est d'*utilité publique.* L'État
doit la surveiller sans relâche; elle est fermée aux
expériences progressives, filles de la liberté; elle
est cerclée dans ses statuts. »

Nous nous rappelons la belle attitude de M. Viennet, grand-maître du rite écossais, lors de la tentative centralisatrice de M. le maréchal Magnan.
Grâce à son énergie, le rite écossais fut sauvé. Ce
triomphe de l'honorable académicien sera d'autant
mieux apprécié, qu'aujourd'hui le rite auquel il
commande va seul conserver son indépendance, si
des avis influents ne viennent arrêter en temps utile
le Grand-Orient, en train de perdre la sienne.

XXVII

EUGÈNE DELACROIX

Des gardes nationaux, des fonctionnaires, quelques écrivains et quelques artistes, viennent de conduire au Père-Lachaise celui qui fut Eugène Delacroix.

Les crosses de fusils sonnant sur les dalles de l'église, les tambours étouffant sous le crêpe leurs roulements funèbres, l'uniforme et les épaulettes, des indifférents qu'une consigne a réunis pour une corvée : voilà comment nous concevons l'hommage à rendre à nos illustrations qui s'effacent. Parce qu'Eugène Delacroix était commandeur de la Légion d'honneur, nous avons rendu à son corps les honneurs militaires. Les honneurs militaires à l'artiste qui pour bouclier ne tint jamais qu'une palette, pour épée qu'un pinceau :

Nous ne savons pas enterrer nos morts !

J'aurais rêvé pour son ombre les hauts piliers et

les larges voûtes de Saint-Sulpice. Il eût paru équi-
table à tous, qu'avant le voyage d'où l'on n'en
revient pas, son cercueil vînt faire la halte suprême
dans la chapelle des Anges, que, vivante, sa main
avait décorée. Dans cette chapelle où son grand
esprit plane tout entier, les chants eussent été plus
religieux, le recueillement plus profond, l'enseignement plus solennel. L'ouvrier étant pour la dernière
fois mis en présence de l'œuvre, l'œuvre eût porté
un dernier témoignage en faveur de l'ouvrier. On l'a
conduit en pays ennemi, à Saint-Germain-des-Prés,
dans la nef dévolue à l'école contraire, au milieu des
roides inventions de l'art académique, qu'il avait
si énergiquement combattu :

Nous ne savons pas enterrer nos morts !

Les clochers n'ont pas ébranlé leurs sonneries; Paris ne s'est pas dérangé de ses affaires; la foule, qu'un
moindre accident ameute, n'est pas accourue faire
conduite à ce grand souvenir. Un artiste qui s'éteint,
épuisé de génie, pèse moins dans la cervelle populaire qu'un soldat qui meurt sous la balle :

Nous ne savons pas enterrer nos morts !

Le public spécial ne s'est pas plus ému que les
grandes foules. Sur les vingt mille artistes et les
soixante mille amateurs qui habitent cette capitale
du monde intellectuel, nous n'avons pas pu rassem-

bler, pour celui qui, pendant quarante ans, a charmé
notre esprit et nos yeux, de quoi faire un cortége
égal à ceux qu'ont trouvé des danseuses. On nous
avait vus six cents à l'église, nous n'étions plus que
deux cents au cimetière :

Nous ne savons plus enterrer nos morts !

Dans ce cimetière, au moment de la séparation
définitive, à l'heure plus douloureuse du *Consom-
matum est*, quand chacun, le plus indifférent même,
trouve au fond de son cœur les bonnes paroles qui
servent de viatique aux morts, un orateur n'a pas
craint, devant cette fosse ouverte et qui pouvait l'entendre, d'évoquer la pensée d'un rival heureux et
survivant :

Nous ne saurons jamais enterrer nos morts !

Celui qui vient de partir ainsi, seul ou presque
seul pour le monde inconnu, a eu, sa vie durant, les
plus grands bonheurs que, dans notre société mal
faite, puisse rêver cet être frêle et facile à briser, ce
qu'on nomme un artiste.

Enfant, il a trouvé dans sa famille, non ces hosti-
lités redoutables qui barrent le chemin à presque
tous, mais des encouragements attentifs. Jeune
homme, il a rencontré son conseil et son guide dans
celui-là même qu'il venait dépasser et faire oublier
peut-être. Homme fait, la faveur d'un ministre lui a

ouvert les chemins, livrant sans hésitation à la magnificence de cette imagination éminemment déco-
rative les grandes pages sans lesquelles il est difficile
au peintre de forcer le pas de la postérité. Géricault
pour initiateur, pour protecteur M. Thiers, sans
compter l'aisance qui affranchit de la triste nécessité
de déserter son propre goût pour flatter celui du public ou du pouvoir, — il avait réuni tout cela dès
l'âge de trente ans; et ce n'était pas encore assez. On
eût dit que quelqu'un prenait soin de sa destinée et
aplanissait tout devant elle. Il vit tomber Géricault
avant même d'avoir effarouché sa jalousie par d'inquiétants succès, et disparaître avec lui le seul grand
obstacle de son avenir. Il resta roi et maître du mouvement nouveau commencé par ce grand homme.
Par surcroît, il lui fut donné de développer sa libre
action à une époque éminemment propice, où les
passions étant surexcitées à l'excès, les dénigrements montaient à la hauteur des enthousiasmes; et,
nous le savons, plus que les enthousiasmes mêmes,
les dénigrements sont fabricateurs de gloire. Enfin,
quand il est mort, son rôle semblait fini; sa main
mollissait, inhabile et incertaine; son talent était
expiré avant lui : ne le plaignons donc pas.

Je n'ai pas connu Eugène Delacroix. Ce que je
pourrais dire de son caractère et de sa vie ne m'étant

pas personnel, devient de peu d'intérêt. Les journaux, depuis huit jours, émiettent en anecdotes sa biographie, qui a été faite vingt fois. L'existence d'un artiste, d'ailleurs, n'est-elle pas son œuvre elle-même ?

Quelle fut pour Eugène Delacroix, la première impression, le premier choc révélateur !

Un jour de sortie, il vit, petit collégien naïf et enthousiaste, notre musée du Louvre, tout resplendissant des immortels chefs-d'œuvre arrachés à l'Italie, à la Flandre et à l'Espagne par nos armées victorieuses. Cette vision lui resta dans le cerveau, il en fut comme ébloui ; à partir de ce jour, sa vocation de peintre était décidée.

A dix-huit ans, il entra dans l'atelier de Guérin, où avaient déjà passé Ary Scheffer et Géricault, ses aînés.

A cette époque, un grand mouvement se préparait. L'école classique, quelles que fussent ses éminentes qualités, ne répondait plus aux aspirations des esprits. « Elle avait conduit toute une génération, dit très-bien M. Ary Scheffer, à n'aimer, en peinture, que la correction des contours ; à n'être sensible, en fait de beauté, qu'au type des statues et des bas-reliefs antiques. Tout cela ne pouvait durer qu'un temps, parce que l'art de peindre, loin d'avoir pour borne un certain type de dessin, ne se borne pas au dessin lui-même ; qu'il renferme encore le coloris, l'effet, la reproduction fidèle des passions, des lieux, des temps ; que l'histoire tout entière, et non pas seulement quelques siècles, entre dans son domaine. Après avoir contemplé jusqu'à satiété des figures grecques et romaines, le public, blasé sur ce plaisir, ne pouvait manquer d'en désirer d'autres. » Ainsi la nouvelle école formulait ses désirs ou ses rêves. On n'attendait plus qu'un cerveau et une main pour en tenter la réalisation. On n'attendit pas long-temps.

Dante et Virgile aux enfers (1822), *le Massacre de Scio* (1824), montrent jusqu'à quel point Eugène Delacroix partageait ces idées et quelle ardeur il allait mettre à en poursuivre le triomphe. Au point de vue du talent, ces deux ouvrages ne le cèdent peut-être à aucun de ceux de son âge mûr, et aujourd'hui encore ils résument son art tout entier. De plus, *le Massacre de Scio* a cet avantage qu'il fut le vérita-ble manifeste de la jeune école et engagea tout à fait la guerre. Le tableau de *Dante et Virgile* avait ému l'Académie et partagé les peintres, mais il n'avait guère remué le public. *Le Massacre de Scio* amena, dans le journalisme et dans l'opinion, une explosion violente. Les esprits se partagèrent en deux camps : le feu commença sur toute la ligne.

Quels étaient les principes générateurs de cette -peinture, sans analogie dans notre histoire, et qui dut paraître si exceptionnelle aux contemporains? C'est ce qu'on n'a jamais bien examiné. Pourtant une psychologie soigneuse y démêle, à distance, un certain nombre d'éléments étrangers au génie natif de l'artiste : d'abord le souvenir de Rubens, toujours présent dans l'œuvre de Delacroix; puis les enseignements entendus de Géricault, qui avait déjà exposé son *Radeau de la Méduse* (1819); enfin, par-dessus tout, l'influence de Constable, le peintre anglais. On sait en France que Delacroix fit avec Géricault le voyage d'Angleterre, et que, d'ailleurs, les tableaux de Constable firent celui de Paris. Mais on ne sait pas assez que le premier signal d'émancipation contre la doctrine académique fut donné en Angleterre par Constable; que la révolte, puissamment appuyée par Turner et Bonington, passa le détroit pour venir s'implanter chez nous. Seulement, par une de ces fantaisies ironiques, comme s'en permet quelquefois l'histoire, le grand naturalisme de Constable, en pénétrant sur la terre de France, fut embrasé des feux de l'imagination qui régnait alors en souveraine, et devint le Romantisme.

J'explique la formation d'une individualité; je

n'entends ni la contester, ni l'amoindrir. Quelle que
soit la diversité de ses attaches, ou, si l'on aime
mieux, les correspondances mystérieuses de son
génie, Eugène Delacroix est surtout lui-même. Les
éléments Rubens, Géricault, Constable, et tous autres antérieurs, absorbés et assimilés, disparaissent
dans l'unité étroite de sa personnalité vigoureuse et
solitaire.

Ce tempérament artistique étant ainsi conçu,
l'époque étant à ce point favorable, l'œuvre révolutionnaire dut marcher promptement. A chaque coup
un scandale : *Le Christ au jardin des Oliviers,*
Justinien, Marino Faliero, Sardanapale. On alla
si vite, grâce à l'enthousiasme de la jeunesse, que,
n'était le vigoureux point d'arrêt imprimé par M. Ingres, on aurait eu raison en quelques années de
l'ennemi : 1830 aurait emporté du même coup le
trône et l'école. Mais, comme je ne fais pas de biographie, je ne veux non plus me laisser entraîner à une
énumération d'œuvres.

Comment jugerons-nous l'ensemble de ce mouvement accompli il y a une trentaine d'années, et complétement épuisé aujourd'hui?

Par un seul mot qui contient bien de la philosophie : révolutionnaires vis-à-vis de l'école classique qui les avait précédés, Delacroix, Ary Scheffer,

Decamps et les autres, demeurent réactionnaires au regard du Naturalisme qui survient. Le Naturalisme leur fait ou va leur faire la même guerre qu'ils ont faite à leurs devanciers. Ainsi le veut la loi qui préside à l'évolution des idées.

Eugène Delacroix, par son intelligence, sa fierté, les allures particulières de son génie, occupe la première place dans cette aventureuse légion. Maintenant que le voilà tombé avec tous les autres, devons-nous le juger? Il n'est pas encore temps. Dire qu'Eugène Delacroix était un merveilleux artiste, le mieux doué, le plus complet, le plus intéressant de tous les artistes contemporains, c'est facile, car tous sont là-dessus d'accord. Le monde dans lequel il nous promène et qu'il a animé de son pinceau, nous tient au cœur et à l'esprit par toutes les fibres de la poésie et de la sensibilité. Dans cette interprétation des grands écrivains modernes, le peintre s'est toujours montré au niveau du modèle inspirateur, magnifique d'intuition, ayant la verve, l'entrain, l'audace, comprenant la scène, composant les groupes, entendant le tableau, de façon à étonner le poëte lui-même.

Mais dire que, s'il fut immense comme artiste, il n'a été qu'un moraliste médiocre et un praticien inférieur, c'est aller un peu loin peut-être pour la vive douleur de ceux qu'il laisse derrière lui.

Qu'on me laisse cependant proposer mes doutes.

L'œuvre d'Eugène Delacroix sort du rêve et non de la réalité. Le peintre a fermé les yeux devant la nature, pour ne regarder qu'au dedans de lui-même. La conscience est troublée de ces excitations constantes à la sensibilité et au mysticisme, qui constituent le fond et la forme de l'œuvre romantique. Le peintre a été poëte, il a mordu au fruit corrupteur de l'idéal, il a vécu dans l'imaginaire. Quant à son époque, — c'est-à-dire à ce point précis de l'espace et du temps, qui, pour le peintre, est le vrai, le sensible, le réel, le seul côté par où la vie universelle tombe dans l'art de la peinture, — il ne ne la connut point, il ne voulut point la voir. La société contemporaine lui échappa et passa inaperçue devant lui. Je me trompe; il s'en est souvenu une fois, deux fois; il a fait *la Liberté guidant le peuple à la barricade*, et c'est un chef-d'œuvre; il a fait l'esquisse de *Boissy d'Anglas*, et c'est encore un chef-d'œuvre.

Comme praticien, son dessin a été insuffisant. Je n'en conteste ni l'énergie mouvementée ni l'exactitude savante; mais il n'est savant que dans les masses et manque absolument de correction dans

les détails. Quant à sa couleur, tout le monde sera
forcé de reconnaître avec moi qu'elle a été excessive. Elle est de plusieurs tons au-dessus de la couleur vraie. Quelle que soit l'harmonie de ses gammes, elle a pour effet premier de blesser et de fatiguer les yeux sains. Si la nature était coloriée selon cette façon de cachemire de l'Inde, nos myopes et nos presbytes pourraient peut-être y vivre, mais nous, qu'aucune ophthalmie n'afflige, nous demanderions à Dieu un changement de planète.

XXVIII

Un éditeur offrant à dîner à son auteur, c'est un
fait qui, sans être journalier, semble n'avoir rien de
particulièrement remarquable. Pourtant, la Belgique
a su fixer cette semaine tous les yeux du monde intellectuel sur un repas de ce genre. C'est qu'aussi ce
repas n'avait rien d'ordinaire. C'était un royal banquet offert au roi de la poésie lyrique par les rois de
la librairie internationale. L'apparat était grand, la
mise en scène splendide, et, pour convives, on avait
les princes de la plume. Parmi ces princes, il y avait
bien, à la vérité, quelques petits ducs de lettres, un
ou deux comtes frelatés, de minces chevaliers, plusieurs aventuriers sans blason : gens de peu qui se
glissent partout, et qu'on eût pu remplacer sans péril
pour la dignité de l'assemblée. Mais le reste était de
bon choix; et, à tout prendre, il y avait de publi-

16.

cistes honorables, d'historiens célèbres, de penseurs
éminents, quantité suffisante pour illustrer une illustre réunion. Ce n'est donc point miracle que les
convives nous soient revenus éblouis, émerveillés,
subjugués. Chacun a fait son récit, qui à ses amis,
qui au public, celui-ci dans le simple genre descrip-
tif, celui-là sur le mode dithyrambique, tous selon
la sensibilité de leur nature et leur faculté d'exalta-
tion. Pour nous, qui de ces cris, de ces bravos, de
ces toasts, de cet enthousiasme et de ce bruit n'a-
vons eu que le retentissement lointain, mais qui
complétons par les récits intimes les lambeaux de
discours apportés par la presse, nous estimons cette
journée bonne pour la libre pensée. Ces fêtes de
l'esprit seront toujours trop rares, et nous envions
à la Belgique d'avoir pu donner ce spectacle au
monde.

Pourquoi faut-il qu'un incident grave soit venu
jeter une ombre sur ce rayonnement splendide?

Le jour où, dans cette maison de Bruxelles trans-
formée en palais, se réunissaient ces écrivains, ces
journalistes, ces publicistes, ces penseurs, « l'honneur des lettres et l'honneur du continent civilisé, »
à l'heure où Victor Hugo, saluant la pensée dans
ses représentants, portait un toast à la presse, « à
sa puissance, à sa gloire, à son efficacité, à sa liberté

ici, à sa délivrance là, » — ce même jour et cette même heure, dans une rue du même Bruxelles, par une populace ameutée et hurlant des menaces, la liberté de la presse était méconnue, le devoir de l'hospitalité violé, à l'encontre d'un autre écrivain français, qui ne le cède en illustration à aucun de ceux que le banquet avait groupés, et qui, si notre admiration ne nous trompe, restera comme un des plus intelligents, des plus libéraux, des plus beaux génies de notre siècle.

Quoi! dans la même ville, dans le même moment, une telle contradiction! Ici la phrase, là le fait. La phrase vaniteuse dit : « Je suis le droit, et j'affranchis; » le fait ironique répond : « Je suis la force, et j'opprime. » Et la phrase n'a pas même pu évoquer le fait à sa barre pour le condamner et le flétrir!...

Tout le monde comprend que je veux ici parler de Proudhon et de la manifestation violente qui vient de mettre fin à son séjour en Belgique. Cet épisode est curieux et instructif pour les éducateurs du peuple. J'ai le dossier dans les mains. Je demande la permission de le faire passer rapidement sous les yeux du lecteur. Je ne me propose qu'une chose : exposer l'affaire et mettre chacun à même de conclure.

Dans un article ayant pour titre : *Mazzini et l'unité italienne*, publié, le 13 juillet 1862, par le *Journal de l'Office de publicité*, Proudhon, tout en ménageant la personne de Mazzini, avait combattu sa politique et démontré :

« Que l'unité est un principe essentiellement monarchique, militaire et bourgeois, et que si, par une inconcevable condescendance de l'empereur des Français, cette fantaisie italienne venait à se réaliser, elle conduirait l'Italie à un système combiné de prétorianisme et d'exploitation qui mettrait la plèbe dans un état pire qu'auparavant ;

« Qu'en toute cette affaire, la démocratie italienne, présomptueuse autant qu'impuissante, jalouse d'agir seule, avait manqué à la solidarité européenne et fait acte d'égoïsme ;

« Enfin, que le résultat le plus clair de toute cette utopie serait de faire rétrograder la réforme économique et sociale, dans toute l'Europe, de dix et peut-être de cinquante ans. »

On peut ne point partager ces opinions, mais on doit reconnaître que Proudhon était dans son droit en les formulant même avec vivacité et passion.

Deux mois s'écoulent. Les événements ont marché. L'œuvre préparée par Mazzini, Garibaldi a tenté de la mettre à exécution. Il a échoué. Les parties sont replacées dans leur état primitif. Proudhon publie alors un second article (7 septembre) intitulé : *Garibaldi et l'unité italienne.*

Dans cet article, il commence par mettre en dehors de sa critique la personnalité de Garibaldi : « Ai-je besoin de dire que je rends le plus sincère hommage au caractère de Garibaldi, à son dévouement chevaleresque, à sa haute probité? Voilà un homme qui ne marchande pas ses services et qui sait se sacrifier pour une idée. Défenseur de Rome en 1849, vainqueur à Marsala en 1859, conquérant du royaume des Deux-Siciles en 1860 par la seule puissance de son prestige, d'une simplicité antique dans la vie privée, Garibaldi, de sa personne, est hors d'atteinte; sa vertu défie la calomnie. Ceux qui le traitent de flibustier, de condottière, se déshonorent eux-mêmes. »

Puis, laissant là l'homme pour juger le rôle, il reprend au point où les événements l'avaient laissée la question de l'unité italienne; et, au triple point de vue de la procédure suivie par les unitaristes, de la physiologie italienne et de l'intérêt français, la juge et la condamne.

Qui y a-t-il là, me direz-vous, qui ait pu émou-

voir les Belges ? Rien encore, mais j'y arrive. Après
avoir démontré que la constitution de l'Italie en
puissance unitaire est une atteinte et un danger pour
la France, le logicien prophète en arrive à accuser
l'imprévoyance de certains États (la Belgique entre
autres), dont la sûreté n'est rien moins que garantie
et qui demandent à grands cris cette constitution.
Car, raisonne-t-il, la France ne peut se laisser
amoindrir. Elle ne quittera pas Rome, elle ne laissera pas l'unité italienne se faire sans exiger des
compensations. Ici, je cite : les paroles deviennent
brûlantes.

« Qui sait si une semblable éventualité n'entrait
pas dans les prévisions de Garibaldi ? Rien n'est
égoïste comme la nationalité ; rien de moins scrupuleux que la passion unitaire. On a beaucoup déclamé,
dans ces dernières années, contre l'insolence des
partages de Vienne ; mais laissez faire l'unité et les
nationalistes, et vous en verrez bien d'autres. Laissez
s'achever l'empire italien, et bientôt vous verrez la
presse libérale et démocratique de France faire volte-
face et mettre à l'étude l'annexion de la Belgique.
Que répondrez-vous, braves journalistes belges, qui
ne savez qu'emplir vos colonnes de tartines parisiennes, écrites entre deux choppes, quand, vous
prenant par vos propres raisonnements, on vous

sommera d'accorder à l'unité française ce que vous
avez su si bien réclamer pour l'unité italienne ? Vous
avez reconnu le royaume d'Italie, vous dira-t-on ;
vous vous êtes conséquemment, dans une certaine
mesure, engagés pour lui. Vous avez contribué à
l'unité italienne par vos suffrages, et forcé, autant
qu'il était en vous, la main du cabinet des Tuileries.
Or, l'unité italienne a pour conséquence obligée la
consommation de l'unité française ; et, déployant
sous vos yeux la carte de l'Europe, posant le doigt
sur la ligne noire, qui de Bade va à Rotterdam, on
ajoutera : Cette unité, la voilà !... »

Plus loin, l'ironie se mettait de l'affaire, l'ironie
proudhonienne, dont le *Représentant du peuple* et
la *Voix du peuple* nous ont donné tant d'exem-
ples :

« Osez, sire, comme disait Mazzini à Victor-Emmanuel, osez, et le Rhin, le Luxembourg, la Belgique, la Hollande, toute cette France teutonique,
l'antique patrimoine de Charlemagne, est à vous.
Elle vous est due par titre impérial, et comme in-
demnité de ce que vous venez de faire à la requête
de l'Europe, pour l'Italie. Qui vous résisterait ? Le
Rhin, depuis Boileau, n'est plus ennemi du nom français ; le Rhin allemand ne comprend goutte à la politique du roi de Prusse... La Belgique vous attend,

il faut le croire : là comme chez nous, et plus encore que chez nous, le peuple jeûne et rêve, la
bourgeoisie digère et ronfle, la jeunesse fume et fait
l'amour, le militaire s'ennuie, l'opinion reste vide,
et la vie politique s'éteint. Déjà le commerçant et
l'industriel ont supputé ce qu'ils gagneraient à l'annexion ; l'ouvrier croit facilement à une augmenta-
tion de salaire ; le clergé ne sera pas fâché que vous
le délivriez des criailleries des libéraux ; les représentants, etc... Mais peut-être serait-il préférable,
plus utile, plus moral, plus conforme à l'esprit du
siècle, plus digne de vous et de la France, de mettre
le comble à votre générosité en donnant à l'Europe
le signal du désarmement, et en cherchant à conquérir la suprématie par une politique de travail, de
justice, et de régénération sociale. Ce serait une
gloire comme une autre. A vous, empereur, d'a-
viser... »

Et, ceci étant dit, il s'est trouvé un Belge pour
accuser Proudhon d'appeler les armées de la France
au sac et à la ruine de l'indépendance belge et d'ouvrir aux Français les portes de la Belgique. Non
content de se tromper aussi lourdement sur le sens
de paroles écrites en pur français, il nous a rappelé
fièrement que la Belgique avait vaincu la France à
la bataille de Courtray, et a convoqué, dans une pé-

roraison éloquente, ses concitoyens à protestation :
« Il ne s'agit pas de faire des discours, mais de protester sur l'heure. »

C'était juste le fait de cet homme à qui vous diriez :
— Pardon, monsieur, il y a un puits près de vous, —
et qui vous accuserait de vouloir l'y jeter. On prenait
un avertissement pour une menace.

L'appel a été entendu ; et le mardi 16 septembre, le soir même du banquet et du toast à la
liberté de la presse, une bande ameutée est venue, drapeau en tête et chantant *la Brabançonne*,
jeter ses menaces aux fenêtres de l'écrivain bon
conseiller.

Nous devrions condamner, comme le bourgmestre
de Bruxelles, cette intervention de la force brutale
dans des questions hors de la compétence populaire
nous devrions répéter sur une telle méprise le
mot de Lucrèce : *O miseras hominum mentes !
ô pectora cœca !* Mais M. Proudhon donnera mieux
que nous la valeur morale de l'acte dont il a été
la victime ; il distribuera le blâme avec plus de
justice.

Attendons la brochure qu'il prépare, et conten-
tons-nous, pour fournir aux ignorants de la langue
et de l'esprit français un nouvel exemple de phra-
séologie à surprise, de dire : Heureux les Belges !

17

Heureux les peuples qui n'ont point appris sous le fouet du despotisme à aiguiser leur dialectique, et à utiliser dans les querelles politiques l'acide brûlant de l'ironie !

XXIX

SAINTES EN SAINTONGE

Depuis un mois que j'ai quitté Paris, j'ai perdu le
fil des événements et des idées. Je ne sais plus rien
de ce qui s'agite dans la grande ville. Où en sont les
lettres, les arts, la politique, toutes les choses que
nous aimons? Le grand retentissement des *Misé-*
rables dure-t-il encore? Le succès de *Jésus au mi-*
lieu des docteurs va-t-il en décroissant? Victor
Hugo réussira-t-il à faire prédominer dans le roman
le pittoresque sur la physiologie? M. Ingres pour-
suivra-t-il sa réfutation par l'absurde de l'idéalisme
en peinture? A-t-on surpris les néo-grecs, en quête
de sujets, questionnant les étrusques du Musée
Campana? La diplomatie, affublée en baigneuse,
prépare-t-elle ses fourgons pour les eaux? C'est
vous, mes amis, qui me l'apprendrez : laissez-moi
vous parler du milieu où je vis, et des choses aimables qui m'entourent.

Aussi bien la campagne est vivante en cette saison. C'est l'instant où les animaux farouches, dont
parlait La Bruyère, se répandent dans l'herbe longue des prés. La faux marche seize heures de jour
sous un ciel embrasé. La sueur coule aux fronts hâ-
lés des travailleurs. La gourde, trop vite épuisée, a
été jetée à l'ombre à côté d'un reste de pain bis. Le
labeur tient toutes les têtes courbées vers la terre.
Mais les meules s'alignent plus pressées et plus
hautes. Tandis que le foin tombe dans la prairie, le
raisin se gonfle au versant des coteaux, sous l'abri
vert des pampres dentelés; tout à côté, dans les
champs, les blés attendant la faucille dressent leurs
épis lourds, et ondulent joyeusement, comme sous la
brise une mer d'or. Il y aura cette année à manger
et à boire pour tout le monde. Le paysan voit, éparses à l'entour de lui, ces richesses dont le sol était
depuis longtemps avare. Oublieux de l'implacable
soleil, il consulte la girouette du clocher voisin; et,
confiant dans sa fixité, suppute les bénéfices déjà
assurés de la récolte.

Temps béni, qui calme l'universelle attente, et,
en effaçant la crainte, rend tout d'un coup l'homme
meilleur !

Donc, je suis en Saintonge, en compagnie du maître peintre Courbet.

Connaissez-vous la Saintonge ?

C'est ce bout de terre qui borde, du côté de l'O-
céan, le bassin de la Charente : une miniature de
pays, auquel les Constituants durent coudre un lam-
beau contigu, l'Aunis, pour former l'étoffe d'un département entier.

Si le hasard des voyages ou des affaires vous conduit en cette contrée, prenez garde de vous y attar-
der. Comme certains lieux célèbres de la légende ou
de l'histoire, elle a un charme irrésistible et des at-
tirances singulières. Vous y étiez venu passer un
jour, vous y restez un mois; une semaine, vous y
demeurez un été; une année, on vous y enterrera.
C'est en petit ce que Paul-Louis Courier écrivait de
Rome : « Combien d'étrangers, qui n'y étaient venus que pour un hiver, y ont passé toute leur vie ! »

Rien n'est plus coquettement gracieux, plus mi-
gnonnement frais que la Saintonge.

C'est à vrai dire un pays de juste-milieu, aussi
éloigné de la symétrie que du désordre, pittoresque
toutefois entre ces deux extrêmes, mais d'un pittoresque aimable, facile et sans prétention. L'air y est
fait pour réjouir les poumons les plus fatigués. Le
ciel est de ce bleu lacté qui signale le voisinage
de l'Océan. Une brume légère et transparente voile
les horizons lointains, sans jamais noyer les détails

de la végétation. Les sites, toujours variés, s'enveloppent d'ombres mouillées et de tendres silences.
La ligne des terrains se noue et se dénoue avec grâce,
et, dans son déroulement ininterrompu, atteint
quelquefois la grandeur.

La Charente, qui baigne ce pays, en est l'image
heureuse et fidèle. Henri IV l'appelait « le plus joli
ruisseau de sa couronne, » sans souci pour la continuité de l'image dans le style. Figurez-vous un petit
fleuve que l'industrie n'a point asservi encore, et qui
jouit, entre tant de rivières laborieuses de la France,
du rare privilége de ne rien faire; un fleuve rentier,
n'ayant guère d'autre besogne que de traîner pares-
seusement au courant de son onde les lourdes ga-
bares chargées d'eau-de-vie qui descendent de Co-
gnac, ou celles qui y remontent avec la marée pour
remplir leurs futailles vides. Comme les mains des
oisifs sont blanches, les eaux de la Charente sont
limpides. Elle semble se complaire à se conserver
ainsi belle et propre. Et elle va doucement entre ses
rives chargées de fleurs, sans autre soin que de ré-
fléchir avec netteté tout ce qui passe dans l'orbe de
son miroir marchant : les villas champêtres, blanches sous leurs tuiles rouges, les moulins tournant
dans le vent, les clochers de villages regardant cu-
rieusement par dessus la cime des bois, les rocs che-

velés de mousse et de taillis ; et, sur une étendue immense, les vertes prées, à la marge desquelles s'assied la bergère, et d'où descendent à leurs abreuvoirs naturels les grands bœufs au poil roux, qui cherchent l'eau claire parmi les étoiles d'or des nénuphars.

Cette extrême variété, dans le genre gracieux, loin de fatiguer l'esprit, le contente et le repose. Le corps se sent bien être. La poitrine se dilate dans l'air abondant. Vous êtes touché et comme ému du calme qui monte de cette nature simple et vraie. Il vous appelle comme une voix mystérieuse, vous attire comme une force secrète. Et tout à coup vous vous surprenez à rêver de vivre doucement au milieu de ces belles campagnes, sur les bords de ce fleuve silencieux qui roule si visiblement la paix dans ses flots amis.

Un peuple doux et fort, mais nonchalant à l'extrême, habite ces rives tranquilles, qu'aucun vent de révolution ne semble avoir troublées jamais. Pourtant la guerre a passé sur ces villes, et le choc des armures a retenti dans ces vallées. C'est que les pères étaient entreprenants et hardis. Sous la bannière du protestantisme, ils tinrent longtemps la campagne contre la centralisation monarchique. Plus tard, l'âme de la patrie en danger vibra dans leur poitrine. A l'appel de la Convention, leurs volontaires répondirent; et c'est en partie eux qui s'abîmaient avec le *Vengeur* aux cris de : *Vive la République!* Mais les enfants sont tombés dans la torpeur et dans l'engourdissement. Le sommeil les a pris. Ils sont figés dans l'immobilité.

Telle est l'image de cette Saintonge, terre heureuse de la gastronomie et du nonchaloir, où l'abdomen croît au détriment du cerveau, et où l'esprit se raréfie de toute la densité que prend le corps; terre de classe moyenne, où l'extrême opulence et l'extrême misère sont inconnues, et où, par suite, l'ardeur des grandes passions, les âcres voluptés de l'amour, de l'ambition ou de la gloire sont plus inconnues encore; sorte de Capoue bourgeoise où le sang se refroidit, l'activité s'arrête, la volonté s'énerve, où tout ce qui est ressort et spontanéité s'amoindrit et s'affaisse; — terre aimée, du reste, et du commis voyageur, qui conserve longtemps le souvenir de ses tables d'hôte; et du touriste à qui elle apparaît comme un pan de la robe de la Touraine, détaché par les vents favorables, et transporté par eux sur les rives de la Charente azurée, non loin de l'Océan orageux.

Qui comparerait, sous le rapport intellectuel et artistique, l'inertie actuelle de certaines provinces à leur activité passée, serait frappé des ravages que peut faire à la longue l'abus de la centralisation.

Au seizième siècle, la Saintonge était toute animation et mouvement. Profondément remuée par les prédications calvinistes, elle marchait avec ardeur dans la voie du socialisme évangélique, le seul côté de la Réforme qui fût accessible aux artisans. Elle avait des savants, des lettrés, nés chez elle et vivant dans son sein. Le génie individuel s'y développait librement à l'abri des libertés communales. Une renaissance, dont les traces ne sont point encore effacées, s'y accomplissait sous l'influence directe de l'Italie. Elle n'avait point eu besoin de passer par ce Paris, qui est devenu toute la nation, mais dont la suprématie intellectuelle était vaine encore, malgré l'école grandissante de Fontainebleau. Le sire Antoine de Pons, qui fut l'ami et le protecteur de Bernard Palissy, avait vécu à la cour de Ferrare et en avait rapporté le goût des arts. Ce goût s'était propagé. Les efforts réunis de quelques grands seigneurs, et surtout de quelques nobles dames, avaient suffi pour provoquer l'éclosion de toute une génération d'artistes indigènes, dont les noms ont disparu, mais dont les œuvres subsistent en maint endroits. Un seul nom de ce temps a surnagé, primant tous les autres : c'est celui de Palissy, l'humble potier de

17.

terre, qui était un esprit de première trempe, et qui
fut tout à la fois un écrivain plein de saveur, un ini-
mitable ouvrier, et le premier savant de son époque.

Le dix-septième siècle, autoritaire et hiérarchique, a brisé l'œuvre rationaliste et égalitaire du seizième, et semé l'oubli sur la plupart des grandes
tentatives et des grands noms de cette époque si originale et si agitée. Le dix-huitième siècle a fait le
reste. L'excessive centralisation, ramenant à la capitale toutes les forces de la nation, a étouffé partout
l'esprit local. Les différences se sont effacées, et
l'unité française s'est opérée par le triomphe de Paris
et l'abdication de la province.

Mais cet esprit local, ce caractère particulier, cette
vie propre, qui constituaient autrefois la province,
ne se réveillent-ils pas ? Tandis que les publicistes
libéraux combattent au nom de la décentralisation
par la voie de la presse, ne sent-on pas sourdre
partout les germes de l'émancipation qui se prépare ?

Je le crois.

Ici même, dans cette ville tout à l'heure encore
indifférente et endormie, l'activité semble renaître.
Voici un petit groupe d'artistes qui se forme ; voici
des amateurs éclairés qui les recherchent, les aiment,

les encouragent, et, ce qui vaut mieux encore, achè-
tent leurs œuvres.

Vous citerai-je les noms de ces artistes? Pourquoi
pas? Cela donnera du cœur à ceux des autres provinces qui travaillent encore obscurément. Arnold
est un des sculpteurs originaux et naïfs comme le
moyen âge en produisait. Une chapelle dans une
église, une façade dans une rue, une tombe dans le
cimetière, une figurine, un feuillage, un rien accro-
ché quelque part, tout lui est matière d'art. Son ciseau populaire s'accommode des plus humbles travaux;
mais tout ce qui sort de ses mains, petit ou grand,
porte l'empreinte d'un charme ingénu, d'un naturel
rare et d'un sentiment exquis. Auguin est un paysagiste qui figure depuis longtemps aux Expositions de
Paris, où son nom est loin d'être inconnu. C'est un
amoureux de la nature. Il a la tendresse poétique
des rives de la Charente. La simplicité de ses mœurs
l'a fait aimer universellement. Tous nos paysans le
connaissent pour l'avoir vu *coucher par écrit* les
beaux sites, les lointains bleuâtres et les effets variés
du matin et du soir, que son pinceau rêveur recher-
che de préférence. Corot lui a donné son amitié et
tient son talent en grande estime. Pradelles est un
aquarelliste plein de vigueur et un portraitiste
distingué. Il a été soldat, et comme tel a pris

Sébastopol. Mais les lauriers de Mars allaient mal à
sa figure bénigne. A l'expiration de son temps, il a
remis son ceinturon à l'État, et il a bien fait; car,
sans vouloir médire de ses talents militaires, il manie
mieux la brosse que le fusil.

Le château de Rochemont, situé à deux kilomètres
de Saintes, est le lieu de nos rendez-vous habituels.
Ce château appartient à mon ami Etienne Baudry,
qui l'a généreusement ouvert aux artistes et y a fait
installer pour eux un atelier splendide. N'est-ce pas
d'un bel exemple? Je dis tout de suite que M. Baudry est tout jeune, qu'il aime passionnément les arts,
et qu'il fait les honneurs de sa maison avec une cour-
toisie parfaite. C'est à son invitation que Courbet
s'est rendu en Saintonge. Courbet est l'hôte choyé
et caressé de la maison. Charlotte, la vieille servante,
l'adore pour sa bonhomie, et les femmes du pays ont
déclaré qu'il n'est point de plus *joli-t-homme* à dix
lieues à la ronde.

C'est le château de Rochemont qui est maintenant
le point vivant de la province. Il s'y dépense chaque
soir beaucoup de gaieté, pas mal d'esprit, et il s'y
prononce parfois des paroles instructives. La présence de Courbet stimule et raffermit ces chers artistes, qui se fussent consumés dans l'isolement.
Ceci, c'est affaire aux peintres. Pour nous, nous cau-

sons, nous rions; nous disons du mal des gouver-
nements qui gouvernent trop, du bien de ceux qui
auraient pu gouverner davantage. Le rêve parfois
nous emporte. Mais ce qui nous réjouit, c'est que
partout, à l'entour de nous, nous sentons un vaste
effort, l'effort d'une province qui veut reconquérir
sa vie propre! Oui, mes amis, ici l'étincelle est
jetée; le feu prend, et le foyer s'allume qui doit
rayonner bientôt en tous sens.

S'il en est de même ailleurs, la liberté est proche.

XXX

L'ART ITALIEN ·EN 1861

I. — De Paris à Florence.

14 septembre 1861.

Monsieur le rédacteur,

L'exposition qui vient de s'ouvrir à Florence, dans l'ancienne capitale des Médicis, soulève un certain ordre de questions dont l'importance ne vous a point échappé. Voici un roi, le roi Victor-Emmanuel, qui, poursuivant par toutes les voies la pensée de son règne, c'est-à-dire l'unification de la Péninsule sous le sceptre de sa maison, décrète une exposition agricole, industrielle et artistique dans son nouveau royaume. Cette exposition sera purement nationale, c'est-à-dire que, pour laisser calculer avec plus de certitude les forces propres de la nation, elle exclura la concurrence des producteurs étrangers. Elle s'étendra à l'Italie tout entière, c'est-à-dire qu'elle

englobera, prématurément peut-être, Rome et Venise, et qu'elle sera pour le surplus une confirmation
indirecte de l'unité, si glorieusement conquise sur
les champs de bataille, au prix du sang français
dans le nord, du sang des croisés garibaldiens dans
le sud. Quelle est la valeur exacte de cette exposition au triple point de vue de l'esthétique, de l'histoire et de la politique? L'Italie actuelle a-t-elle un
idéal artistique aussi net et aussi décidé que paraît
l'être son idéal politique? L'art italien, que vaut-il
en lui-même d'abord, et ensuite par rapport aux
anciennes écoles italiennes et aux écoles contempo-
raines de la France et de l'Angleterre? L'agriculture
et l'industrie italiennes sont-elles à la hauteur des
besoins nouveaux que l'unité est en train de créer à
la nation? Cette unité enfin, si longtemps désirée
et si ardemment poursuivie, est-elle la déclaration,
l'expression d'une unité morale depuis longtemps
réalisée dans les esprits? a-t-elle été suffisamment
élaborée, suffisamment préparée par les faits économiques et moraux? ou bien ne serait-elle, par hasard,
qu'une coalition passagère des sentiments patrioti-
ques, exaltés un moment par la haine de la domi-
nation étrangère?

Il y a sur tous ces points des choses certaines à
établir, des choses probables à augurer. Vous vous

en êtes remis à ma faible plume de la constatation et de l'hypothèse : je tâcherai de vous satisfaire.

Ne croyez pas cependant que je vous fasse grâce des détails de mon voyage. Un chroniqueur est soumis à des obligations dont il ne saurait se départir. Que diraient mes confrères en chronique si je me bornais à parler spécialement de l'objet qui m'a été tracé ? — Que je suis sec ou que je gâte leur métier ! N'encourons ni l'un ni l'autre reproche. C'est le temps des vacances, et voici les veillées qui viennent : un peu de récit ne vous sera pas malvenu.

Le chemin de fer nous emporta, comme vous savez, pendant la nuit, et nous mena bon train de Paris à Lyon. Je profitai des premiers rayons pour étudier un peu l'excellent *Itinéraire de l'Italie,* publié par Hachette, et me renseigner sur les pays que j'allais traverser. A Lyon, j'aurais voulu porter au poëte Soulary, l'un de nos plus fins ciseleurs de sonnets, les affections de quelques-uns de ses dévoués de Paris et les miennes : je n'en eus pas le temps. Une station de quelques heures me permit seulement de constater que, si les travaux relatifs à la prospérité des citoyens lyonnais, comme démolition de maisons, percement de rues, etc., sont en bonne voie, les travaux stratégiques ne sont pas négligés, et que notamment les casernes se multiplient d'une façon satisfaisante.

J'ai pu encore noter, et je vous la recommande, l'inscription gravée en lettres d'or sur le piédestal de la statue de Louis XIV qui orne la place Bellecour, statue équestre, plus simple à la vérité, mais aussi détestable que celle de la place des Victoires. Cette inscription raconte ceci en son méchant latin : *Ludovici Magni statuam equestrem*, INIQUIS TEM-PORIBUS *disjectam, civitas Lugdunensis Regiaque Rhodonica instauraverunt. Iniquis temporibus*, c'est, vous l'entendez bien, notre immortelle révolution. Ce n'est pas la première fois que je rencontre de semblables paroles sur des monuments publics ; Paris en contient bon nombre dans son sein. Ne pensez-vous pas, monsieur, qu'un gouvernement excède son droit quand il juge au point de vue de sa passion personnelle une époque précédente de l'histoire ; quand il inscrit une appellation flétrissante sur un monument public, destiné à perpétuer le souvenir de faits écoulés ? Qu'avons-nous besoin de savoir ce que la Restauration a pensé de la Révolution ? N'y a-t-il pas à craindre, ou que la foule, pour l'éducation de qui les monuments sont faits, ne prenne au pied de la lettre la leçon lapidaire, et n'accuse, elle aussi, d'iniquité les plus héroïques temps de notre histoire ; ou bien que, rectifiant la leçon donnée, elle n'en prenne texte pour accuser de partialité ceux qui ont voulu l'induire en erreur? Dans un cas, le monument perd son enseignement ; dans l'autre, il en porte un abusif : résultat également déplorable. Je comprends que les hommes de 1825 aient pu se laisser entraîner à porter contre la Révolution une telle sentence ; mais notre temps, plus juste et mieux informé, peut-il la ratifier d'un silence qui serait une approbation ? Après les glorieux travaux de réhabilitation historique élevés par MM. Michelet, Lamartine, Quinet, Louis Blanc, etc.; après l'expérience personnelle que nous avons acquise nous-même de l'esprit et des faits révolutionnaires, pouvons-nous laisser subsister une épithète qui n'est plus d'accord avec nos doctrines, et qui nous apprendrait à mépriser une partie de notre histoire? Notre passé tout entier nous est sacré, et nous ne voulons pas qu'on le divise au gré de passions ou d'intérêts éphémères. Je demande non-seulement qu'on biffe le *iniquis* du piédestal de la place Bellecour, mais encore qu'on le fasse disparaître de toute la surface du territoire.

C'est après Culoz seulement et aux approches de la Savoie que le paysage commence à devenir intéressant. Le sol s'accentue, doucement d'abord, puis avec plus d'énergie ; les premières ondulations des

Alpes se montrent aux bords de l'horizon ; puis les monticules se rapprochent, se serrent, se nouent, s'enchevêtrent, et le chemin entre tout à coup dans une vallée profonde, escortée de deux hautes chaînes de rochers : nous sommes en Savoie! C'est la nuit. La lune, ronde et blanche, fait pâlir le vaste ciel de son éclatante lueur, et laisse à peine clignoter çà et là quelques étoiles tremblantes. Un air vif et pur, l'air des montagnes, celui qui dilate la poitrine, assouplit les membres et réjouit l'âme, circule librement autour de nous. A chaque coup de la vapeur, un nouvel horizon se dévoile ; les pics se dressent d'étage en étage, les plus proches nettement éclairés, les plus lointains estompés dans une brume bleuâtre qui les enveloppe comme une gaze légère. Nous côtoyons le Bourget, lac ravissant encaissé entre des roches hérissées; auprès d'Aix-les-Bains, nous reconnaissons quelques-uns de ces couples parisiens que la beauté du climat et la qualité des eaux attirent chaque année dans ces lieux enchanteurs. A la riante et fertile vallée de Chambéry succède la stérile et monotone Maurienne; les montagnes s'élèvent et aiguisent leurs pointes contre les nuages; les vallées sont marécageuses et insalubres, la population qui se montre par moments aux stations devient rachitique et difforme; le goître hi-

deux apparaît; le crétinisme, l'affreux crétinisme
est visible : ô pauvre science humaine, que de progrès tu as encore à faire !

Saint-Jean-de-Maurienne est la dernière station
du chemin de fer. Là, il fallut nous arrêter et changer de moyen de locomotion. Des diligences, atte-
lées de sept ou neuf chevaux, selon le cas, font le
trajet de Saint-Jean-de-Maurienne à Suze. On hissa
nos bagages sur le faîte de l'une d'elles. Un petit
épisode, cependant. Quand je réglai ma consommation à l'auberge du lieu, l'hôtelier me remit, entre
autres menues monnaies, une dizaine de grosses
pièces de cuivre, que l'obscurité m'empêcha d'examiner, et que je pris, — naïf et confiant, — pour un
premier échantillon de la monnaie piémontaise avec
laquelle j'allais faire connaissance. Un peu plus tard,
revoyant cette monnaie, je m'aperçus que je la con-
naissais, que j'avais vécu longtemps avec elle et
qu'elle avait réjoui ma plus tendre enfance. C'était
de nos anciens *décimes* de la République et de l'Empire, de ceux-là mêmes qui ont subi il y a quelques
années l'opération de la refonte. Ils n'avaient donc
jamais été piémontais, et, hélas ! pour ma bourse !
ils avaient cessé d'être français. Mais par quel miracle étaient-ils devenus savoyards ? voilà ce qui
m'ingéniait et que je ne pouvais comprendre. En ré-

fléchissant bien, je trouvai l'explication, et la voici :
lors de la refonte des monnaies de billon en France,
on a donné aux sous un certain temps pour se présenter aux caisses de l'État. Il y a eu des sous retar-
dataires, qui flânaient dans la poche de leurs déten-
teurs, ou qui ne se souciaient point d'être fondus.
De ces sous-là, quelques-uns se sont présentés
après l'heure, et on les a honteusement renvoyés
chez eux ; d'autres ne se sont pas présentés du tout.
Ce que voyant, le Savoyard, qui a le flair, s'est mis
à les acheter comme ferraille en France et — l'opération était admirable — à les placer comme monnaie en Savoie. Ils y sont encore, et vous voyez
comme, malgré l'annexion, on sait les glisser habilement aux Français qui passent en Italie.

Quand je me réveillai, à Lans-le-Bourg, après un
trajet de dix lieues, je me trouvai au pied du mont
Cenis. Les sept chevaux de notre diligence avaient
été remplacés par quatorze mulets, et l'énorme
convoi s'apprêtait à gravir au pas les pentes de
la montagne. Le soleil n'apparaissait pas encore,
mais déjà le petit jour se faisait. La brume de la
veille avait disparu et les crêtes se découpaient sur
un ciel clair. L'air, quoique frais, était doux. Plus
doux, plus tiède, plus imprégné de la nature italienne, nous devions le retrouver sur le versant op-

posé. Quelques voyageurs et moi nous descendîmes.
et, laissant la diligence continuer derrière nous
sa marche en zigzag, à pied, le bâton en main,
à travers les escarpements, le long des cascades
et des fondrières, nous gravîmes lentement les
petits sentiers tracés entre les sapins verdoyants,
nous imbibant de cet air libre et pur qui donne
envie de bondir, suivant du regard les développements bizarres des monts, leur forte ossa-
ture et leur végétation héroïque. Quel calme ! quel
silence ! quelle majesté ! La neige avait tombé quelques jours auparavant, et couronnait les pics éter-
nels de sa blancheur immaculée. Les sapins montaient en troupe serrée du fond de la vallée, et
on les voyait tenter avec enthousiasme l'escalade du
versant, étendre à droite et à gauche leur sombre
manteau de verdure ; puis, comme si l'haleine venait
à leur manquer, diminuer de nombre, s'éclaircir, se
rabougrir, puis enfin s'arrêter court avant d'avoir
atteint le sommet. Tout à coup, chaque piton de la
montagne s'éclaira d'un reflet d'or et parut comme
trempé de lumière. C'était le soleil qui se levait. La
lumière se rabattit lentement vers la vallée, et j'ad-
mirais encore les teintes vermeilles répandues çà et
là dans tout notre horizon, quand je vis poindre au
sommet d'un pic illuminé, que pas une brume n'en-

veloppait auparavant, un petit jet de fumée, quelque chose comme une bouffée de cigarette. C'était l'embryon d'un nuage qui se formait. Cette vapeur indécise grossit peu à peu. J'espérais qu'un coup de vent allait la détacher et la jeter à travers le ciel : aucun, aucun souffle n'agitait l'air; elle resta là, accrochée et flottante, jusqu'à ce que, s'enflant toujours, elle eût effacé, sous l'opacité de la masse, la silhouette du vieux mont.

Entre Lans-le-Bourg et Suze, tout le long de la route du mont Cenis, de cette magnifique voie qui a coûté au premier empire sept ans de travail et sept millions, il existe vingt-trois maisons de refuge, « *casa regia di ricovera,* » destinées à recueillir les voyageurs surpris par les neiges. Ce sont des cabanes d'assez chétive apparence, mais où l'on trouve toujours bon visage et provisions suffisantes. Au sommet même de la montagne se pose la limite extrême de la France et de l'Italie. Aucun signe visible ne la signale encore, mais des ouvriers sont là, qui remuent le sol, en train sans doute d'en préparer. Toutefois, à la souplesse inaccoutumée de l'air et à la qualité toute nouvelle de la lumière, on peut sentir que déjà l'on a changé de cieux.

Si la montée est longue et pénible, la descente est

foudroyante. Deux chevaux suffisent pour entraîner cette diligence, que tout à l'heure quatorze mulets remorquaient à peine. La route part du haut de la montagne et côtoie d'abord un ravissant petit lac tombé dans un bas-fond comme une perle dans une coupe; pendant quelque temps elle se comporte assez bien, marchant tout droit devant elle son petit bonhomme de chemin, sans monter ni descendre trop brusquement. Mais tout à coup voilà qu'elle perd la tête, la folie la prend, elle jette son bonnet par-dessus les moulins. Elle part comme un trait, court, se précipite tête baissée, comme si elle descendait d'étage en étage un escalier gigantesque. Elle n'entend plus rien; elle va, elle fend le vent, éperdue, désordonnée, sans frein, tournoyant sur elle-même du haut en bas avec cette rapidité sourde, aveugle, têtue, réfractaire à tout raisonnement. Elle court le long des pentes escarpées, elle enjambe les précipices, elle dégringole, à faire frémir le ciel et la terre, le long d'un abîme de six mille pieds. Elle se soucie d'elle, de ses chevaux, de ses voyageurs comme si de rien n'était. Ce qu'elle veut, c'est arriver, arriver au plus vite, arriver à tout prix, au risque de la chute, du fracas, de sa mort et de la mort des autres. Elle veut arriver, elle arrive! — Suze, je te salue! Nous sommes dans la première

ville italienne, et je vous assure qu'en mettant le
pied à terre, nous nous sentons le cœur allégé.

De Suze à Turin, un pas; de Turin à Gênes, un
autre pas. Presque aucun changement dans la végétation ni dans le climat : la Sardaigne est bien moins
l'Italie que le midi de la France. Nous traversons
rapidement Gênes en voiture; c'est à peine si nous
avons le temps de donner par la portière un coup
d'œil aux palais de marbre et aux belles Génoises
qui passent, la tête recouverte de leur long voile
blanc. Nous entrons dans un canot mené par un ga-
min du port : nous montons à bord de l'*Amalfi*,
vapeur anglais, nolisé pour la circonstance. Il est
onze heures du soir. Le navire est encombré de passagers, qui tous se rendent à Florence. Les salles
et les lits ont été réservés aux dames; le pont reste
au sexe dont je fais partie. Les manteaux sont dé-
roulés; chacun se couche comme il peut et s'enveloppe de son mieux. La machine a chauffé, le navire a levé l'ancre, on est parti. Personne ne se plaint :
une nuit splendide abrite nos petites misères de sa
tiédeur bienveillante et de sa sérénité douce. Aux premières lueurs de l'aube, le pont immobile et dormeur
s'agite; on voit des têtes pâles et effarées sortir de
dessous les couvertures de laine ; les membres an-
kylosés s'étirent; les corps se dressent; on essaie de

marcher, on trébuche; la grande venue du jour
peut seule secouer les rigides torpeurs du sommeil.
Alors on est debout, on fume et l'on contemple.
L'Océan n'est que vert, la Méditerranée est bleue,—
bleue de plus beau bleu;—et, quand le soleil a pris
tout son éclat, vers dix heures par exemple, elle
passe insensiblement du bleu au vert pâle, teinte
qu'elle garde tout le jour, pour reprendre ensuite sa
belle note bleue quand le soleil aura baissé vers
l'horizon. Je me rappelle que Courbet a fait deux
admirables marines, ou, pour parler comme lui,
deux paysages de mer, avec ce double effet du
jour et du soir, saisi sur un même point de la
Camargue. C'est vu avec vérité, traduit avec franchise, dans cette belle manière simple, large et
vigoureuse que vous lui connaissez. La vue du phénomène n'a pas diminué l'impression que ces deux
toiles m'avaient laissée.

Nous eûmes une escalade à subir en entrant à Livourne. A peine le navire avait-il stopé, que de
tous les points du port les bateliers accoururent et
nous entourèrent. C'était à qui s'emparerait de
nous, nous embarquerait nous et nos bagages. Heu-
reusement, il y avait une provision de passagers
suffisante pour tous les canots; toutefois la répartition ne se fit pas sans discussion. Quelle confusion

amusante ! quels cris baroques ! —*Piétro !*— *Giu-seppe!*—*No!*—*Si!*—*Sangue della Madonna !*—*Corpo di Bacco !* — et autres mots que je ne pou-vais saisir. Enfin chacun eut son lot, et on nous porta à terre. Trois heures après, nous étions à Florence.

16 septembre.

Hier, à onze heures du matin, a eu lieu, au mi-lieu d'un concours considérable, la cérémonie d'ou-verture de l'exposition. Le roi a été accueilli avec un enthousiasme que la langue italienne seule peut tra-duire : « *Fu un grido, spontaneo, unanime, cla-moroso, incessante.* » J'ai revu aujourd'hui le roi passant par la ville, et j'ai pu me convaincre que cet enthousiasme est vraiment sincère ; et à ce pro-pos je vous rappellerai cette parole d'un Florentin au président de Brosses : — « Tout maître trouvera le secret de nous contenter, pourvu qu'il reste à Florence, qu'il protége les sciences et qu'il ait le goût des arts, car c'est un vice capital ici que d'en manquer. » Parole profonde, qui résume tout Flo-rence et qui peut être appliquée à chaque province de l'Italie !

Ce soir, illumination sur le Lung Arno. La ville regorge d'étrangers, il est difficile de se loger, les

chambres sont hors de prix. L'exposition, impro-
visée dans un trop court délai, n'est pas tout à fait
en état. Le catalogue n'est pas encore dressé. Un
des principaux libraires de Florence, M. Bettini, a
eu l'heureuse idée de fonder un journal illustré spécial à l'exposition italienne et qui en porte le titre.
Ce recueil promet d'être des plus intéressants.

Agréez, etc.

II. — Florence.

23 septembre 1861.

Monsieur le rédacteur,

Comme je vous l'ai annoncé dans ma précédente
lettre, l'ouverture officielle de l'exposition a eu lieu
dans la matinée du 15 septembre, avec grand en-
tassement de foule et concours obligé de cloches,
de canons, de discours, de chant, de musique et
d'illuminations. Mais il s'en faut que, même à cette
heure, les choses soient en état. Le principal Salon
de la peinture est fermé; l'industrie n'a point terminé ses déballages; l'agriculture tout entière manque à l'appel. Enfin le catalogue, ce guide indispen-
sable, gémit sous une presse trop lente.

Voulez-vous point mettre à profit ce retard intempestif? Il serait bon, tandis que là-bas on joue des pieds et des mains à déballer, clouer, accrocher, brosser, épousseter, ranger, disposer, de nous égarer un peu par la ville et de prendre une rapide et légère empreinte de ses monuments et de ses mœurs.

Car ce n'est point une ville vulgaire que Florence, une ville platement bourgeoise, étalée dans quelque plaine monotone et rongée d'intérêts mercantiles ou de jouissances matérialistes. C'est la plus noble des cités plébéiennes poussées au tronc féodal du moyen âge. L'Arno la traverse, les Apennins l'horizonnent : elle est âpre comme eux et souriante comme lui. Sa robe de pierre a subi les larges déchirures de la guerre civile, et sa tradition court dans l'histoire, rouge comme la fleur de lis qu'elle étale sur son blason ou comme le champ de roses sur lequel elle fut autrefois bâtie.

Ville de combat, de prière et d'amour, son premier aspect est étrange. Ses vieux palais massifs et sévères, sans portique et sans colonnade, tout bosselés de blocs de pierre à la base, tout dentelés de créneaux au faîte, sont des châteaux-forts. Ses églises, tantôt nues jusqu'à l'austérité, tantôt parées jusqu'à la minutie, portent un cachet de grandeur solennelle ou de coquetterie mignonne, qui frappe

18.

ou qui touche. Ses cloîtres silencieux ont l'élégance qui charme et la fraîcheur qui repose. Ses appartements somptueux, hauts de plafond et étendus d'espace, décorés de fresques et de statues, enrichis des mille caprices de la mosaïque et de l'orfévrerie, prédisposent à la vie intérieure et rendent le cœur plus aimant.

Quelles mains fortes il a fallu pour édifier une semblable cité, et quelles mains délicates pour l'embellir ! Elles ont mis, les unes et les autres, quatre siècles à accomplir leur œuvre. Mais cette œuvre a été si habilement conçue et si solidement exécutée, qu'il semble que les habitants aient été satisfaits, et que, depuis ce temps, ils aient renoncé à bâtir. Voilà dix jours que je suis ici ; j'ai marché le matin et le soir, j'ai battu la ville en tous sens, il n'est guère de rues ou de ruelles qui m'aient échappé : j'en jure par les démolitions de Paris, je n'ai pas vu l'ombre d'un échafaudage, d'un moellon, ni d'un sac de plâtre. La bâtisse, à laquelle vous vous entendez si bien là-bas, est ici une industrie inconnue. On se souvient vaguement d'avoir entendu dire qu'autrefois il y avait des architectes qui dressaient des plans et des maçons qui dressaient des pierres. Mais on relègue cela au temps de Dédale, et l'on croit les maisons un produit naturel ; le val de l'Arno est si

fécond ! Grâce à ce, Florence est ce qu'elle était il
y a deux cents ans. On n'en a pas retranché un
créneau, on n'y a pas ajouté un bossage. Elle n'a ni
vieilli ni rajeuni. Elle est figée dans son immobilité,
comme la Belle dans son bois dormant.

Puisqu'elle a été si bien faite, il n'est peut-être
pas inutile de dire par qui et comment. Je ne veux
pas refaire son histoire ni celle de sa célèbre école,
qui fut comme la grande matrice d'où sortit l'art
italien; je toucherai seulement aux noms illustres et
aux choses importantes.

Florence est une ville renaissance, non pour la
date, mais pour le style. Notez que l'ogive, qui aux
douzième et treizième siècles régnait seule en Allemagne, en Angleterre, et dans le nord de la France,
a bien pénétré en Italie; mais elle ne s'y est jamais
acclimatée. La cathédrale de Milan et l'église supérieure de Saint-François à Assise sont peut-être les
seuls monuments où elle ait pu s'installer en souveraine. Partout ailleurs elle a subi l'influence et
même les conditions souvent humiliantes du style
latin. Donc, à Florence, qu'elle accepte l'élément
gothique ou qu'elle le répudie, l'architecture est
une inspiration directe de la Rome ancienne. Mais
cette inspiration est loin d'exclure le sentiment individuel et la liberté de l'artiste. Bien au contraire, on

sent partout qu'il n'est point de forme de commande,
et que chaque fois qu'un monument s'élève, ce monument est personnel à l'architecte qui l'a conçu;
c'est le résultat de ses libres études sur les modèles
antiques. Ceci nous jette dans une variété infinie de
conceptions toujours intéressantes. Ajoutez-y cette
incroyable puissance d'invention dans les détails qui
distingue les Florentins, ce génie particulier porté
par eux dans l'ornementation, qu'ils ont voulue toujours originale, imprévue et charmante, — et vous
n'aurez pas de peine à concevoir l'attrait que cette
ville endormie au pied des Apennins, dans un site
admirable, sous un ciel tiède et parmi des brises
amies, offre à l'archéologue, au curieux, ou même
simplement à l'oisif.

Il faut, après avoir reçu l'impression première qui
est si imposante, se laisser aller au charme de l'analyse. C'est Arnolfo di Lapo, qui a bâti Santa-Maria-
del-Fiore, la cathédrale, se sentant seul assez fort
pour élever un monument en rapport avec la grandeur et la dignité d'un peuple libre; car c'est en ce
fier langage que la commune républicaine avait coutume de parler à ses commis. C'est Giotto qui a élevé
à côté ce merveilleux campanile, chef-d'œuvre de
finesse et d'élégance que Charles-Quint, dit-on,
aurait voulu couvrir d'un étui; c'est Brunelleschi,

le plus grand architecte de la renaissance italienne,
qui, entre autres travaux gigantesques, a complété
l'œuvre d'Arnolfo et Giotto, en jetant par-dessus
les arceaux interrompus de la colossale église cette
prodigieuse coupole, laquelle a précédé d'un siècle
celle de Michel-Ange, et l'emporte sur celle-ci, sinon
peut-être en effet, du moins en science, en audace
et en grandeur réelle. — Après les églises viennent
les palais, et nous retrouvons les mêmes noms et
d'autres encore. Arnolfo di Lapo a commencé le Palazzo Vecchio, dont la tour sinistre appela si souvent les citoyens au combat; Brunelleschi a commencé le palais Pitti, qui a servi de modèle à notre
Luxembourg; Michelozzo Michelozzi a bâti le palais
Ricardi, première demeure des Médicis; Benedetto
da Majano, le palais Strozzi, le plus beau et le plus
pur type des habitations florentines. — Après les
palais viennent les loges, œuvres d'Andrea Orcagna, de Brunelleschi, de Vasari. Ce n'était pas
assez des églises, des palais et des loges; il fallait à Florence un grand art extérieur, capable de
parler à l'imagination du peuple, de lui rappeler à
chaque instant sa dignité et sa grandeur; et par les
enseignements la double légende civile et religieuse,
d'apprendre aux fils à imiter les vertus et à éviter
les forfaits de leurs pères.

Alors sont venus la peupler de statues, Donatello,
qui le premier imposa au marbre de traduire fidèlement la nature; Antonio del Pollajuolo, dont la
science anatomique semble annoncer Michel-Ange;
Michel-Ange, ce Titan, qui a laissé tant d'œuvres
inachevées, et dont l'art prodigieux passe sans effort
de la forme puissamment écrite à l'expression vivement rendue; Baccio Bandinelli, son exagéré rival;
Benvenuto Cellini, dont l'incorrect *Persée* est encore
le plus vivant des groupes rangés sur la place du
Grand-Duc; l'élégant Sansovino; le pittoresque Jean
de Bologne. — Alors sont venus la couvrir de pan-
neaux et de fresques, Cimabuë, le dernier des artistes
byzantins; Giotto, le premier des peintres modernes;
Taddeo et Agnolo Gaddi, ses élèves; Paolo Uccello,
qui appliqua les lois de la perspective à la peinture;
Masaccio, un des plus grands noms de l'art, et le
véritable fondateur de l'École florentine, qui peignit
cette admirable chapelle de l'église del Carmine, où
le Perugin, Raphaël, Léonard de Vinci, Michel-
Ange, vinrent étudier et s'inspirer tour à tour; Fra
Angelico, le peintre des âmes, qui ne ferma point
les yeux devant la beauté des jolies femmes de son
temps, et ne se fit aucun scrupule de travailler sur
nature; Filippo et Filippino Lippi, Sandro Botti-
celli, Cosimo Rosselli; Domenico Ghirlandajo, qui

atteignit la grandeur dans le sentiment naturaliste, et fut le maître de Michel-Ange; Andrea del Castagno, Andrea Verrocchio, Léonard de Vinci, Michel-Ange, Fra Bartolommeo, Vasari; André del Sarto, qu'on a appelé le Raphaël de l'École florentine; le Cigoli, qui en fut le Corrége. Puis, Andrea Pisano et Lorenzo Ghiberti lui ont apporté leurs merveilleuses ciselures; Andrea Tafi, Apollonio Greco, les Gaddi, leurs mosaï ques; Maso Finiguerra, Pollajuolo, Baccio Baldini, leurs nielles; Luca et Andrea della Robbia, leurs terres cuites.

Ainsi bâtie, sculptée, peinte, ciselée, parée sur tous les modes, depuis le terrible jusqu'au gracieux, depuis le sévère jusqu'au coquet; et cela en toutes substances, marbre, pierre, bronze, albâtre, por-hyre, or, ambre, ivoire, jaspe, cornaline, lapis, onyx, améthyste, — Florence n'eût pas été contente si les plus grands génies littéraires ne fussent venus la passionner, l'instruire ou la charmer. Dante y composa ses *Canzoni*, et l'on montre encore, près du Campanile, la pierre où chaque jour il venait s'asseoir; Boccace y écrivit son *Décaméron*; Machiavel y dénonça l'art exécrable des tyrans; Savonarole y flétrit les désordres de la cour de Rome; Alfieri y exalta les âmes pour la liberté; et naguère encore

Nicollini, dont nous avons porté hier les restes mortels à Santa-Croce, y prépara l'indépendance italienne.

Certes voilà une grande ville, tumultueuse comme Athènes, intelligente et mobile comme elle ! On évoque en la parcourant sa physionomie ancienne, ses convulsions héroïques, ses guelfes, ses gibelins, sa balie, ses corporations, sa seigneurie, ses condottieri, son peuple turbulent, son opulente aristocratie, farouche et efféminée à la fois. Elle a vu passer Charlemagne revenant de Rome, et, c'était déjà la coutume en ce temps-là, comblant les habitants de présents, *civium copiam torquis aureis decoravit*. Elle a vu entrer dans ses murs Charles VIII, menaçant et irrité, et elle a chassé le traître qui lui en avait livré les portes. Puis elle a entendu tonner le canon des armées de Charles-Quint, et elle lui a vainement opposé le courage de ses *cittadini* et la science de Michel-Ange comme ingénieur. Après avoir passé la charrue et semé du sel sur la maison démolie du gibelin Farinata des Uberti, qui l'avait sauvée de la destruction, elle passa la charrue et sema du sel sur la maison du guelfe Dante, qui l'avait illustrée en soldat et qui devait l'immortaliser en poëte. Elle a vu naître et grandir cette étrange famille des Médicis qui, après avoir donné à la Tos-

cane sept grands-ducs, à Rome trois papes, à la
France deux reines, à l'église plusieurs cardinaux,
devait s'éteindre ridiculement par le refus des devoirs conjugaux qu'opposa obstinément la jeune et
belle Éléonore de Gonzague au gras et répugnant
François-Marie. Chemin faisant, elle a vu Julien de
Médicis tomber sous le poignard de François Pazzi;
Alexandre de Médicis sous celui de Lorenzo, dit
Lorenzino, et encore Lorenzacchio. A la requête de
Savonarole, elle a proclamé Jésus-Christ roi perpétuel des Florentins; et du même cœur dont elle
avait acclamé l'apôtre, elle l'a conduit au bûcher,
quitte après à couvrir chaque année de fleurs la place
où le grand républicain avait reçu le martyre.

Le fond de tout cet art de construction, si grand
dans l'ensemble, si ingénieux dans le détail, si
fécond dans l'ornementation, si délicat dans l'en-
jolivement; — le fond de toute cette science d'a-
meublement, si somptueuse et si attachante dans sa
variété, — le fond de toute cette poésie si mystique, si sensuelle, toujours attendrie, même dans ses
notes les plus hautaines; — le fond de toute cette
histoire si dramatique, si capricieuse, parfois si lu-
gubre et parfois si noble et si élégante, — c'est la
femme.

Vous en étonneriez-vous? Pour vous en convain-

crée, il vous suffirait de comparer les dehors sévères
des églises, des palais, des maisons, avec les merveilles luxueuses qui en ornent l'extérieur. Comme
la madone est reine dans l'église, la femme est souveraine dans la maison. De même que celle-là se
dresse, au doux rayonnement des cierges, à la vapeur de l'encens, sur un tabernacle ciselé ou sur un
socle de lapis, toute brillante de joyaux, d'or, d'i-
voire et de pierreries; de même celle-ci, entourée
de toutes les jouissances de la vie, se promène dans
une maison bâtie à souhait pour le plaisir de ses
yeux, dans des appartements superbes, au milieu des
tentures, des mosaïques, des bronzes, des joyaux
de toutes les richesses artistiques accumulées par
les pères et par l'époux. C'est elle le grand mobile
qui suscite les actions humaines et à qui elles retour-
nent finalement. Sa main délicate et souple est partout, au fond de tous les bienfaits, au fond de toutes
les scélératesses. En même temps qu'elle inspire le
poëte et l'artiste, elle provoque le guerrier. Sans
parler de Béatrice, de Laure, de Vittoria Colonna,
de Lucrezia della Fede, il y a deux femmes à l'origine de la grande scission des guelfes et des gibelins, Lucrezia Amadei et Lucia Gualdrada : ces deux
femmes ont ensanglanté la république.

Et à les voir on comprend tout cela. Elles sont

charmantes, les femmes de Florence, blanches
comme les Françaises, mais un peu plus arrêtées de
physionomie. Il est difficile de déterminer leur type,
qui paraît s'être mélangé un peu, et s'éloigne nota-
blement de celui généralement répandu dans les
fresques du seizième siècle. Il y en a de brunes, il
y en a de blondes ; mais, même chez les brunes,
l'expression du visage est d'une grande douceur.
Leur démarche est élégante et gracieuse au possible. Elles ont le cou libre et bien attaché, les
épaules et les bras — je ne parle que de ce qu'elles
montrent — fort beaux ; la main mystique, effilée,
et d'une petitesse exquise.

Je vous laisse sur cet aimable sujet.

Recevez, etc.

III. — La peinture italienne.

Florence, 30 septembre 1861.

Monsieur le rédacteur,

Il faut vous dire toute la vérité, rien que la vérité. C'est pour cela que vous m'avez envoyé ici.
Quelque difficile que soit en général cette mission
d'appréciateur, vous n'avez pas hésité à me la con-

fier'; quelque pénible qu'elle pût devenir, je n'ai pas
hésité à l'accepter. Cette vérité, vous l'aurez donc,
comme je vous l'ai promise, — pure et dépouillée
d'artifice. Je sais que je vais heurter et faire dresser
la tête à bien des susceptibilités. On ne jette pas
impunément sa pierre dans ces nids où pullule le
genus irritabile pictorum. Vous vous rappelez
avoir souri plus d'une fois devant l'amour-propre
exagéré de certains artistes français. L'amour-propre
des artistes français ! mais c'est la modestie de la
violette auprès de la vanité italienne. Vous ne sau-
riez vous imaginer quel cas ces gens-ci font d'eux-
mêmes. Ils se croient toujours les grands Italiens
de la Renaissance. Parce que nous avons la bonhomie d'envoyer nos jeunes gens à l'école chez eux,
il ne doutent pas de leur supériorité sur nous. Difficile
est de dire à quel point ils sont dépourvus de sens
critique. Tout ce que le faste d'une langue sonore
et redondante peut imaginer d'épithètes admiratives,
ils le prodiguent à des choses sans valeur et sans
nom. — Qu'un improvisateur récite dans une soirée
quelques stances déclamatoires sur les douleurs de
la *Madre italiana,* la salle croule sous les bravos,
et le rapsode, couronné de fleurs, est salué du titre
d'incomparable poëte : — Qu'un prosateur, dans
un pamphlet banal, appelle les foudres tempo-

relles contre la papauté rebellée, vite c'est un philosophe profond, et les âmes de Dante, de Machiavel et de Savonarole sont passées en lui. — Qu'un agronome disserte sur l'élève des vers à soie et la production des cotons, c'est un économiste à la hauteur d'Adam Smith. — Qu'un barbouilleur de toile ou un gâcheur de plâtre s'essaie lourdement au grand art de la couleur et du modelé, tout de suite un murmure flatteur s'élève devant son œuvre, et les noms de Raphaël et de Michel-Ange viennent à toutes les lèvres. Comme me le disait hier un journaliste français qui sait son Italie sur le bout du doigt pour l'avoir longtemps pratiquée, il a manqué à ce peuple, charmant en somme, mais déraisonnable à l'excès, deux hommes : — un Boileau qui, dans l'ordre littéraire, se fit l'apôtre et un peu le martyr du bon sens ; — un Gustave Planche qui, dans l'ordre artistique, se fit l'apôtre et un peu le martyr de la raison et de la science. Il est vrai, avais-je ajouté, que, si le tempérament italien eût été conformé à produire ces deux esprits d'élite, l'Italie aurait moins senti le besoin et l'utilité de leur action. Mais ceci nous entraînerait trop loin de notre sujet.

Quelques centaines de toiles, — je ne puis, en l'absence de catalogue, en préciser le nombre, —

forment le contingent de la peinture à l'exposition
nationale italienne.

La première impression, quand on parcourt ces
petites salles toutes reluisantes de couleurs enfer-
mées dans de beaux cadres d'or, n'est pas favorable.
La seconde impression, quand on revient scrupu-
leusement sur ses pas, est bien sûrement défavora-
ble. La troisième impression, quand on examine en
détail, complète la première et confirme la seconde.

Il faut le confesser, la peinture italienne n'existe
pas : vous y chercheriez vainement ce caractère général, cette communauté d'idées, cette similitude de
tempérament qui, malgré les différences résultant
de la libre interprétation de chacun, vous font reconnaître à première vue une œuvre française, belge
ou anglaise. A défaut de réalisations, vous rabattez-
vous sur les seules tendances, elles sont nulles ;
vous ne pouvez rien dégager, rien conclure pour
l'avenir. Coloris de convention, dessin de convention,
le tout aussi éloigné de la tradition des maîtres que
de l'observation exacte de la nature : telle se présente la peinture italienne, qui, à ces deux points
extrêmes, atteint l'inexpérience la plus naïve, et ne
dépasse pas les limites de l'habileté la plus vulgaire.
Ignorance du but et des moyens de l'art, défaut ab-

solu d'invention et d'originalité : tel se présente l'artiste italien, qui ne sait ni ce qu'il veut, ni ce qu'il doit vouloir; qui fait des tableaux d'après des tableaux, ou, qui pis est, d'après des livres ; et qui, étranger au mouvement de son époque, se consume dans un idéal épuisé, sans se douter que la vie et la nature seraient l'enseignement qu'il cherche et la révélation qu'il implore.

C'est à peine si, dans cette médiocrité même, j'ai pu distinguer trois œuvres, mais trois bonnes, qui feraient excellente figure même à Paris, et qui, à cause de cela, — j'en suis sûr pour deux au moins d'entre elles, — seront peu du goût italien.

C'est d'abord un paysage de M. *Carlo Pittara*, de Turin : — un terrain montueux, revêtu d'herbe courte, et fermé au fond d'une barre de rochers gris; quelques vaches le traversent, qui s'en vont lentement pâturer. Les premiers plans manquent un peu de solidité; mais, en s'éloignant, le terrain s'affermit, se modèle sûrement. Les vaches sont bien dans le paysage ; elles en font partie et sont vues sous le même angle. Ciel, vaches, rochers, mousses, tout cela est d'une remarquable justesse de ton. Çà et là peut-être quelques empâtements inutiles; mais le dessin est vigoureux, la couleur est vraie, et il y a dans cette œuvre, qui, comme sentiment, rappelle celles de notre Troyon, une forte impression de nature.

Ensuite, c'est un tableau de bataille de M. *Gerolama Induna*, de Milan : la *Bataille de Magenta*. Figurez-vous ce qu'eût été la *Bataille de l'Alma*, de M. Pils, réduite à ses dimensions rationnelles, un très-agréable tableau de genre : la bataille de M. Induna a ce caractère. Elle est moins élégamment composée que celle de M. Pils, mais elle est brossée vivement, spirituellement, comme elle, et comme elle aussi, un peu à la façon des aquarellistes.

Enfin c'est un tableau d'histoire, les *Iconoclastes*, de M. *Morelli*, de Naples. Les briseurs d'images ont pénétré dans un couvent; et là, ils ont trouvé un de ces pauvres moines, comme le moyen âge en produisit tant, adorateurs mystiques de l'art, couvrant de peintures naïves les murs de leurs cloîtres et de leurs églises. Farouches et menaçants, ils se dressent devant l'humble artiste, qui, pris en flagrant délit, courbe la tête et gémit sur ses pinceaux brisés, sa couleur renversée, sa chère madone, hélas ! foulée aux pieds des envahisseurs. Cette scène dramatique, dont les figures sont de grandeur naturelle, est sobrement composée : elle ne contient que les personnages nécessaires à l'action. Le dessin en est ferme et la couleur très-belle. L'énergie du modelé et la qualité du ton semblent indiquer chez M. Morelli un dessinateur et en même temps un coloriste.

Les Italiens regardent beaucoup et paraissent apprécier cette dernière toile. Pour leur témoigner combien j'en suis flatté, et aussi pour compléter ce résumé rapide, je vais mentionner quelques-unes des œuvres qui ont obtenu de mériter leurs préférences. Vous ne m'en saurez point mauvais gré.

M. *Malatesta*, de Modène, a peint la *Mort d'Ezzelin le Féroce*.

M. *Ussi*, de Florence, a traité l'*Abdication du duc d'Athènes*. Il s'agit de ce Gauthier de Brienne, notre compatriote, qui avait réussi à se faire accorder, par le peuple florentin, la souveraineté à vie; le même peuple qui l'avait élu lui enjoignit bientôt de s'en aller : cela s'est vu quelquefois.

M. *Bezzuoli*, de la même ville, a représenté l'*Entrée de Charles VIII dans Florence*. Vous savez comment le roi de France traversa la cité guelfe, depuis la porte San Friano jusqu'au palais Médicis, monté sur son cheval de guerre, couvert de son armure, la lance au poing et la visière baissée, — en ennemi plutôt qu'en allié. M. Bezzuoli a jugé à propos de découvrir la tête du conquérant et de faire porter son casque par un jeune page qui marche en avant du cheval. Ce n'est pas seulement une atteinte à la tradition, c'est un grand effet manqué. Le gouvernement italien a fait l'acquisition de cette toile. Je m'en étonne, au point de vue, non de la valeur de l'œuvre, mais du sujet traité. Il me semblerait qu'une nation jeune, ayant à façonner et à exalter son patriotisme, devrait repousser de telles images. M. Bezzuoli a oublié que les Florentins chassèrent Pierre II de Médicis pour le fait d'avoir livré à Charles VIII les clefs de la ville. J'aurais mieux compris, je l'avoue, s'il devait y avoir absolument du Charles VIII dans l'affaire, que l'artiste représentât la fameuse séance où les députés de la République refusèrent de reconnaître le traité consenti par le lâche Pierre, et où, sur les menaces du roi de France, Pierre Capponi se leva, mit le traité en pièces et s'écria fièrement : « Faites sonner vos trompettes, nous allons faire sonner nos cloches. »

Ces trois vastes compositions, dont les auteurs sont hautement prisés, chacun dans sa ville respective, rentrent à mon avis dans ce qu'on peut appeler la peinture estimable. Sans qualités et sans défauts appréciables, elles ont le double tort d'être cousues de réminiscences et de laisser le spectateur absolument froid.

Je citerai encore, comme attirant plus du moins l'attention : les *Exilés de Sienne*, par M. *Pollus-*

trini, de Livourne ; — *Françoise de Rimini*, par M. *Frascheri*, de Savone ; — un autre épisode dantesque, par M. *Smargiani*, de Naples ; — *une Conversation chez Laurent de Médicis*, par M. *Puccinelli*, de Castel-Franca ; — *Esther et Assuérus*, par M. *Jottori*, de Florence ; — *la Métamorphose d'Aréthuse*, par M. *Wider ;* — quelques paysages de MM. *Volentini*, *Guttardi*, de Milan ; *Perretti* et *Camina*, de Turin.

Vous remarquerez que je ne vous parle ni de portraits, ni de tableaux de genre, ni de peinture officielle.

Les portraits exposés sont peu nombreux. Il serait injuste de prendre prétexte de ceux qu'on voit ici pour juger toute l'espèce. Je crois que les dames de ce pays, très-friandes de se faire voir et admirer en personne dans leur calèche *aux Cachines* ou dans leur loge à *la Pergola,* sont peu soucieuses de s'exposer en peinture aux regards indiscrets du public. C'est une preuve de bon goût à signaler et un exemple à recommander à la France.

Le tableau de genre, entendu comme représentation des scènes de la vie individuelle, — cette branche qui, chez nous, grossit chaque jour aux dépens du tronc, — est à peine soupçonné ici.

Quant à la peinture officielle, elle n'existe pas

encore. L'Italie, née d'hier, n'a pas eu le temps d'y
songer. Mais si mes prévisions sont justes, ce sera
un des premiers bienfaits de l'unité. Grâce à l'unité,
l'État va se faire le Mécène et l'ordonnateur suprême
des beaux-arts; grâce à l'unité, commandes et faveurs vont répandre leur rosée bienfaisante sur les
artistes; grâce à l'unité, le zèle gouvernemental va
souffler au cœur des peintres ses inspirations sans
secondes; et à la prochaine Exposition de Florence,
nous verrons s'étaler dans leur magnificence, exactement comme aux Salons de Paris, force tableaux
d'état-major, distributions de drapeaux, congrès,
votes et annexions, fêtes nationales, cérémonies
publiques, le tout à la plus grande gloire du trône
et au plus grand triomphe de l'art : *unité, unitas !*
 Cette situation présente du grand art des Léonard
de Vinci, des Titien, des Raphaël, des André del
Sarte, des Corrége, des Véronèse, des Caravage,
— est triste; l'avenir est décourageant. Il faudrait
refaire toute l'éducation artistique de l'Italie, lui
apprendre à oublier son passé qu'elle ne comprend
plus, à sortir enfin de chez elle pour savoir un peu
ce que font les autres. Partout, en France, en Angleterre, en Belgique, en Allemagne, on lui ensei-
gnera des choses essentielles sur le métier et son
application. Chemin faisant, elle pourra questionner

la vieille peinture espagnole qu'elle ne connaît pas, la vieille peinture flamande qu'elle soupçonne à peine. Mais comment faire comprendre cela à des hommes abusés par un passé prodigieux, et aveuglés sur eux-mêmes? Comment leur dire qu'une École à Paris serait plus utile à l'art italien que notre École à Rome n'est utile à l'art français? Comment les déterminer à se faire inscrire dans cette École, eux qui dans leur pays sont tous professeurs, « *illustrissimo professor all' Accademia delle Belle Arti?* »

IV. — La sculpture italienne.

Florence, 12 octobre 1861.

Monsieur le Rédacteur,

Ce que je vous ai dit de l'état actuel de la peinture en Italie ne serait pas complet, si j'oubliais de faire à la peinture napolitaine la part exceptionnelle qui lui convient.

Naples est le seul événement de ce Salon en peinture, comme Milan est le seul en sculpture. Vous pouvez hardiment porter ces deux faits à l'actif de l'Autriche et du gouvernement bourbonien.

Ce qui caractérise la peinture napolitaine, c'est

l'entente de la couleur et le sentiment pittoresque.
Par ce double côté, elle tranche vivement sur le
fond monotone et lourd de tout l'art italien. Mais à
ces qualités séduisantes se joint un défaut grave, si
grave que son seul énoncé fait toujours ombre aux
plus grands éloges : — l'insuffisance du dessin. C'est
là le point faible de ces attrayants coloristes. Ils
sont harmonieux sans effort dans les gammes les
plus riches : ils ne savent ni modeler, ni rendre. Cet
ensemble de qualités et de défauts fait naître dans
l'esprit un rapprochement curieux. Par son amour
de la couleur, par son dédain de la forme, par son
exclusive préoccupation de l'effet pittoresque et son
goût prononcé pour la libre fantaisie, la peinture
napolitaine suit les traces et entre dans la voie de cette
éphémère école romantique qui, après avoir détrôné
en France l'école de David et tenu pendant vingt
ans le sceptre de la mode, cède aujourd'hui, sous
la pression d'idées nouvelles, le pas à un art plus
proche de la nature et moins mélangé d'arbitraire.

Vous ne vous attendiez pas sans doute à retrouver
sur la terre des orangers, rajeuni et verdoyant,
cet arbre à précoce vieillesse pour qui le sol français n'a plus de sucs nourriciers. Mais notez que la
peinture napolitaine s'est toujours montrée à l'état
exotique ; que ses représentants les plus illustres,

aux différentes époques de son histoire, ont été des étrangers; que, sans originalité bien déterminée, elle a dû revêtir tour à tour les caractères les plus divers et professer les théories les plus contradictoires; et qu'enfin, si elle revendique à bon droit Caravage et Ribera, ces deux grands naturalistes, elle n'oublie jamais de se glorifier du romantique Salvator Rosa.

J'ignore si le romantisme actuel est né du sol napolitain, ou s'il est d'importation étrangère; ce qu'il me suffit de constater, c'est l'intérêt qu'excite cette nouveauté. Dans les peintures de M. Morelli, une *Sérénade*, une *Mascarade*, les *Bains de Pompéi*; dans les pages historiques de MM. Altamura et Celentano, les *Funérailles de Buondelmonte*, le *Conseil des Dix*; dans les paysages de MM. Fiorelli, Manani, Cortese, Rossano; dans les autres productions de cet art plus varié que je ne puis ici vous le dire, on sent une jeunesse, une ardeur, un élan, qui provoquent tout de suite les sympathies. Il est juste aussi de mentionner que le romantisme italien n'est point, comme celui du Nord, imbu de mysticité chrétienne ou compliqué d'éruditions archéologiques; qu'il s'inspire non des livres, mais de la vie même, interprétée librement au gré d'une imagination facile. A ces titres, il doit être admis comme un progrès pour l'Italie. Je sais que le pittoresque c'est-à-dire le culte de l'accident, du particulier, du bizarre, est une erreur et une maladie de l'art; mais c'est une maladie dont la marche est connue et qui doit tomber d'elle-même dans un temps déterminé. Quand les Napolitains auront bien fait chanter la couleur; qu'ils auront exécuté beaucoup de ces gammes colorées qu'on dit harmonieuses, sans ajouter que la première note en est fausse; qu'ils auront longtemps et gravement péché contre la pureté du dessin et l'exactitude du modelé; quand ils auront parcouru en tous sens le cercle de leur art trop superficiel; qu'ils auront épuisé les aspects pittoresques des Deux Siciles; qu'à bout de sujets et toujours en quête d'imprévu, ils sortiront de chez eux (il y a déjà des indices : *Bivouacs de Turcs*, *Caravanes*, *Épisodes orientaux*) et s'élanceront à notre suite en Égypte, en Asie Mineure, dans l'Inde et ailleurs, ce jour-là on pourra dire que la maladie a atteint son plus haut période, et qu'en s'atténuant peu à peu elle va disparaître, laissant, comme c'est la coutume, un corps purgé et raffermi, je veux dire disposé enfin à un art moins imaginatif et plus savant, moins fantaisiste et plus réel, moins déréglé et plus sain, — à l'art véritable, en un mot.

C'est le chemin que nous avons suivi en France.

S'il n'est pas le plus court, il nous a sûrement menés.
Il est peut-être charitable de l'indiquer dès à présent
aux jeunes peuples fourvoyés.

Ceci dit, j'arrive à la sculpture.

Ah! c'est ici qu'il faudrait s'indigner et pleurer, si l'Italie n'avait pas à nous jeter à la tête
son éternelle et trop facile excuse, l'oppression
étrangère. Que la peinture se pervertisse et se dé-
grade; qu'elle oublie ses grands aïeux et ses altières
traditions; que d'abaissement en abaissement elle en
arrive à perdre, avec la conscience de son rôle, la
connaissance des moyens dont elle dispose; que,
destituée de son caractère de généralité, déshéritée
de sa puissance d'action sur les masses, elle se morcelle à l'infini pour devenir le vain ornement de nos
banales demeures, — elle subit la fatalité de sa
destinée et reste sans reproche devant l'histoire. Qui
oserait se porter accusateur contre elle? Les croyan-
ces religieuses qui avaient alimenté son enfance et
procuré le radieux épanouissement de son âge mûr
ont disparu tout à coup comme une source pompée
par le soleil : elle n'a plus de temples, de monas-
tères, de cloîtres à revêtir de fresques empruntées à
la légende du Calvaire. L'esprit révolutionnaire a
soufflé sur la société, couchant par terre les familles
féodales, nivelant les hommes et les choses, démem-

brant les fortunes, désagrégeant les groupes, indi-
vidualisant la vie en tous lieux : elle n'a plus d'hôtels
de ville, plus de palais, plus de châteaux, à illustrer de compositions empruntées à la légende nationale. Ce n'est plus à elle que nos générations troublées viennent demander la nourriture intellectuelle.
Ni dans l'ordre sacré, ni dans l'ordre politique, elle
n'a plus rien à leur enseigner. Elle a donc dû se
plier aux conditions de l'époque, se faire petite
pour entrer chez les petits ; de collective et générale qu'elle était, devenir particulière et intime.
Et si, dans cette sphère misérable où les duretés
du temps l'ont acculée, il lui arrive le plus souvent de produire une œuvre plate et grossière,
c'est un fait local, sans signification comme sans
portée, qui n'accuse autre chose que l'ignorance
du peintre et le mauvais goût de l'acheteur.

Mais que la sculpture, cette information glorieuse
des invisibles forces qui président au mouvement de
l'humanité et au gouvernement des choses, ferme
son radieux Olympe, déclarant qu'aucune des divinités révolutionnaires qui nous mènent, ni la
Liberté, ni la Justice, ni le Droit, ne sont dignes
de revêtir forme plastique, et de se dresser ou s'asseoir à côté de Jupiter, de Minerve, de Vénus, au
cénacle des éternelles puissances ; — qu'elle ne sa-

che ajouter ni un dieu ni un héros à ce peuple sur-
naturel fait de marbre, d'or et d'ivoire que le ciseau
des Grecs a créé et doué de vie ; — qu'elle descende
des idées générales aux anecdotes vulgaires ou aux
allégories puériles; — qu'elle déserte la place publique pour les boudoirs, et borne son rôle à enjoliver
nos salons de ses écœurantes fadeurs, — elle devient
coupable et chacun a le droit de la citer à la barre.
Car la sculpture est avant tout l'art extérieur et en-
seignant. Née de la plus haute faculté de l'esprit,
l'abstraction ; dégagée des conditions du temps, de
la race, du costume, de tout ce qui peut restreindre et localiser ; élevée sur un piédestal au-dessus
du niveau des foules : parée des seuls charmes de
son austère grandeur ou de sa captivante beauté, la
blanche et fière statue parle, sans se taire jamais,
son muet langage aux troupeaux humains qui se
succèdent à ses pieds. Sollicitée par elle, l'âme
dépasse les bornes de l'être individuel, entre dans
l'histoire, dans la philosophie, dans la morale, dans
la religion, et sans souci des lieux et des époques,
communique avec l'âme universelle. Aussi, quand
la sculpture d'un peuple, trahissant son mandat, se
voue à la frivolité et à la mignardise, ce n'est plus
un fait partiel intéressant deux hommes, — un
vendeur inhabile, et un acheteur ignorant, — c'est

un fait social qui accuse l'intelligence de la nation tout entière.

La sculpture italienne en est là. Tout ce qu'un art dégénéré, oublieux de ses principes et inglorieux de sa destinée, peut imaginer de miévreries et de puérilités, elle l'a retrouvé. Tout ce que le faux goût des mauvaises époques a pu inventer d'expressions maniérées, de minauderies agaçantes, elle l'a dépassé. Nulle élévation dans l'idée, nulle simplicité dans la composition, nulle largeur dans le faire; partout l'afféterie et la prétention. Vous pensiez que cette haine de l'étranger, que cette aspiration vers l'indépendance, que ce réveil intellectuel, que tous ces grands sentiments qui avaient fait tant de bruit dans la presse allaient passer dans le domaine de l'art; que cette nation opprimée allait confier au ciseau le secret de ses douleurs, et faire crier contre ses tyrans son marbre et sa pierre. Que vous étiez loin des préoccupations italiennes! Pendant que le canon tonnait et que le sang rougissait les plaines, les artistes, dans leurs ateliers, faisaient des dieux malins, des tourterelles et des fleurs. — Ah! les amours sont en nombre ici, et voyez la richesse d'invention! C'est l'*Amour guerrier*, coiffant le casque et agitant le bouclier de Mars; — c'est l'*Amour forgeron*, affilant sur l'enclume la pointe de ses flèches;

— c'est l'*Amour mendiant*, faisant à la ronde la
quête des cœurs. — Un autre, les yeux bandés,
joue au colin-maillard avec des nymphes invisibles;
— un autre tient sous lui le globe du monde, et
s'occupe gravement à l'encercler d'une chaîne;
Dans un autre ordre d'idées non moins élevé, c'est
Sara, belle d'indolence, qui se balance; l'arbre,
le hamac et la fontaine y sont. C'est *Bacchus*,
qui jubile en songeant à la disparition de l'oïdium.
Ce sont des jeunes garçons pleurant la mort
d'un oiseau; ce sont de jeunes filles apprenant à lire
à leurs petites sœurs. Ce sont, ô chasteté du marbre! des polissonneries à faire claquer la langue aux
vieillards de Suzanne; — une jeune femme qui se
tord dans un spasme amoureux, tandis que des fruits,
échappés de dessous sa robe, indiquent clairement
que la volupté goûtée a été féconde, et que le mystère de la conception est accompli; — un Cupidon
qui enlace une fillette, et souligne d'une guirlande
de roses l'endroit que la Vénus de Médicis cherche
vainement à couvrir de sa main.

Au milieu de ces mignonneries puériles et de ces
impudicités coupables, Milan proteste par une entente plus sévère de l'art et une connaissance plus
approfondie de la nature. Vous n'avez pas oublié que
déjà, à l'Exposition universelle de 1855, Milan,

quoique autrichienne encore, avait fait l'envoi le plus
important de toute l'Italie. Malheureusement un accident, arrivé dans la traversée de Gênes à Marseille,
avait porté un coup mortel à cette exhibition : les
caisses, secouées par une mer inconoclaste sans le
savoir, s'étaient heurtés entre elles, et les statues
en étaient sorties mutilées pour la plupart. Cette
fois la sculpture milanaise est intacte à l'Exposition
italienne, et c'est à elle que doit revenir la seule
part d'éloges à faire dans cette branche de l'art.
Mais, après ce que je viens de dire, une analyse
détaillée serait pour vous d'un médiocre intérêt. Je
me bornerai à vous citer comme les œuvres les plus
remarquables, sous le double rapport de l'idée et de
l'exécution, le *Socrate* et la *Liseuse* de M. Pietro
Magni ; l'*Ismaël* de M. Giovanni Strozza.

V. — L'industrie italienne.

Florence, 25 octobre 1861.

Monsieur le Rédacteur,

Quelque goût que puissent avoir vos lecteurs pour
ces questions spéciales, vous n'attendez pas de moi
un dénombrement complet des forces industrielles

et commerciales de l'Italie. Je sais combien importe dans l'économie générale des sociétés tout ce qui touche à l'alimentation, au costume et à l'habitation des hommes. Mais si le développement commercial d'un peuple est en raison directe de sa concentration politique, je ne crois pas que son élévation intellec-tuelle soit en raison directe de son développement commercial. Dieu merci, l'humanité a toujours dis-tingué la pensée du corps, et donné la priorité à celle-là. Pour se soustraire à la tyrannie du monde organique et au joug des tyrans, elle a inventé l'im-mortalité de l'âme, faisant de parti pris deux parts dans son être : l'une infime, soumise aux lois phy-siques et vouée d'avance à tous les hasards et à toutes les vexations de la vie; l'autre, sublime, placée dans un monde invisible, au-dessus des at-teintes de la matière et des violences des rois. Ce refuge sacré, contre lequel s'irrite la folie mercantile du siècle, subit chaque jour des assauts terribles. Défendons-le froidement; et si d'aventure nous nous rencontrons à encourager l'industrie, cette vieille impure, stipulons avec elle qu'elle bornera son rôle à libérer le corps du service de la nature; le reste de l'affranchissement individuel et social ne saurait être son fait.

A travers son dépérissement général et ses écrasements partiels, dus aux vices des institutions et au malheur des temps, l'Italie resplendit çà et là de richesses encore précieuses. Sa terre féconde, même sous l'oppression, ne semble attendre pour recouvrer son ancienne splendeur et rendre aux habitants tout ce qu'ils ont droit d'exiger d'elle, qu'une application plus utile et plus savante des forces humaines.

Faites le tour de ces salles, considérez ces produits amoncelés. Quels magnifiques débris d'une fortune sans exemple et quelles ressources futures !

Parmi les productions naturelles, les marbres de Carrara, qui occupent une population de près de trois mille ouvriers et fournissent chaque année cent mille quintaux bruts ou travaillés au commerce du monde; ceux de Massa, dont les variétés colorées sont si intéressantes, mais dont l'extraction est si coûteuse; ceux de Seravezza, que Michel-Ange avait employés, les estimant à l'égal des plus beaux; les albâtres de Volterra, de Florence, de Pise, opaques ou transparents, tantôt blancs et lactés, tantôt veinés des plus riches nuances; puis les granits et les fers du Nord; puis les métaux précieux du Centre, puis les soufres du Midi. — Parmi les productions agricoles, le maïs, qui est un des principaux aliments du Piémont; le riz, dont l'insalubre culture tient inondées de juin à septembre les plaines de la Lombardie ; les olives de la province de Naples et de la Terre de Labour ; les citrons de Messine, détachés d'arbres toujours en séve et en fleurs, dont quelques-uns donnent jusqu'à quarante mille fruits en douze mois; les blés de Catane, les raisins de Syracuse; puis les vins, et aux premiers rangs ceux d'Asti, le Chambave, le Verdea, dont la culture occupa les loisirs forcés de Galilée ; le Monte-Pulciano, dont chaque étranger qui a traversé Florence a encore le goût dans les houppes nerveuses du palais; puis les fromages, le Stracchino, le Parmesan, dont la forte substance se tire du lait de cent mille vaches descendues des cantons suisses d'Unterwald, d'Uri, de Zug, de Lucerne et de Schwitz. — Puis enfin, parmi les produits plus directement industriels, les tissus de soie, de lin et de coton, les faïences, les marbres artificiels, les meubles, les machines, et encore les armes, parmi lesquelles figure, accompagné de son artilleur, le fameux canon Cavalli, qui a eu tant de retentissement, — dans la presse italienne.

Une parenthèse glorieuse à la république de Saint-Marin : elle a envoyé au concours douze bouteilles, quatre fromages, trois fusils et une pierre, tout ce qu'il fallait pour symboliser la vie hasardeuse des États libres.

L'abondance et la beauté des produits agricoles exposés attestent la fertilité de la terre italienne, mais ne prouve rien quant à l'état de l'agriculture. Cet état, à part les provinces du Piémont, de la Lombardie et quelques parties du royaume de Naples, est assez misérable. L'insuffisance générale des bestiaux ; la mauvaise constitution de la propriété foncière ; l'inégale répartition du sol, qui tantôt est trop divisé, tantôt ne l'est pas assez ; la prédominance à peu près complète du système du métayage, qui morcelle la culture et épuise la productivité de la terre ; la plaie de la vaine pâture résultant des grandes propriétés communales et domaniales : tout cela, joint à beaucoup d'autres choses, retarde les développements les plus désirables, empêche l'introduction des machines, et nuit à l'utile distribution des forces. C'est à cet ensemble de causes, produit héréditaire des siècles, qu'il faut rapporter l'absence d'une classe moyenne forte et vigoureuse, le fractionnement et l'antagonisme des intérêts, la disparition des mœurs sociales, l'esprit de paresse et de servilité qui désole la bas peuple, et par-dessus tout ces populations de mendiants qui sont la terreur des étrangers et la honte de la nation. Assurément l'Italie, dès avant la déclaration de l'unité, était en voie de réagir contre ces désordres économiques; et aujourd'hui elle continue avec plus de vigueur son mouvement d'amélioration. Mais si elle a accompli depuis quelque vingt ans des progrès sérieux, bien du temps se passera encore avant qu'elle ait pu amener son agriculture à suffire à la consommation intérieure et à porter sur les marchés étrangers le surcroît de ses productions.

Dans le domaine de l'industrie, les Italiens ne sont point, on le pense de reste, à la hauteur des nations européennes constituées avant eux. Toutefois, dans les industries communes à tous les peuples, les provinces plus laborieuses du nord montrent une intelligence et une activité dignes de tous les éloges.

La fabrication de la soie occupe un rang élevé parmi les productions du pays. C'est une des prinpales richesses de la Toscane, du Piémont et surtout de la Lombardie, où, dès le treizième siècle, elle était déjà en voie de prospérité et occupait plus de quarante mille ouvriers. Cela s'explique par la culture du mûrier et l'élève facile des vers à soie. Comme matière première, la production des cocons suffit non-seulement pour alimenter la fabrication indigène, mais encore pour fournir à la fabrication française, allemande et anglaise, qui, chaque année, en enlèvent par quantités énormes. Quant à la fabrication même, les filatures italiennes sont loin de pouvoir réaliser, soit pour la beauté des tissus, soit pour le bon marché des produits, avec nos filatures de Lyon. Je ferai exception pour les passementeries de soie, d'or et d'argent, qui sont fort riches, et pour les velours, qui sont fort beaux. Il faut citer parmi les fabricants dont les produits sont le plus remarquables, MM. Martini, Ghiglieri, Olnaga, de Milan; Chichiloza, Bernardo Soli, Guersi, Cattaneo et Petiti, Guillot, de Turin; Fralini, de Florence; Ulysse Melloni, de Bologne; Langhetti, de Sienne, etc.

Les tissus de laine de l'Italie du nord paraissent pouvoir lutter avec les meilleurs produits de la fabrication anglaise et française. L'industrie des cotons est plus arriérée, et ne produit guère que des étoffes solides, mais grossières, à l'usage des gens de la campagne.

Vous n'exigerez point de mon incompétence un jugement sur les machines. Tout ce que je pourrais vous en dire, c'est que l'intérêt se concentre sur les locomobiles de M. Guppey, de Naples; le chemin de fer à rail unique de M. Christoforis, de Milan; la machine à filer de M. Gamba, de la même ville; les grues de M. Decker, de Turin, etc.

Ce qui a excité davantage mon intérêt, c'est la

partie de l'industrie qui avoisine l'art, la céramique, les mosaïques, les gemmes, les filigranes, les marqueteries.

La céramique, inférieure à elle-même, n'offre guère à signaler que les remarquables produits de la manufacture Doccia, au marquis Ginori. Je mentionne à côté, quoique appartenant à un autre genre, les marbres artificiels du marquis Campana, l'ancien propriétaire du Musée récemment acquis par le gouvernement français. Ces marbres étonnants, destinés à remplacer partout le stuc, ne laissent rien à désirer sous le double rapport de la beauté du grain et de la solidité de l'agrégation.

Les mosaïques en pierres dures de Florence sont de toute beauté. Ce sont, comme vous savez, des incrustations de pierres naturelles, dans un fond de marbre. Elles dessinent, avec des lignes d'une pureté infinie et le ton même de la nature, mille caprices charmants, des bouquets de roses, des guirlandes de jasmins, des corbeilles de fruits, des oiseaux à plumages variés enroulés dans des feuillages. Les matières les plus précieuses, les gemmes les plus rares sont employés à ce travail délicat : porto-venero, brèche, brocatelle, porphyre, albâtre oriental, jaspes, lapis-lazuli, émeraudes, chalcédoine, améthystes, etc. De cette fabrication minutieuse et compli-

quée, qui est une des originalités de Florence,
sortent des objets de tout prix et de toutes dimensions, depuis le petit anneau qui orne les belles
mains des Italiennes, jusqu'aux tables somptueuses
qui parent les salles des palais.

Les mosaïques de Rome sont autre chose. Elles
sont formées de petits cubes en pâte de verre, de
nuances infiniment variées, que l'on dispose en tableaux, de façon à rivaliser avec l'art du peintre. Il
y a longtemps déjà que les Cristofori se vantaient de
pouvoir exécuter en cubes de verres quinze mille variétés de teintes, de cinquante degrés chacune, depuis le clair le plus vif jusqu'au brun le plus foncé.
Je ne sais si, depuis, les mosaïstes romains ont dépassé ce chiffre. Mais, pour juger de la petitesse de
ces parallélipipèdes, rappelez-vous que le Provenzal
en fit entrer un million sept cent mille dans le seul
masque de son portrait de Paul V. Ce n'est, après
tout, qu'un travail de patience, absolument étranger
à l'art. Possédât-il aujourd'hui vingt mille variétés
de teintes, divisées en cent degrés chacune, le mo-
saïste ne saurait lutter avec le peintre, qui pourtant n'a que sept ou huit couleurs principales sur sa
palette. S'il y a songé autrefois, il n'y songe plus.
Ses œuvres, comme les travaux de tapisserie des Go-
belins, n'ont d'intérêt et d'utilité sérieuse que comme

copies plus durables d'originaux destinés à disparaître.

Je ne voudrais pas terminer sans vous parler de la fabrication de la paille, cette charmante industrie des femmes de la Toscane. Quand vous traversez les faubourgs de Florence, ou que vous parcourez les villages environnants, vous rencontrez à chaque pas des jeunes filles, tenant à la main des lamelles de paille d'une incroyable finesse, qu'elles tressent en forme de lanières étroites et longues. Assises ou debout, causant et riant, elles tressent, elles tressent toujours, même en marchant. Je ne sais si quelques-uns de leurs gracieux sourires, tombés au bout de leurs doigts effilés, se mêlent d'habitude au tissu de la paille, et, entrant pour n'en plus sortir dans la trame, ajoutent un nouveau prix à la matière ouvrée ; mais les objets qui sortent de leurs mains sont chers. Je m'en suis aperçu le jour où j'ai voulu, sous prétexte de couleur locale, gratifier ma tête d'un chapeau du cru : quatre *francesconi* n'eussent point suffi. C'était trop sans le sourire, pas assez avec lui : je laissai le chapeau.

La finesse et la flexibilité de cette paille sont telles, qu'elle se plie à toutes les combinaisons. On en fait à peu près ce qu'on veut, depuis les grands hapeaux à bord plat, que les fleuristes du café Doney laissent pendre à l'épingle de leur chignon, jusqu'à la pantoufle mignonne que les nonchalantes marquises, étendues sur un sofa, laissent pendre à l'ongle de leur orteil ; depuis le porte-cigares de M. le comte jusqu'au porte-monnaie de madame la comtesse ; depuis la corbeille qui orne la table à ouvrage jusqu'aux fleurs qui ornent le dressoir.

Recevez, etc.

FIN.

TABLE DES MATIÈRES

TABLE DES MATIÈRES

I.   — La génération qui vient   3

II.   — Un dix-huit brumaire au village   14

III.   — La fontaine Saint-Michel . . . . . , ...   25

IV.   — Crockett et les lions   45

V.   — Le musée Campana   55

VI.   — Mirecourt et *les Misérables*   64

VII.   — Le jour des morts   73

VIII.   — L'Hôtel-Dieu   74

IX.   — Coups de poing dans l'Olympe   102

X.   — La croix sur les planches   111

XI.   — Les lectures   117

XII.   — Sur la décoration de la place du Trône.   126

XIII.   — Bocage   131

XIV.   — Notre-Dame restaurée   137

XV.   — Nouveau musée, nouveau théâtre   142

XVI.   — Causerie   151

XVII.   — Les compagnons charpentiers   162

XVIII.   — Courbet, son atelier, ses théories   174

XIX.   —   193

XX.   — Du mariage des prêtres............... 202

XXI.   — Le maire qui bat les femmes......... 212

XXII.   — Les deux Césars.................... 221

XXIII. — Simple récit de l'affaire Fleury....... 230

XXIV. — Réorganisation de l'École des beaux-
arts........................... 239

XXV.   — Expositions libres et expositions réglementées..................... 240

XXVI. — La franc-maçonnerie et le maréchal
Magnan 260

XXVII. — Eugène Delacroix 270

XXVIII— Comment Proudhon a quitté Bruxelles. 281

XXIX. — Saintes en Saintonge............... 291

XXX.   — L'art italien en 1861............... 302

PARIS. — IMPRIMERIE POUPART-DAVYL ET Cᶜ, RUE DU BAC, 30.

$x, a\dot{x}$

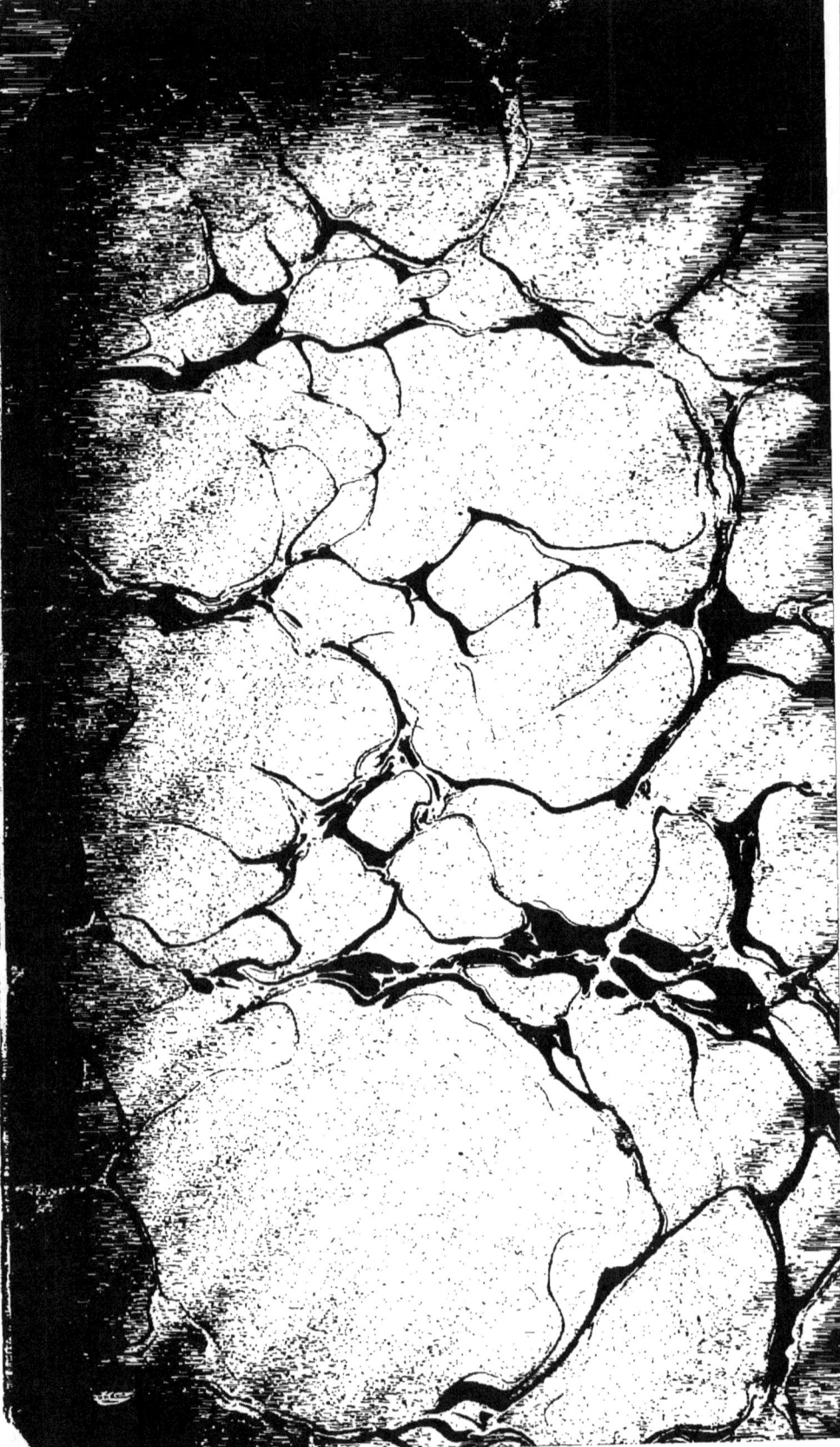

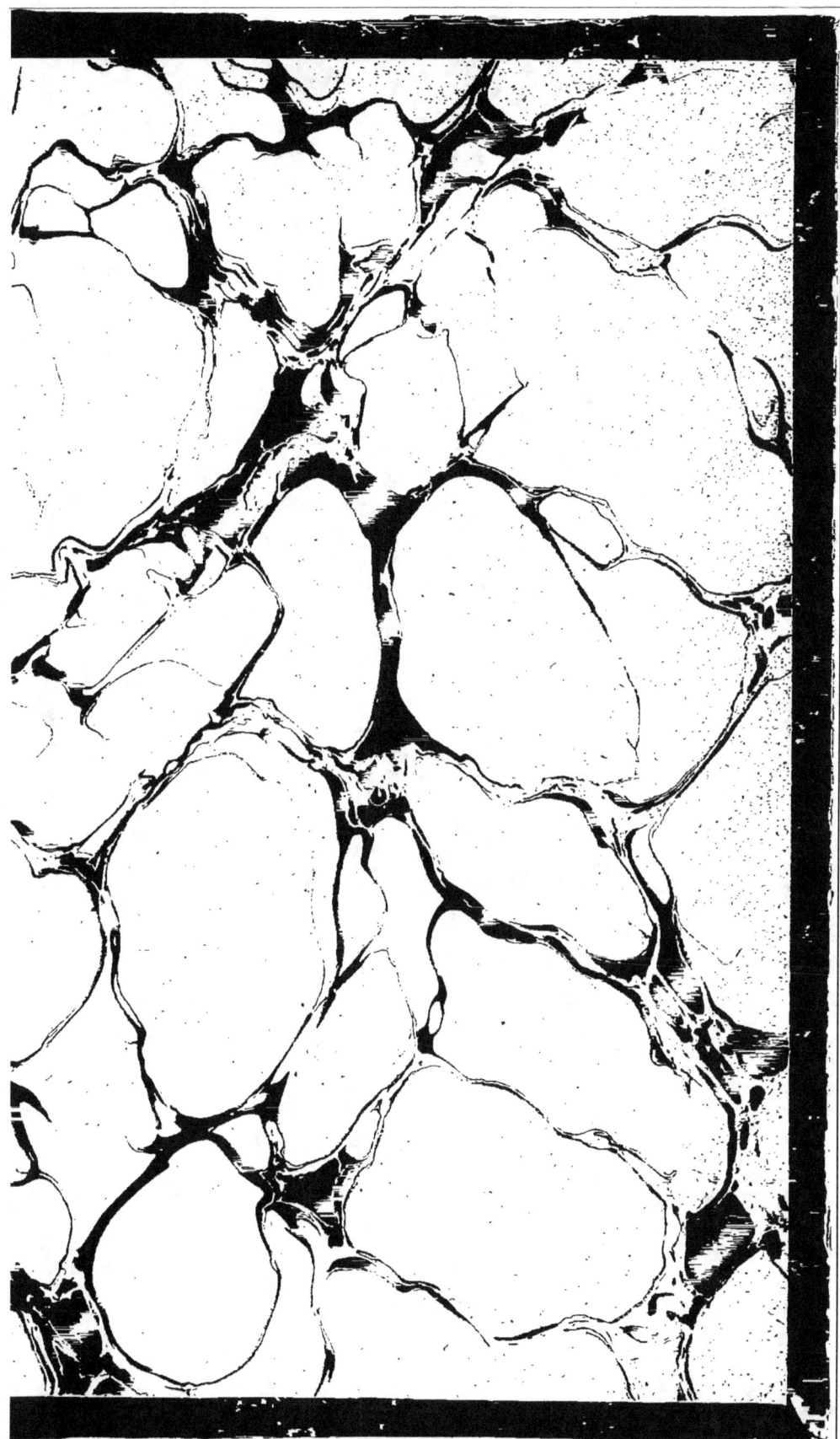